배고프면 먹고 졸리면 자고

김병기 저

어문학사

방안에 들어온 저 파리,

밝은 빛을 찾고 싶어 문종이를 뚫고 있으나

안 뚫리는 걸 뚫으려니 얼마나 힘들겠는가?

이곳저곳 뚫어보다

홀연히 처음에 들어오던 길을 찾아내고선

그제야 깨달아 바로 볼 수 있었다네.

지금까지 눈이 멀었던 자신의 모습을.

(爲愛尋光紙上鑽, 不能透處幾多難. 忽然撞着來時路, 始覺從前被眼瞞)

중국 송나라 때의 백운수단白雲守端(1025~1071) 선사禪師가 지은 것으로 전하는 「승자투창蠅子透窓(창호지 문을 뚫으려는 파리)」이라는 게송偈頌이다.

자동차 운전을 하다보면 더러 이 시와 비슷한 상황을 맞곤 한다. 열어놓은 창문으로 파리가 들어오기도 하고 벌이나 풍뎅이 같은 벌레가 날아들어 오기도 한다. 엉겁결에 들어온 이놈들은 나가려고 애를 쓰며 온 차 안을 휘젓고 날아다니기 때문에 운전에 적잖이 방해가 된다. 차를 세우고서 '탁' 때려잡을 수도 있겠지만 죽이고 싶지 않은 마음에 창문을 다 열어놓고서 나가라고 유도를 해도 이 녀석들은 대부분 열린 문은 놓아둔 채 꽉 막힌 앞쪽이나 뒤쪽 유리창에 머리를 박으며 그쪽으로만 나가려고 애를 쓴다. 이럴 때면 나도 모르게 이런 말이 나오곤 하였다. "쯧쯧, 미련한 것들!"

그런데 어느 날 나를 들여다보았더니 나도 차안에 들어온 벌이나 풍뎅이와 별로 다르지 않았다. 내 앞에 활짝 열려있는 그 많은 행복의 문들은 다 놓아두고서 꽉 막힌 다른 문만 행복의 문이라고 고집하며 그 문만 애써 두드리고 있는 게 바로 나의 모습이었다. 건강하신 부모님이 계시고, 마음씨 고운 아내가 있고, 착한 자식들이 있으며, 그런 가족들이 함께 살 수 있는 따뜻한 집이 있는 나는 알고 보니 누구보다도 행복한 사람이었다. 그런데 그런 행복을 곁에 두고서도 다른 곳에 가면 더 좋은 것이 있으리라는 생각에 늘 고개를 치켜들고서 두리번거리며 숨도 제대로 쉴 겨를이 없이 허겁지겁 뭔가를 찾아 허덕이며 사는 게 나의 모습이었다. 물론 진취적이고 적극적으로 사는 것은 좋은 일이다. 그러나 열린 문을 제쳐두고서 끝내 열리지 않을 닫힌 문을 죽어라고 두드리면서 허덕이며 살 필요는 없지 않은가?

『삼국사기』에는 다음과 같은 사실史實이 실려 있다. 고구려를 세운 동명성왕은 제국을 건국할 큰 뜻을 품고 고향을 떠나면서 부인에게 말하였다. "장차 내 아들이 자라거든 일곱 모서리 진 바위 위에 서있는 소나무 아래에서 내가 숨겨놓은 신표信標를 찾아 들고 나를 찾아오게 하라"고. 아들 유리類利가 장성하자 부인은 유리에게 아버지의 말을 전했고 이 말을 들은 유리는 '일곱 모서리 진 바위 위에 서있는 소나무'를 찾기 위해 온 산을 헤집고 돌아다녔다. 그러나 끝내 그러한 바위도 소나무도 찾을 수가 없었다. 낙심한 유리는 마루에 앉아 한숨을 쉬고 있다가 우연히 발아래의 주춧돌과 그 위에 서있는 기둥을 보게 되었다. 주춧돌이 바로 일곱 모서리가 진 바위였으며 그 위에 선 기둥이 곧 소나무였다. 유리는 드디어 그 곳에서 아버지 동명성왕이 남겨 놓은 신표인 칼 반 토막을 찾을 수 있었다.

나는 이 동명성왕 사실史實에 우리 민족의 행복관幸福觀이 담겨 있다고 생각한다. 우리 민족은 진작부터 '내가 찾고자 하는 소중한 행복은 결코 멀리 있지 않다'고 생각했다. 동명성왕은 그러한 행복관을 유리명왕으로 하여금 「일

곱 모서리 진 바위 위에 서있는 소나무」를 찾게 하는 과정을 통하여 터득하게
한 것이다. 서양 사람들은 18세기 후반에 이르러서야 시인 칼 붓세Karl Busse
(1872~1928)의 "저 산 너머에 행복이 있다 하기에/ 나도야 남을 따라 행복 찾
아갔다가/ 눈물만 흘리고 되돌아 왔네"라는 시를 통하여 비로소 행복이 멀리
있지 않다는 사실을 노래했다. 하지만 우리 민족은 2000여 년 전 동명성왕 때
부터 이미 행복은 결코 멀리 있지 않다는 사실을 확연하게 깨닫고 있었던 것
이다.

　그렇다. 우리가 중히 여기는 보석은 우리의 주변에 널려 있고 보석보다도
값진 행복 또한 아주 가까이에 있다. 다만 우리가 그 사실을 느끼지 못하고 있
거나 심지어는 그렇게 느끼기를 거부하고 있을 뿐이다. 보석이 어디에 있는
줄을 몰라서 줍지 못하는 게 아니고 행복이 어디에 있는 줄 몰라서 행복을 찾
지 못하고 있는 게 아니다. 주위에 널려 있는 게 보석이며 발아래 준비되어 있
는 게 행복이다. 아이들의 천진한 웃음이 보석이고, 자식만 생각하다가 백발
이 된 부모님의 주름진 얼굴이 보석이며, 내 이웃의 따뜻한 마음이 보석이다.
밝은 달과 청량한 바람이 보석이고, 골짜기를 옥같이 부서지며 흐르는 맑은
물이 보석이며, 봄이면 지천으로 피어나는 아름다운 꽃들이 다 보석이고, 그
런 꽃보다 몇 배나 더 아름다운 사람, 사람들이 다 보석이다. 그리고 주변에
널려 있는 책에 실린 말씀들을 잘 주위서 살펴보면 거기에 바로 행복으로 가
는 길이 안내되어 있다. 그럼에도 불구하고 우리는 늘 보물섬을 꿈꾸며 산다.
부질없는 짓이다. 있지도 않은 보물섬을 찾아 헤맬 게 아니라 이제는 책 속의
말씀들을 읽고 그 말씀들을 실천함으로써 스스로 보물을 만들어 나가야 한다.
애써 보석을 찾고 또 캐려 들지 말고 책 속에서 열심히 '보석 줍기'와 '행복 느
끼기'를 해야 하는 것이다.

　중국 문학을 공부하는 나는 평소에 중국이나 우리나라의 고전 문학 작품을
많이 접하곤 한다. 그 과정에서 정말 외워두고 싶은 한 구절을 만날 때가 더러

있다. 그 때마다 나는 그런 구절들을 보석을 줍듯이 따로 모았다. 그리곤 그 말들을 외우기도 하고 가끔 흥이 일 때면 붓을 들어 서예 작품으로 써보기도 하였다. 행복한 시간들이었다. 그러던 차에 전북일보로부터 그런 구절들을 칼럼을 곁들여 연재하자는 제의가 있었다. 몇 차례 사양하다가 결국은 연재를 하게 되었는데 그 연재가 3년 동안 지속되며 572회에 달하게 되었다. 그중 200회분을 책으로 묶어 2002년에 『拾珠－구슬줍기』라는 이름으로 출간한 적이 있다. 그리고 이번에 전체를 수정·보완하고 재편집하여 4권의 책으로 출간하게 되었다. 제1권에는 『배고프면 먹고 졸리면 자고』라는 이름을 붙였고, 제2권에는 『찾는 이 없다고 피어나는 향기를 거두랴』라는 이름을, 제3권에는 『나 말고 누가 나를 괴롭히겠는가』라는 이름을 붙였으며, 제4권에는 『눈물 어린 눈으로 꽃에게 물어도』라는 이름을 붙였다.

세상이 아무리 변해도 변하지 않는 것들이 있다. 그중 하나가 바로 '배고프면 먹고 졸리면 잔다'는 사실이다. 배고프면 먹고 졸리면 잘 수 있는 삶이 가장 행복한 삶이다. 그러나 대부분의 사람들은 그렇게 쉬운 '배고프면 먹고 졸리면 자는 일'을 제 맘대로 하지 못한다. 마음 안에 엉뚱한 욕심들을 가득 넣고 있기 때문에 그런 욕심들로 인하여 삶을 허덕이며 살다가 먹어야 할 때를 놓치기도 하고 때로는 잠을 이루지 못하기도 한다. 그러면서도 여전히 욕심껏 튀려는 생각을 한다. 자신을 위해서 사는 게 아니라 자신을 보아 주는 남들의 눈을 의식하여 내면의 향기는 없이 겉모양만 꾸미며 산다. 깊은 산골에 자라는 난초가 찾아주는 이 없다고 피어나던 향기를 거둬들이던가? 아니다. 보아주는 이가 있든 없든 제 향기를 제가 풍기며 진실하고 아름답게 산다. 이런 난초에 비해 사람은 남의 눈에 '잘' 보이기 위해 허덕이며 괴롭게 사는 경우가 많다. 괴롭히는 사람이 따로 있는 게 아니라 스스로가 스스로를 괴롭히며 산다. 나 말고 누가 나를 괴롭히겠는가? 나를 괴롭히는 것은 결국 나 자신이라는 점을 깨달아 자신을 괴롭히는 괴로움에서 벗어나고 나면 세상이 달리 보인다. 어느 것 하나 사랑 아닌 것이 없다. 다 사랑으로 안고 싶고 눈물로 안부를 묻고 싶은 존재들뿐이다. 누구를 위하여 눈물을 흘린다는 것이 우리를 얼마나 성숙하게 하고 아름답게 하며 기쁘게 하는가? 가난하고 초라한 존재들을 향해서도 눈물을 흘리는 마음으로 안부를 물어야 하지만 너무 아름다워서 더 없이 행복해 보이는 꽃에게도 눈물로 안부를 물을 수 있다면 우리는 꽃보다도 더 아름다워질 수 있을 것이다. 나 아닌 다른 존재들에게 물을 일이다. 관심을 가질 일이다. 눈물 어린 눈으로 꽃에게도 물을 일이다.

행복은 배고프면 먹고 졸리면 잘 수 있는 '빈 마음'의 그 '빈' 곳으로 찾아들어 온다. 비워두어야 채울 것이 찾아드는 것이다. 욕심으로 꽉 차서 빈틈이 없는 마음 안으로 다시 무엇이 들어 올 수 있겠는가?

옛 사람들이 남긴 한문 속에 들어 있는 지혜를 모아놓은 이 책이 세상을 아름답게 하는 데에 조금이라도 도움이 되었으면 좋겠다. 열린 문을 놓아둔 채 뚫리지 않는 창호지를 뚫고 나가려고 애쓰는 파리만 미련한 게 아닐 것이다. 사람 또한 이와 비슷한 존재가 아닐까? 이 책을 통해서 좀 더 많은 사람들이 열린 문을 찾을 수 있기를 기대해 본다. 아니, 들어왔던 그 문이라도 찾을 수 있기를 기대해 본다. 흔쾌히 출판을 맡아주신 어문학사에 깊은 감사를 드린다.

2009년 2월 15일
전북대학교 연구실 持敬攬古齋에서
김병기 謹識

김병기 교수의 한문 속 지혜 찾기 ①

배고프면 먹고 졸리면 자고

머리말_3

1. 책을 펴고 발(簾)을 내리면_17
2. 어린이날_18
3. 담백한 식사와 맑은 마음_20
4. 희구지정喜懼之情_21
5. 선善과 악惡의 관계_23
6. 명령 하달_24
7. 항상 하는 떳떳한 일과 법_26
8. 스승의 날_27
9. 굽은 재목을 재기 위해 곧은 자를 구부리랴_29
10. 부처님이 계신 곳_30
11. 한명회와 압구정狎鷗亭과 기심機心_32
12. 90을 50으로 여기는 까닭은_33
13. 근본과 말단_35
14. 내 뜻을 알아줄 이 뉘 있으리_36
15. 맥 추麥秋(보리 가을)_38
16. 뜻을 한 곳으로 모으면_39
17. 선생님의 할 일_41

18. 잡초와 간신_42

19. 태산에 발이 걸려 넘어지나!_44

20. 뛰는 놈 위에 나는 놈_45

21. 마시지 않아야 할 물과 먹지 않아야 할 음식_47

22. 늙은 말의 지혜_49

23. 몸소 행한다는 것_50

24. 둥근 나무 베개_52

25. 군중의 힘_53

26. 진정으로 아는 사람_55

27. 지혜로운 사람도, 어리석은 사람도_56

28. 지난 일_58

29. 바 탕_59

30. 정치가 별건가? 백성을 편하게 하는 게 정치지_61

31. 내가 네가 아니고 네가 내가 아닌 바에야_63

32. 오히려 가지가 크면_64

33. 석복惜福(복 아끼기)_66

34. 절 제_67

35. 각별한 관심과 무심함_69

36. 아비와 자식_70

37. 10 중에 7, 8_72

38. 호랑이는 발톱을 드러내지 않는다_73

39. 나물 먹고 물 마시고_75

40. 언제라야_76

41. 호랑이 새끼_78

42. 성인의 마음_80

43. 천리마라 해서 한 발 떼어 열 걸음을 가랴_81

44. 내가 알지 누가 아나?_83

45. 나섰을 때와 물러났을 때_84

46. 후 회_86

47. 마음과 힘을 다하여_87

48. 지 기知己_89

49. 연 꽃(1)—진흙 속에서 자랐어도_90

50. 연 꽃(2)—손댈 수 없는 아름다움_92

51. 더 위_93

52. 대왕 바람_95

53. 네 마음이 편하면_96

54. 부 채_98

55. 길고 짧음_99

56. 황종黃鐘과 흙솥_101

57. 지현知賢과 자현自賢_102

58. 민 심_104

59. 예 방_105

60. 돌이 말을 하면 그때는 어찌하려고……_107

61. 배고프면 먹고 졸리면 자고_108

62. 책의 맛, 글씨의 맛_110

63. 하루살이_111

64. 훌륭한 의사가 되려면_113

65. 사람은 무엇으로 사는가?_114

66. 신 선神仙_116

67. 생전의 한 잔 술_117

68. 내일은 내일의 바람이 분다_119

69. 새도 기쁘게 해주는 푸른 산 빛_120

70. 꽃은 꺾을 수 있을 때 꺾어야_122

71. 정말 못난 놈_123

72. 내 맘, 네 맘_125

73. 화살같이 곧은 마음_126

74. 거울은 피곤하지 않다_128

75. 호화로운 생활이 부러운가?_129

76. 거울과 추녀醜女_131

77. 나뭇잎과 뿌리_132

78. 부처님 마음보다 나은 마음_134

79. 하늘을 우러러_135

80. 지식인으로 산다는 것_137

81. 어떻게 살아?_138

82. 의리와 이익_140

83. 지척이 천리_141

84. 썩지 않는 물_142

85. 접시로 폭포수를 어찌 받으랴_144

86. 같은 길, 다른 생각_145

87. 쇠보다 무거운 매미 날개_147

88. 대통령이 들어야 할 노래_148

89. 번 역_150

11

90. 죄는 아는 놈이 짓는다_151

91. 소매가 길면 춤추기에 좋고_153

92. 엄한 스승_154

93. 백성 생각_156

94. 큰 나무가 넘어질 때_157

95. 구조 조정_159

96. 상과 벌_160

97. 젊은 날의 꿈_162

98. 달과 사람_163

99. 온화한 얼굴 빛_165

100. 앞 차의 교훈_166

101. 공 명功名_168

102. 가장 확실한 상술商術_169

103. 보기에 따라서_171

104. 참모습_172

105. 남자의 뜻_173

106. 부귀와 명예_175

107. 변산邊山과 동량재棟樑材_176

108. 예술의 경지_178

109. 시끄러운 건 바로 당신_179

110. 신 선神仙_181

111. 복과 재앙_182

112. 달아보고 재어 보아야_184

113. 밝은 눈_185

114. 도연명과 국화(1)_187

115. 도연명과 국화(2)_188

116. 도연명과 국화(3)_190

117. 가을 타는 남자_191

118. 웅 비_193

119. 국 화(1)_194

120. 국 화(2)_195

121. 왜냐고 물으면_197

122. 진정으로 원해야 할 것_198

123. 천리마와 먹이_199

124. 세계를 무대로_201

125. 넓은 바다, 푸른 하늘_202

126. 관점과 수준_204

127. 오동잎 지는 소리_205

128. 시성詩聖 두보杜甫의 슬픈 가을_207

129. 술 취한 하나님의 그림 선물_208

130. 물처럼 흐르는 세월_210

131. 3등분_211

132. 나만의 기쁨_213

133. 뜻이 같지 않으면_214

134. 삶에 통달한 사람_216

135. 바른 말, 바른 글, 바른 이름_217

136. 하 나_219

137. 양면성_220

13

138. 마음과 눈_222

139. 본래 그런 것_223

140. 태연함과 교만함_225

141. 진짜를 가짜라 하면_226

142. 내 탓이오_228

143. 편한 게 그리도 좋은가_229

144. 가출家出과 출가出家_231

145. 낮은 문_232

146. 선비의 곧은 말_234

147. 장인과 도구 그리고 정신_235

148. 도道와 손手_237

149. 뭐에 홀린 사람_238

150. 천리 길도 한 걸음부터_240

151. 고요한 사람_241

152. 큰 그릇과 큰 소리_243

153. 티끌 모아 태산_244

154. 연못을 말려 고기를 잡으면_246

155. 한 삼태기의 미완성_247

156. 천금을 주고 산 말뼈_249

157. 원수도 추천하고, 아들도 추천하고_250

158. 말馬의 힘, 사람의 마음_252

159. 병력兵力과 물_253

160. 신선세상과 인간세상_255

161. 억지로는 못 사는 법이여!_256

162. 기 도祈禱_257

163. 세월도 가고 사람도 가고_259

164. 흐름을 탄다는 것_260

165. 성벽이 굳다고 나라가 안 망하랴_262

166. 문을 안 잠그고 사는 세상_263

167. 큰 나무_265

168. 불변不變과 변變_266

169. 인심의 동요가 없으면_268

170. 꽉 막힌 정치와 소통이 되는 정치_269

171. 닭 잡는 데에 소 잡는 칼_270

172. 손이나 발을 자르는 까닭_272

173. 호랑이 등에 탄 사람_273

174. 생활 속의 스승_275

175. 반드시 그렇게 해야 한다고?_276

176. 지난 것과 다가올 것_278

177. 나날이 새롭게_279

178. 고마움을 잊지 않는다는 것_281

179. 눈은 내리고_282

180. 부족한가? 고르지 못한가?_284

181. 전쟁이 없는 세상_285

182. 물 닿는 곳이 곧 도랑_286

183. 코 고는 사람과의 동침_288

184. 아침 청소_289

185. 딱 하나 모자라는 것_291

186. 집안 단속_292

187. 인형의 눈물_293

188. 자기 복은 자기가 타고나는 것_295

189. 칠보시七步詩 ─ 일곱 걸음 안에 지은 시_296

190. 인정과 신수身數_298

191. 로마에서는 로마의 법을_299

192. 쥐도 궁지에 몰리면_301

193. 사람 위의 사람_302

194. 인내와 안정_304

195. 경 험_305

196. 섣달 그믐_307

197. 정월 초하루_308

198. 내강외유_310

199. 얼음과 숯불_311

200. 보편普遍과 패거리_312

201. 인물평_314

202. 엄하지 않은 선생님은 게으른 선생님_315

203. 말 재주_317

204. 복福과 화禍_318

205. 먹을 갈며_320

206. 가장 믿을 수 있는 것은 나 자신의 능력_321

1. 책을 펴고 발(簾)을 내리면

開卷神遊千載上하고, 垂簾身在萬山中이라.
개 권 신 유 천 재 상   수 렴 신 재 만 산 중

책을 펴니 내 정신은 천 년의 세월 속에서 노닐고 발을 내리고 보니 내 몸은 만 겹의 산 속에 있네.

중국 청나라 때의 서예가인 등석여鄧石如의 서예 작품에서 본 글이다. 책은 참 신비롭다. 책을 펴면 그 안에서 천 년 전의 인물이 남긴 말도 들을 수 있고 행적도 볼 수 있다. 뿐만 아니라 책을 펴면 미래도 내다볼 수 있다. 다가오는 시대를 짐작하고서 새로운 세계에 대처할 지혜를 배울 수 있다. 그래서 책을 펴든 사람은 행복하다. 과거와 미래 사이 천 년의 세월을 오가며 그 안에서 얼마든지 노닐 수 있기 때문이다.

언제라도 내 방의 발만 내리면 시끄러운 세상과 인연이 끊긴 듯이 나만의 세계에 침잠할 수 있다면 그런 내 방이 바로 만 겹의 산 속이 아니고 무엇이겠는가? 깊은 산 속이 따로 없다. '대은大隱은 곧 시은市隱이다'라는 말이 있다. 진정으로 큰 은거는 시장 속에 은거한 것이라는 뜻이다. 시장 속에 은거한다는 것은 시장 속에 살아도 마치 만 겹의 산 속에 사는 것처럼 고요한 마음으로 살 수 있다는 뜻이다. 그러니 시은市隱보다 큰 은거가 어디에 있겠는가? 이런 사람은 누구

보다도 행복한 사람이다. 그런데 누가 능히 그런 시은市隱을 할 수 있을까? 마음이 고요한 사람, 물욕에 빠지지 않은 사람, 세상에 통달한 사람만이 가능하다. 책을 폄으로써 언제라도 천 년의 세월을 오가며 노닐 수 있고, 발만 내리면 만 겹의 산 속에 든 듯이 조용히 살 수 있는 사람이라면, 정말 부러운 사람이다. 그러나 부러워할 필요가 없다. 누구라도 마음만 먹으면 언제라도 그렇게 할 수 있으니 결국 인생은 마음 다스리기에 달려 있는 것이다.

開 : 열 개	卷 : 책 권	遊 : 놀 유
載 : 해(年) 재	垂 : 드리울 수	簾 : 발 렴(염)

2. 어린이날

夏楚二物은 受其威也라.
가 초 이 물   수 기 위 야

어린이 교육에 '가楚'라는 개오동나무 회초리와 '초楚'라는 가시나무 회초리를 사용하는 까닭은 예禮를 범하거나 게으름을 피우는 것을 경계하는 위엄을 보이기 위해서이다.

『예기禮記』「학기편學記篇」에 나오는 말이다. '夏'는 '檟'의 통가자通仮字(서로 빌려 사용하는 글자)로서 '가'라고 읽어야 하며 '회초리'라는 뜻이다. 우리 한자 문화권의 전통 교육에서는 회초리를 아끼지 않았다. 어린이들로 하여금 바른 생활습관을 갖게 하기 위해서 따끔하게 회초리를 드는 것을 오히려 권장하는 입장이었다. 그런데 서양의 교육이론이 우리 교육을 지배하면서부터 교육 현장에서 회초리가 사라지기 시작했다. 서양의 교육이론이 '어린이가 잘못을 저지르더라도 긍정적으로 이해하며 스스로 변할 때까지 기다리자'는 식의 '긍정적' 시각의 이론이라면, 우리의 전통 교육은 '이놈! 세 살 버릇이 여든까지 가고, 바늘 도둑이 소도둑 되는 법이다!'라고 생각하는 '우환의식'에 바탕을 둔 교육이론이다. 물론 긍정적 시각의 이론이 좋은 점도 많지만 그것이 낳은 피해 또한 심각하다. 과학에 의한 지구환경의 오염마저도 과학의 힘으로 해결할 수 있다고 생각한 오만한 긍정적 사고가 지구 종말의 위기를 가져왔고, 어린이의 비행마저도 긍정적 시각으로 보자는 교육이론이 교육 부재의 위기를 자초한 점도 없지 않다. 1년 365일이 거의 다 어린이날이나 마찬가지이다. 해마다 어린이날이면 마치 '어린이 응석 받아주기'로 전국이 들썩이는 것 같다. 이제는 어린이날 대신 어버이날을 공휴일로 하고 어린이날은 학교에서 학예회나 운동회로 대신하면 어떨까? 어버이날을 공휴일로 제정하여 어버이날이면 으레 아빠, 엄마와 함께 손자, 손녀들이 할아버지, 할머니를 뵈러가는 것이 보다 더 교육적이지 않을까?

夏(榎) : 개오동나무 가	楚 : 회초리 초
受 : 받을 수	威 : 위엄 위

3. 담백한 식사와 맑은 마음

食淡精神爽이요, 心淸夢寐安이니라.
식 담 정 신 상   심 청 몽 매 안

먹는 것이 담백하면 정신이 상쾌하고, 마음이 맑으면 꿈자리와 잠
자리도 편안하다.

『명심보감明心寶鑑』에 나오는 말이다. 고기를 많이 먹는 것이 좋
은지 채소를 많이 먹는 것이 좋은지 나는 알지 못한다. 다만 지나가
는 우스갯소리로 "소가 고기를 많이 먹어서 힘이 센가?"라는 말을
한 마디 하고 싶다.

어떤 영양학자가 TV에 출연하여 "13세기의 몽고족과 19세기의
앵글로색슨족과 20세기의 미국 등 세계를 주름잡았던 민족이나 국
가는 당시에 고기 소비량이 세계에서 가장 많은 민족이나 국가들이
었다"라고 말하면서 우리나라도 세계적인 강국이 되기 위해서는 육
식을 많이 하여 국민의 체력을 향상시킬 필요가 있다고 하였다. 그

러나 21세기는 힘으로 싸우는 시대가 아니고 지식, 정보, 문화, 예술 등 정신으로 싸우는 시대라는 점을 생각한다면 지금이야말로 먹는 것을 담백하게 하여 우리의 정신을 상쾌하게 하는 것이 더 필요하지 않을까 생각한다. 상쾌한 정신에서 위대한 창작이 나오고, 맑은 마음에서 편안함이 온다. 담백한 식사와 맑은 마음으로 일관한 노老스 님의 청아한 얼굴을 그려보자. 내 마음속에서 미움, 시기, 질투, 욕망 등을 제거하여 마음을 한없이 맑게 한다면 꿈자리와 잠자리가 편안하지 않을 까닭이 없을 것이다. 일단 음식은 담백하게 먹어보고 마음은 맑게 가져 볼 일이다.

淡 : 맑을 담	精 : 정신 정	爽 : 상쾌할 상
淸 : 맑을 청	夢 : 꿈 몽	寐 : 잠잘 매

4. 희구지정喜懼之情

父母之年은 不可不知也니 一則以喜요 一則以懼니라.
부모지년　　불가부지야　　일즉이희　　일즉이구

부모님의 나이는 알지 않으면 안 되니, (그 까닭은 부모의 나이를 안다는 것이) 한편으로는 기쁘면서도 한편으로는 두렵기 때문이다.

『논어論語』「이인편里仁篇」에 나오는 말이다. 회갑이나 칠순 등 부모님의 수연壽宴이라면서 부쳐온 청첩의 글을 읽다보면 더러 '꼭 참석하시어 희구지정喜懼之情을 함께 나누어주시기 바랍니다'라는 문구를 발견할 때가 있다. '희구지정'이란 말은 한편으로는 기쁘고 한편으로는 두렵다는 뜻이다. 부모님의 수연을 준비하는 자식의 입장에서 부모님께서 수연을 누리실 만큼 건강하게 오래 사셨으니 한편으로는 기쁘지만, 다른 한편으로는 나이가 많다는 것은 그만큼 돌아가실 날이 가깝다는 뜻이니 혹시라도 건강이 안 좋아지실까 봐 두렵다는 뜻이다. 무릇 자식된 자는 이런 생각을 가져야 한다.

요즈음에는 이런 '희구지정喜懼之情'을 모르는 자식들이 더 많은 것 같다. 부모님이 건강하실 때에는 건강하다는 이유로 함부로 대하고, 부모님이 병들고 나면 금세 귀찮게 여겨 모시기를 꺼려하는 일이 다반사이다. 부모와 자식 사이마저도 이처럼 편리와 이로움만을 따지는 세상이 되어 버렸으니 다시 무엇을 이야기하랴? TV에서 애완동물에 관한 방송을 시청할 때마다 동물보다 못한 대접을 받는 늙은 부모들의 처지가 안타깝다.

年 : 해 년, 나이 년   喜 : 기쁠 희   懼 : 두려울 구

---

5. 선善과 악恶의 관계

鋤一惡이면, 長十善이니라.
서 일 악   장 십 선

한 가지 악惡을 김매듯이 제거하면, 열 가지 선善이 자라게 된다.

중국의 역사책인 『송사宋史』의 「필사안전畢士安傳」에 나오는 말이다. 잡초와 농작물을 비교해 보면 잡초가 농작물에 비해 훨씬 성장이 왕성하고 세력이 강하며 땅을 많이 차지한다는 것을 알 수 있다. 농작물 서너 포기가 자랄 땅을 차지하고서 농작물보다 키도 훨씬 크게 자란 잡초는 농작물이 받아야 할 햇빛마저도 가리고 나선다. 그렇게 되면 농작물은 결국 잡초에 치어 죽고 만다. 선과 악의 관계도 이와 같다. 악은 선보다 훨씬 세력이 강하여 악은 처음부터 선이 서야할 자리를 빼앗고서 그 자리에서 자란다. 그러므로 하나의 악을 제거하면 그 자리에는 여러 가지의 선이 자랄 공간이 생기게 된다. 따라서 선을 권장하는 일도 중요하지만 그보다는 악을 먼저 제거하는 것이 먼저이다. 잡초를 제거하지 않는 한 비료를 많이 주어도 그 비료를 잡초가 다 섭취하여 농작물의 수확량을 올릴 수 없듯이, 악이 제거되지 않는 세상에서는 아무리 선을 강조해도 선이 제대로 자랄 수 없다. 우리 사회는 악의 세력이 너무 확산되고 있다. 거의 매일같이 폭력과 살인 사건이 터지고, 밤이면 밤마다 유흥가는 불륜과 향락으로 불야성을 이루고 있으며, 학교에서도 무서운 폭력 사건이 일어나는 것은 예외가 아니다. '악하다고 해도 좋으니 우선 즐기고 보자'는 생각이 만연되어 있기 때문이다. 각자 스스로 마음속에 선이 자랄 공간을 비워두도록 노력하자.

鋤 : 호미 서, 김맬 서   惡 : 악할 악   長 : 자랄 장

---

6. 명령 하달

下令은 如流水之原하라.
하 령   여 유 수 지 원

명령은 흐르는 물이 평원을 향해 가는 것처럼 전달되게 하라.

중국 한나라 때의 사람인 사마천이 쓴 『사기史記』의 「관안열전管晏列傳」에 나오는 말이다. 평원에 흘러드는 물은 고르게 퍼진다. 폭포수처럼 한 곳에만 떨어지는 것도 아니고 강물이나 냇물처럼 한 줄기 노선만을 따라가는 것도 아니다. 정부의 정책이나 지도자의 명

령도 평지로 흘러드는 물처럼 고르게 전달되어야 한다. 폭포수처럼 강압적으로 한 곳에만 집중되어도 안 되고, 강물처럼 어느 특정 노선에만 전달되어도 안 된다. 그런데 우리 사회에는 집중단속도 많고, 집중지원도 많으며, 특별세무조사도 많다. 정부의 정책이 평지로 흘러드는 물처럼 지속적으로 고르게 전달되는 것이 아니라, 폭포수처럼 일시적인 필요에 의해 한 곳에만 집중적으로 전달되고 있다는 뜻이다. 이러한 정책은 국민의 불만과 원망을 불러일으킨다. 정치는 흥행을 목적으로 하는 쇼가 아니며 일시적인 '겁주기'나 '퍼주기'는 더욱 아니다. 국민들은 이제 일시적인 인기를 노리는 정치적 흥행에도 속지 않고, 일시적인 겁주기나 퍼주기에도 속지 않는다. 누구에게나 평등하게 적용되는 진지한 정책만을 믿는다. 평지를 고르게 적시려면 충분한 양의 물이 필요하듯이 국민을 감동시키기 위해서는 사려 깊은 정책이 지속적으로 고르게 펼쳐져야 한다.

下 : 내릴 하   令 : 명령 령
之 : 갈 지   原 : 벌판 원

7. 항상 하는 떳떳한 일과 법

家有常業이면 雖飢不餓하고
가 유 상 업 　 　 수 기 불 아

國有常法이면 雖危不亡이니라.
국 유 상 법 　 　 수 위 불 망

집안에 일상으로 하는 일이 있으면 비록 흉년이 들어도 굶주리지
않고, 나라에 떳떳하게 적용되는 법이 있으면 위기가 닥쳐도 망하지
않는다.

『한비자韓非子』「식사편飾邪篇」에 나오는 말이다. 한문을 한글로
번역하는 데에 있어서 '常'자만큼 번역하기 힘든 글자도 없을 것이
다. 자전에는 '항상 상', '떳떳할 상', '일상 상', '당연히 상' 등으로
훈독되어 있지만 사실 '常'자에는 '항상', '떳떳함', '일상', '당연
함', '자연에 순응함', '분수를 앎' 등의 의미가 한꺼번에 다 들어 있
다. 그러므로 '家有常業'의 '常業'이라는 말 속에는 '가족이 분수에
맞게 자부심을 가지고 일상으로 늘 하면서 사회에 해악을 끼치지 않
는 떳떳한 일'이라는 의미가 들어 있다. 이러한 복합적인 의미의 말
을 어느 한 면만 취해서 '일상의 일', 혹은 '떳떳한 일'이라고 번역
해 버리면 본래의 의미가 많이 손상된다. 그냥 '常業'이라는 한자말
을 사용하는 것이 가장 좋을 것 같다. '常法' 역시 마찬가지다. 집안

에 온 식구가 보람을 느끼면서 서로 단결하여 일상으로 행하는 가업이 있으면 아무리 큰 흉년이 닥쳐도 굶는 일은 없을 것이다. 나라에 법의 기강이 바로 서 있으면 위기를 무난히 극복할 수 있을 것이다. '항상성'이 무엇보다 중요하다. '때우기'식이나 '꿰어 맞추기'식의 임시방편으로는 오래 버틸 수가 없으며 '常業'과 '常法'의 저력만이 지속적인 발전을 기약할 수 있다.

常 : 항상 상	業 : 일 업	雖 : 비록 수
飢 : 흉년 기	餓 : 주릴 아	危 : 위태로울 위

8. 스승의 날

啐 啄 同 時
줄 탁 동(통) 시

'줄啐'과 '탁啄'은 동시에 이루어진다.

불교에 관련된 책인 『선림보훈음의禪林寶訓音義』라는 책에 나오는 말이다. '줄啐'은 알을 깨고 나오려 하는 병아리가 어미 닭에게 신호를 보내는 소리를 말하고, '탁啄'은 어미 닭이 병아리가 보내는 신호를 듣고서 알껍데기를 깨주는 행위를 말한다. 그런데 이 '줄啐'과

'탁啄'은 동시에 이루어져야 한다. 때를 놓치면 병아리는 죽고 만다.

후에 이 말은 선禪불교에서 수행자의 질문과 선사의 대답 사이의 관계를 나타내는 말로 사용되었는데 '줄啐'은 수행자의 질문을, '啄'은 선사의 답을 의미한다. 스승과 제자 사이에 계기契機가 서로 투합하여 꼭 물어야 할 때에 묻고, 그 물음에 대해 가장 절실한 답으로 대답을 할 때 가르침은 이루어진다. 무릇 교육은 이렇게 이루어져야 한다. 선생님과 학생이 인생과 학문에 대한 절실한 물음과 답을 사이에 두고 학생은 간절하게 '啐'을 하고, 선생님은 제때에 '啄'을 하여 학생에게 시원한 깨달음의 자유를 안겨주어야 하는 것이다. 이러한 자유가 곧 참 자유이고, 그러한 자유 속에서 위대한 창작이 나온다. 그런데 지금 우리 교육은 시험 보는 기술을 가르치고 배우는 것뿐이다. 하루 빨리 교육이 제자리를 찾아야 한다. 교육이 제자리를 찾지 못하는 한 아무리 경제가 발전해도 난세는 계속된다. 이를 위해 선생님들은 인품을 닦고, 실력을 쌓아 당당해져야 한다. 선생님들이 당당할 때 회초리는 '사랑의 매'라는 찬사를 받지만 그렇지 못하면 '폭력'이라는 멍에를 쓰게 된다. 사람만이 교육을 살릴 수 있다는 점을 생각하도록 하자.

啐 : 재잘거릴 줄   啄 : 쪼을 탁
同 : 꿰뚫을 통(洞徹), 같을 동   時 : 때 시

9. 굽은 재목을 재기 위해 곧은 자를 구부리랴

法不阿貴하고　繩不撓曲이라.
법　불　아　귀　　　　승　불　요　곡

법은 귀한 사람이라 해서 아부하지 않고, 먹줄은 굽은 곳이라 해서 굽혀 긋지 않는다.

『한비자韓非子』「유도편有度篇」에 나오는 말이다. '繩'자는 본래 '새끼줄'이라는 뜻인데 여기서는 목수들이 재목을 곧게 다듬기 위해 사용하는 '먹물 먹인 실로 된 자'를 뜻한다.

흔히 '법 앞에 만민이 평등하다'라고 말한다. 법은 누구에게나 평등하게 적용되어야 한다는 뜻이리라.

한 때 우리 사회에서는 '유전무죄有錢無罪, 무전유죄無錢有罪'라는 말이 유행하였다. 지금도 '특혜'시비는 끊이지 않고 있으니 법의 평등은 요원하기만 하다. 법은 먹줄에 비유된다. 굽은 나무를 재기 위해 자를 구부려서는 안 된다. 굽은 굴곡을 따라 자를 구부려 재게 된다면 나무의 길이는 실지의 길이보다 훨씬 길게 나올 것이다. 그러나 그렇게 구부려 재서 길게 나온 수치를 믿고 그 나무를 기둥 삼아 집을 짓는다고 가정해 보자. 아마 집을 짓기도 전에 지붕이 허공에 떠서 무너지고 말 것이다. 법은 평등하게 적용되어야 하고, 자는 곧게 재야 한다. 몇 사람이 굽은 자(尺)의 혜택을 본다면 세상의 곧은 자는 쓸모가 없게 된다. 허탈한 세상이 되고 마는 것이다. 국민들이 허탈함을 느끼면 의욕을 상실하게 된다. 생활에 의욕과 활기가 없는 국민들이 무슨 수로 국가의 발전에 동참할 수 있겠는가? 법이 보다 더 평등하게 적용되고, 곧은 자가 제구실을 할 수 있는 세상이라야 경제도 살아나고, 문화도 꽃피어, 부강하고 아름다운 나라가 될 수 있다.

法 : 법 법	阿 : 빌붙을 아, 아부할 아, 언덕 아
貴 : 귀할 귀	繩 : 새끼줄 승
撓 : 굽힐 요	

10. 부처님이 계신 곳

溪聲便是廣長舌이니 山色豈非淸淨身이리오.
계 성 변 시 광 장 설   산 색 기 비 청 정 신

　시냇물 소리가 곧 부처님의 말씀이니, 산색山色은 어찌 청정한 몸이 아니겠는가?

중국 송나라 때의 시인이자, 서예가이며 화가였던 소동파가 쓴

『증동림총장로贈東林總長老(동림의 총장로스님께)』라는 시의 처음 두 구절이다. '광장설廣長舌'이란 직역하자면 '넓고 긴 혀'라는 뜻이다. 불법을 전파하고 사람을 교화하기 위해 필요에 따라 부처님은 32가지 모습으로 변신하곤 하였는데 그 변신한 모습 중의 하나가 바로 '광장설'로서 그것은 얼굴을 덮을 정도의 길고 넓은 혀를 가진 모습이라고 한다. 사람들을 말로써 설득할 필요가 있을 때 부처님은 이런 모습으로 변신하셨다고 한다. 따라서 광장설은 부처님의 말씀을 의미한다. 그런데 부처님의 말씀이 따로 있는 게 아니다. 마음의 문을 열고 들으면 시냇물 소리뿐 아니라 모든 자연의 소리가 다 부처님 말씀으로 들린다. 그리고 주변의 모든 것이 다 부처님 모습으로 보인다. 부처는 바로 내 마음 속에 자리하고 있는 것이다. 부처님 나라인 서방정토 극락세계가 따로 있어서 부처님께 절만 잘하면 극락세계에 가는 게 아니라 내 마음 안으로 부처를 받아들여 내 스스로 부처님 마음을 갖게 되면, 그 마음이 있는 곳은 어디라도 다 극락이다. 부처님께 빌어서 부처님으로부터 복을 타내는 것이 아니라 내 스스로 수행하여 나 자신이 부처가 되는 '성불成佛'이야말로 진정한 불도佛道인 것이다. 바쁘고 번다한 이 세상에서 하루만이라도 진정으로 마음을 비워 보도록 하자. 어느덧 마음의 빈자리에 부처님이 와 계실 것이다.

溪 : 시내 계　　　聲 : 소리 성　　　便 : 곧 변
廣 : 넓을 광　　　豈 : 어찌 기　　　淨 : 깨끗할 정

11. 한명회와 압구정狎鷗亭과 기심機心

胸中政使機心斷이면 宦海前頭可狎鷗라.
흉 중 정 사 기 심 단   환 해 전 두 가 압 구

가슴 속의 기심機心을 끊을 수 있다면 벼슬의 바다 앞에서도 갈매
기와 친하게 지낼 수 있을 텐데……

성종 때 홍문관 부제학을 지낸 최경지崔敬止가 당시의 권신權臣인
한명회를 비웃어 지은 시이다. '기심機心'이란 기회를 틈타 남을 속
여 자기에게 이롭도록 일을 꾸미려는 마음을 말한다.

『열자列子』「황제편黃帝篇」에는 다음과 같은 고사가 있다. 매일
바닷가에 나가 갈매기와 친하게 노는 젊은이가 있었다. 갈매기들은
젊은이의 어깨에도 내려앉고 손바닥에도 내려앉았다. 젊은이의 아
버지는 어느 날 아들에게 갈매기를 한 마리 잡아오라고 하였고 아들
은 그렇게 하겠다고 하였다. 이튿날 젊은이가 바닷가에 나가 갈매
기를 부르자 갈매기는 한 마리도 내려앉지 않았다. 갈매기들이 젊
은이의 기심을 알아차린 것이다.

수양대군을 도와 쿠데타에 성공한 한명회는 생전에 온갖 권세를
다 누렸다. 그리고 만년에 이르러서는 자연으로 돌아가 앞서 소개
한『열자』속의 젊은이처럼 기심 없이 갈매기와 친하게 지내야겠다
는 의미에서 한강변에 압구정狎鷗亭이라는 정자를 지었다. 그러나

정자를 다 지어놓고서도 말만 은퇴한다고 할 뿐 권세 욕심에 은퇴를 계속 미루었다. 이에 최경지는 한명회를 향해 기심을 버리지 못한 다면 아무리 압구정에 나가봐도 기러기와 친해질 수 없을 것이라며 위와 같은 시를 지은 것이다. 참으로 재미있으면서 뼈가 있는 풍자 이다. 그때 그렇게 지어진 압구정이 있는 압구정동은 지금 서울의 중심이 되었다. 그리고 이 시대에도 한명회처럼 늘 은퇴를 들먹이 면서도 여전히 그 자리를 차지하고 있는 사람이 있다. 가슴 속의 기 심을 버리지 못한 채 말이다.

胸 : 가슴 흉　　狎 : 친할 압　　鷗 : 갈매기 구

12. 90을 50으로 여기는 까닭은

行百里者는 半於九十이니라.
행 백 리 자　　반 어 구 십

백 리 길을 가려는 사람은 90리를 반半으로 생각해야 한다.

『전국책戰國策』「진책秦策」에 나오는 말이다. 백 리 길을 가려고 하는 사람은 왜 50리를 반으로 여기지 않고 90리를 반으로 여겨야 하는 걸까? 숫자로만 따진다면 당연히 50리가 반일 것이다. 그러나 세상은 결코 어설픈 계산으로 해결되는 게 아니다. 90리가 아니라, 99리를 왔다고 하더라도 나머지 1리를 남겨둔 지점에서 의외의 장애물을 만나거나 몸에 이상이 생겨서 나머지 1리를 가는 데에 걸리는 시간이 지금까지 99리를 오는 데에 걸린 시간보다 훨씬 더 많이 걸릴 수도 있다. 심지어는 끝내 그 1리를 채우지 못함으로써 백 리 길을 간다는 목표를 달성하지 못하는 경우도 있다. 그러니 90리를 왔다고 해서 어찌 '이제 10리밖에 남지 않았다'고 안심할 수 있겠는가? 99리를 오고서도 이제 반밖에 오지 않았다는 생각을 해야 한다. 그런 생각으로 끝까지 신중하게 길을 가야 100리라는 목표에 도달할 수 있다. 정말 알 수 없는 게 나머지 여정인 것이다. 99리를 가고서도 나머지 1리를 예측할 수 없는 것이 인생인 것이다. 어찌 하루하루를 신중하게 열심히 살지 않을 수 있겠는가?

行 : 갈 행   里 : 마을 리   半 : 반 반   於 : 어조사 어

13. 근본과 말단

禮樂爲本이요 刑政爲末이라.
예 악 위 본 　　 형 정 위 말

예禮와 악樂은 근본이고 형벌과 정치는 말단이다.

　송나라 사람 소철蘇轍(소동파의 동생)이 쓴 「하남부진사책문河南府
進士策問」이라는 글에 나오는 말이다. 거의 매일 신문에는 흉악하거
나 음란한 범죄에 관한 기사가 실리지 않는 날이 없다. 게이트도 많
고, 모함, 협박, 사기도 많고, 심지어 살인 사건도 사흘에 한번씩은
터지는 것 같다. 학생들이 패싸움을 하고, 어린 아이들이 치정에 얽
힌 다툼을 벌이고 청소년들이 마약을 한다. 그런데 따지고 보면 이
것은 당연한 귀결이다. 중·고등학생은 물론 유치원이나 초등학생
들도 아름다운 동요나 가곡은 내팽개치고 빠른 템포의 음란한 노래
에 빠져 있고, 성인 오락, 성인 영화라는 이름 아래 각종 음란물과
폭력물들이 난무하고 있으니 그 속에서 사는 학생들이 범죄를 모방
하지 않는 게 오히려 신기할 정도다.

　법을 강화해서 범죄를 다스린다고 해서 사회가 깨끗해지지는 않
는다. 바닥에 깔려 있는 문화가 깨끗해져야 한다. 문화란 다름이 아
니라 '예禮'와 '악樂'이다. 예와 악은 근본이고, 형벌과 정치는 말단
이니 세상을 맑게 하기 위해서는 문화를 맑게 하는 노력을 먼저 해

야 한다. 어린이들은 동요를 부르게 하고, 청소년들은 가곡을 부르게 해야 한다. 어른들은 애를 키우는 어른답게 어른의 욕구를 절제하는 것이 문화를 맑게 하는 첫걸음이다.

禮 : 예절 예   樂 : 음악 악   刑 : 형벌 형   政 : 정치 정

---

14. 내 뜻을 알아줄 이 뉘 있으리

知音少하니 人間何處尋芳草리오.
지 음 소   인 간 하 처 심 방 초

내 뜻을 알아주는 이 드무니 인간 세상 어느 곳에서 향기로운 풀을 찾을거나?

중국 송나라 사람 주돈유朱敦儒가 쓴 곡曲 작품 〈어가오漁家傲〉의 한 구절이다. 어떤 지도자가 나서서 세상을 바로 잡아보려고 할 때 하부의 공무원이나 백성들이 그 지도자의 뜻을 이해하지 못하여 그의 뜻에 따라 주지 않는 것도 안타까운 일이지만, 아래 자리의 관료

나 백성들이 세상을 바르게 이끌어갈 묘책을 가지고 있어도 칼자루를 쥐고 있는 윗사람이 전혀 그 뜻을 이해하지 못하여 받아들일 마음이 없는 경우에는 그 안타까움이 훨씬 더 할 것이다. 이렇게 되면 뜻있는 인재들은 '인간 세상 어느 곳에서 향기로운 풀을 찾을거나?'라는 한탄을 하게 된다. 그리고 그런 향기로운 풀과 같은 사람을 찾을 수 없다고 생각하면 아예 숨어버린다. 이런 인재들이 숨어버린 세상에서는 공익을 빙자해 자신의 이익을 챙기는 소인들만 날뛰게 된다. 따라서 지도자도 하부에서 도와주는 인물을 잘 만나야 하지만 아래의 백성들은 정말 지도자를 잘 만나야 세상다운 세상에서 삶다운 삶을 살 수 있다. 인재를 모을 줄도 알고 인재들의 바른 소리를 귀담아 들을 줄도 아는 사람이 '장長'이 되어야 하는 것이다.

知 : 알 지
少 : 적을 소
處 : 곳 처
芳 : 꽃다울 방

音 : 소리 음
何 : 어찌 하
尋 : 찾을 심

15. 맥 추麥秋 (보리 가을)

暑雨避麥秋하고 溫風送蠶老라.
서 우 피 맥 추   온 풍 송 잠 로

더운 비는 보리 가을을 피하고(보리 가을이 지나기를 기다리고 있고), 훈훈한 바람은 누에치는 노인에게 불어오네.

중국 송나라 때의 시인 소동파의 「음주飮酒」 시에 나오는 구절이다. 음력 4월을 '맥추麥秋'라고 한다. 가을은 모든 곡식이 여무는 계절인데, 음력 4월은 비록 여름이기는 하지만 보리가 익어가는 철이기 때문에 그렇게 부르는 것이다. 해마다 맥추가 되면 낮은 한 여름처럼 햇살이 따가운데 아침과 저녁으로는 마치 가을날처럼 썰렁썰렁하다. 모든 곡식이 여물기 위해서는 이처럼 약간의 추위, 즉 가을 기운이 있어야 한다고 한다.

사람도 마찬가지리라. 야무지게 여물기 위해서는 적절한 시련이 있어야 할 것이다. 요즈음 우리 젊은이들은 성년으로 여물기 위해서 어떤 추위와 어려움을 겪는지 모르겠다. 해마다 성년의 날이 되면 선배가 후배에게 꽃을 선물하고, 해질녘에는 친구들끼리 모여서 물세례를 주고받고 심지어는 밀가루를 뒤집어씌우는 '의식(?)'을 행하는 모습이 눈에 띠곤 한다. 그게 성년으로서 여물기 위한 의식일까? 정말 바꾸어야 할 문화이다. '맥추'라는 말에서 보듯이 우리

청년들도 보리가 익는 만큼 알차게 성숙해 갔으면 좋겠다.

暑 : 더울 서   避 : 피할 피   麥 : 보리 맥   蠶 : 누에 잠

---

16. 뜻을 한 곳으로 모으면

用志不分이면 乃擬于神이니라.
용 지 불 분   내 의 우 신

뜻(마음)을 씀이 분산되지 않으면 귀신에 비할 만하다.

『장자莊子』「달생편達生篇」에 나오는 말이다. 마음씀을 한결같이 하여 한 곳에 집중하면 귀신의 경지에 이른 듯 아무리 어려운 일이라도 해낼 수 있다는 뜻이다. 우리의 주변에는 뛰어난 기능을 가진 사람들이 많이 있다. 그런데 그들이 그렇게 뛰어난 기능을 갖게 된 원인을 살펴보면 물론 타고난 재능도 어느 정도 작용했겠지만 가장 큰 원인은 바로 그 일에 평생을 다 바쳐 꾸준히 노력했다는 점이다. '정신일도하사불성精神一到何事不成'이라는 말이 있다. '정신이 한 곳으로 모아지면 무슨 일인들 이루어지지 않겠는가?'라는 뜻이다. '정

신일도금석가투精神一到金石可透'라고도 한다. '정신이 집중되면 쇠나 돌도 뚫을 수 있다'는 뜻이다. 정신을 모으면 그만큼 큰 힘이 생긴다. 설령 재주가 좀 있다고 하더라도 뜻이 전일하지 못하면 결코 성공할 수 없지만 비록 재주가 좀 모자란다고 하더라도 뜻을 전일하게 가지면 언젠가는 성공할 수 있다. 개인도 그러하고 사회나 국가적인 큰일도 마찬가지이다. 우리나라에는 각기 다른 종목의 선수들이 있다. 비단 운동선수뿐 아니라, 기능 올림픽에 참여하는 기능인 선수들도 있고 국제 음악 콩쿠르에 참여하는 음악가들도 있으며 국제 미술대회, 수학 경시대회, 과학 경시대회……. 대한민국을 대표하여 국제경기에 나서는 이런 선수들조차도 반드시 승리하겠다는 의지를 한곳에 모아 귀신과 통할 수 있는 실력을 발휘해야겠지만 지켜보는 국민들도 정말 한 마음 한 뜻으로 선수들을 응원하는 데에 뜻을 모아야 한다. 뜻을 많이 모으면 모을수록 귀신과도 통할 수 있는 신통한 역량은 더해지기 때문이다.

志 : 뜻 지   乃 : 이에 내   擬 : 비길 의

17. 선생님의 할 일

黙而識之하고 學以不厭하며 誨人不倦이라.
묵 이 지 지   학 이 불 염   회 인 불 권

묵묵히 마음에 새겨두고, 배우기를 싫어하지 않으며, 가르치기를
게을리 하지 않는다.

『논어論語』「술이편述而篇」에 나오는 공자의 말이다. 공자는 자탄
하여 말하기를 '묵묵히 마음에 새겨두고, 배우기를 싫어하지 않으
며, 가르치기를 게을리 하지 않아야 할 텐데 이 세 가지 중에서 나는
무엇 하나 제대로 하는 게 없구나'라고 하였다. 이것은 공자의 겸사
謙辭이다. 공자의 이 말에 담긴 속뜻은 '세상에 선생님이 된 사람은
반드시 세상의 변화 모습을 묵묵히 마음에 새겨두고, 배우기를 싫어
하지 않으며, 가르치기를 게을리 하지 않아야 한다'는 것이다. 스승
은 쉽게 노하거나 함부로 혁명을 말하지 않는다. 그저 묵묵히 가슴
에 담아두고 시비를 정확하게 가늠하고 있을 뿐이다. 스승은 학생
에게 공부를 독려하기 전에 자신이 먼저 배우기를 싫어하지 않는
다. 그리고 스승은 무엇보다도 가르치기를 게을리 하지 않는다. 그
런데 우리 사회에서는 이런 스승을 찾기가 쉽지 않은 것 같다. 어떤
선생님들은 교육을 바로 세운다는 이유로 교육의 현장을 무단이탈
하는 경우가 더러 있고, 일부 교사나 교수들은 과거에는 공부를 잘

했겠지만 지금은 공부를 하지 않는 경우가 더러 있다. '내가 한순간 잘못 가르친 것이 학생의 장래를 망칠 수도 있다'는 책임감을 가지고 진정으로 성의를 다해 가르치는 선생님도 찾기 힘든 것 같다. '성직聖職'의 의미를 애써 부정하고 평범한 직장인으로서의 편리함을 추구하고 있는 게 오늘날 선생님의 모습이다. 공자의 말을 가슴에 새길 일이다.

| 黙 : 묵묵할 묵 | 識 : 새길 지 | 厭 : 싫어할 염 |
| 誨 : 가르칠 회 | 倦 : 게으를 권 | |

---

18. 잡초와 간신

農夫去草면 嘉穀必茂하고
농 부 거 초   가 곡 필 무

忠臣除姦이면 王道以淸이니라.
충 신 제 간   왕 도 이 청

농부가 잡초를 제거하면 유익한 곡식이 반드시 무성하게 자라고, 충신이 간신을 제거하면 나라의 정치는 맑아지기 마련이다.

반고班固가 쓴 한漢나라의 역사서인 『한서漢書』의 「범방전范滂傳」에 나오는 말이다. 아무리 좋은 씨앗을 뿌리고 진한 거름을 주어도 잡초를 제거해 주지 않으면 좋은 곡식을 수확할 수 없다. 농작물에게 준 거름까지 다 챙겨 먹은 잡초만 무성해질 뿐이다. 정치도 마찬가지이다. 충신이 나서서 간신을 제거하지 않는 한 정치는 맑아질 수 없다. 그런데 문제는 농작물에 비해서 잡초의 생장력이 훨씬 강하고 충신에 비해 간신의 활동력이 훨씬 강하다는 것이다. 따라서 잡초로부터 농작물을 보호하기 위해서는 농부의 피와 땀이 필요하고 간신과 충신을 구별하기 위해서는 지도자의 통찰력과 함께 충신의 용기 있는 행동이 필요하다. 지도자의 눈이 흐려지거나 충신의 용기가 스러지고 나면 날뛰는 건 간신뿐이다. 오늘날 우리 정치계를 보면 당리당략에 사로잡힌 발언들이 난무하고 있다. 이 횡행하는 상호비방성 발언 앞에서 누구 하나 몸을 사리지 않는 사람이 없다. 이제 정치는 더 이상 책략이나 술수로 하는 것이 아님을 우리 정치인 모두가 자각했으면 좋겠다. 진실만이 신뢰를 받게 됨을 정말 몸으로 깨달아야 한다. 농부는 잡초를 잘 제거해서 풍년을 준비하고, 우리나라 정치판에서는 제발 나라를 좀먹는 간신배들이 사라졌으면 좋겠다.

去 : 제거할 거   嘉 : 아름다울 가   穀 : 곡식 곡
茂 : 무성할 무   除 : 제거할 제   姦 : 간사할 간

19. 태산에 발이 걸려 넘어지나!

人咸蹟于垤이오 莫蹟于山이라.
인 함 질 우 질　　　막 질 우 산

넘어지는 사람은 다 작은 기복起伏에 걸려 넘어지지 큰 산에 걸려 넘어지는 게 아니다.

중국 한漢나라 때의 문장가인 양웅揚雄이 쓴 「양주목잠揚州牧箴」이라는 문장에 나오는 말이다. 큰 바위에 걸려 넘어지는 사람은 거의 없다. 대부분 작은 돌 뿌리에 걸려 넘어진다. 큰 바위는 크다는 이유로 미리 조심하지만 작은 돌 뿌리는 눈에 잘 띄지도 않을 뿐더러 작다는 이유로 하찮게 여겨 조심하시 않기 때문이다. 사람의 생사와 흥망도 대부분 하찮은 것에 그 원인이 있다. '그딴 것쯤이야'라고 생각했던 문제를 풀지 못하여 대학 시험에서 낙방하고, '그 정도야 괜찮겠지'라는 생각으로 받은 돈이 평생의 족쇄가 되어 큰 뜻을 펴는데 짐이 되기도 하고 파멸에 이르기도 한다. 나 자신을 망가뜨리지 않기 위해서는 신중하고 정직하게 살아야 한다. 기분 내키는 대로 방탕하게 마신 오늘 술 한 잔이 먼 훗날 중풍이 되어 나를 되찾아 올 수도 있고, 편리한 대로 대강 먹은 불량식품 몇 그릇이 언젠가 큰 병이 되어 나에게 되돌아올 수도 있다. 정말 우리의 몸처럼 정직한 것은 없는 것 같다. 젊었을 때는 모르지만 중년이 넘어서고 보면 어린 시절과 젊은 시절을 어떻게 살았느냐가 그대로 몸에 나타나는 것 같다. 눈에 쉽게 보이지 않아서 그렇지 정신도 마찬가지이다. 말년의 모습이 추하지 않도록 늘 작은 돌 뿌리를 조심하며 성실하고 정직하고 신중하게 살아야 할 것이다. 넘어지면서 엎지른 인생의 물은 다시 쓸어 담을 수 없으니 말이다.

咸 : 다 함   躓 : 넘어질 질   垤 : 개밋둑 질, 작은 언덕 질

---

20. 뛰는 놈 위에 나는 놈

强中更遇强中手하고 惡人須服惡人磨니라.
강 중 갱 우 강 중 수   악 인 수 복 악 인 마

강한 자는 다시 더 강한 자를 만나게 되고, 악인은 반드시 더 악한 자로부터 갉힘을 당하게 된다.

중국 명나라 때 사람 풍몽룡馮夢龍이 편집한 단편소설집의 하나인 『성세항언醒世恒言』 제34회에 나오는 말이다. 세상에 적수敵手는 있게 마련이다. 제 아무리 강하다고 뻐기는 녀석도 언젠가는 적수를

만나 그 '뻐김'의 코가 납작해 질 때가 있고, 악한 녀석은 저보다 몇 배 더 악한 녀석을 만나 제가 저지른 악행보다 훨씬 더 지독한 악행에 시달릴 때가 있다. 처마의 낙숫물이 반드시 그 자리에 떨어지듯이 제가 저지른 행동에 대한 보답은 반드시 받게 되는 것이다. 겸손해야 한다. 겸손해야만 그 속에서 용서가 나오고 용서가 나와야만 강자가 약자를 잡고, 악이 악을 징벌하는 악순환의 고리가 끊기게 된다. 그리고 그런 고리가 끊긴 세상이 바로 평화로운 세상이다. 지금 우리 사회는 강한 녀석 위에 더 강한 녀석이 올라서고 악한 녀석의 뒤에서 더 악한 녀석이 밀어붙이는 '센 자리' 점거에 혈안이 되어있는 것 같다. 나중 일이야 어찌 되든지 우선 강자의 위치에 서고 보자는 생각이 팽배해 있고 일단 강자의 위치에 서고 나면 모든 것이 해결된다는 오만하고 비열한 생각이 자리하고 있는 것이다. '무한 경쟁'이라는 말에 중독된 사람들이 벌이고 있는 작태이다. 과연 누구를 위한 '무한경쟁'인가? 무한경쟁! 결국은 내 이웃을 적으로 보자는 발상이 아닌가? 무척 위험한 말이다. 결코 함부로 쓸 말이 아님을 하루 빨리 깨달아야 할 것이다.

强 : 강할 강　　　　　中 : 몸(體) 중
更 : 다시 갱　　　　　遇 : 만날 우
須 : 모름지기 수　　　服 : 당할 복
磨 : 갈 마

21. 마시지 않아야 할 물과 먹지 않아야 할 음식

志士는 不飲盜泉之水하고
지사   불 음 도 천 지 수

廉者는 不受嗟來之食이라.
염 자   불 수 차 래 지 식

지사는 '도천盜泉'이라는 이름이 붙은 샘의 물은 마시지 않고 청렴
한 사람은 예禮가 아닌 음식은 먹지 않는다.

『후한서後漢書』「열녀전烈女傳」에 나오는 말이다. '도천盜泉'은 원
래 중국 산동성 사수현泗水縣에 있는 샘의 이름이었으나 나중에는
의롭지 않게 얻은 재물이나 지위를 비유하는 말로 사용되었다. '차
래지식嗟來之食'은 최소한의 예우도 없이 그저 "옛다"하고 불러서,
"이거나 먹어라"하고 던져 주는 음식을 말한다. 샘물에 도둑놈 샘
물이 따로 있을 리 없을 테지만 그것이 '도천'이라는 이름을 가졌다
는 이유만으로도 지사志士는 그 샘물을 먹지 않았다. 그리고 깨끗한
선비는 아무리 배가 고파도 인간의 자존심을 뭉개면서 던져주는 음
식은 결코 먹지 않았다. 육신에 안락함을 안겨주는 물질적인 '이利'
보다는 의롭고 청정한 정신을 더 소중히 여겼던 것이다. 언젠가 이
어령 선생의 '기氣'에 대한 해석을 들은 적이 있다. 어떤 사람이 배
가 고파 부잣집을 찾아가 밥을 좀 달랬더니 고기반찬에 하얀 쌀밥을

내왔다. 그런데 음식을 담은 그릇은 개밥그릇처럼 쭈그러지고 불결했다. 게다가 상도 없이 맨 땅바닥에 그릇을 놓았다. 이 꼴을 당한 그 사람은 밥과 국을 발길로 차면서 "차라리 굶어 죽을지언정 이런 밥은 안 먹겠다"라고 소리쳤다. 그러자 주인은 "허! 녀석이 아직 기氣는 살아서……"라고 맞받았다. 이어령 선생은 여기서 말하는 "아직 기氣는 살아서……"의 기로서 기를 이해하면 기라는 것이 무엇인지를 쉽게 이해할 수 있을 것이라고 했다. 그렇다! 이게 바로 기이다. 아무리 굶주리더라도 사람대접을 하지 않은 채 던져주는 밥은 먹지 않겠다는 그 팔팔함, 그것이 바로 기인 것이다. 그런 기가 없으면 이미 사람이 아니다. 정신이 타락하여 아무 '돈'이나 다 훑어먹으려 드는 짓은 이미 사람이 할 짓이 아닌 것이다.

志 : 뜻 지   飮 : 마실 음

盜 : 도적 도   廉 : 청렴할 염(렴)

受 : 받을 수   嗟 : 탄식할 차

22. 늙은 말의 지혜

"老馬之智를 可用也"라 하고
노 마 지 지　　 가 용 야

乃放老馬而隨之하여　遂得道行하더라.
내 방 노 마 이 수 지　　　 수 득 도 행

　"늙은 말의 지혜를 이용할 수 있을 것이다"라고 하면서 늙은 말을
풀어 준 다음 그 말을 따라가니 마침내 잃었던 길을 다시 찾아 갈 수
있게 되었다.

　『한비자韓非子』「설림說林」상上편에 나오는 말이다. 제나라 환공桓
公을 모시고 전쟁터에 나갔다가 돌아오는 길에 산 속에서 길을 잃은
관중管仲은 이처럼 늙은 말의 지혜를 이용하여 길을 찾을 수 있었다.
늙고 힘이 없다는 이유로 전쟁터에서는 푸대접을 받던 늙은 말이 잃
어버린 길을 찾는 데에 결정적인 공을 세울 줄이야? 늙은 말도 이처
럼 공을 세우는데 하물며 사람에 있어 서랴! 노인은 풍부한 경험을
갖고 있고 그 경험을 통해 체득한 지혜가 있다. 노인의 지혜를 홀시
해서는 안 된다. 그런데 지금은 온통 컴퓨터를 잘 다루는 젊은이 세
상이 되어 노인은 아예 아무것도 할 줄 모르는 '무능력자' 취급을 받
고 있다. 만약 우리 젊은이들에게서 컴퓨터를 비롯한 현대 문명의
이기를 빼앗아버리고서 단 며칠만이라도 자연 속에서 살게 한다면

과연 우리 젊은이가 할 수 있는 일은 무엇이 있을까? 자연에 널려 있는 먹거리를 두고서도 아무 것도 할 줄 몰라 결국은 도움을 요청할 것이다. 우리 젊은이들은 지금 자연 속의 인간으로서는 거의 무능력자이다. 그러나 노인들은 자연 속에서 삶을 지탱하는 지혜가 있다. 젊은이들이여! 그대는 노인의 지혜 앞에서 아직 어린애임을 깨달아야만 인생을 보다 진지한 맛이 나게 살 수 있을 것이다.

智 : 지혜 지	放 : 풀어놓을 방
隨 : 따를 수	遂 : 드디어 수

23. 몸소 행한다는 것

善相丘陵阪險原隰과 土地所宜와
선 상 구 릉 판 험 원 습   토 지 소 의

五穀所殖하여 以敎導民하되 必躬親之라.
오 곡 소 식   이 교 도 민   필 궁 친 지

구릉과 비탈, 습지 등의 지형과, 토질의 적의성 여부와, 또 심을 곡식이 번식하기에 적합한지 등을 잘 살펴서 백성들을 가르치고 인도하되 반드시 몸소 행하는 시범을 보여야 한다.

『예기禮記』「월령편月令篇」의 〈맹춘孟春(초봄)〉조에 나오는 말이다. 오늘날이야 다른 산업에 밀려 농업이 푸대접을 받고 있지만 옛날에는 농사를 어떻게 짓느냐에 국운이 걸려 있었다. 따라서 한 나라의 제왕은 새 봄이 되면 농사일에 각별히 마음을 썼다. 몸소 나서서 씨앗을 뿌릴 밭의 지형과 지질을 잘 살펴 거기에 맞는 곡식을 파종하도록 백성을 가르치고 인도하였다. 이렇게 몸소 나서 백성들을 독려함으로써 가을철에 풍성한 수확을 기약할 수 있었던 것이다.

세상에 농사처럼 정직한 일은 없다. 땅은 가꾼 대로 우리에게 보답한다. 어디 농사뿐이랴. 어떤 일도 정확한 정보를 토대로 현실을 분석한 다음에 몸소 나서서 땀을 흘리는 노력을 기울여야 풍성한 수확을 얻을 수 있다. 심은 대로 거두는 이 농사의 이치를 제대로 터득한 사람은 언젠가는 반드시 성공한다. 2002년 월드컵에서 우리 팀을 4강에 오르게 한 히딩크 감독은 성실한 농사꾼이라고 할 만한 인물이다. 지력을 다지듯 선수들의 체력을 다졌고 토질에 맞는 씨앗을 파종하듯 적재적소에 선수를 기용했다. 그리고 무엇보다도 히딩크 자신이 누구보다도 앞서서 몸소 행하는 모범을 보였다. 몸소 행하는 땀의 철학을 배우고 실천한 사람만이 큰 성공을 거둘 수 있는 것이다.

相 : 살필 상	丘 : 언덕 구
阪 : 비탈 판	隰 : 진펄 습
宜 : 적당할 의	穀 : 곡식 곡
殖 : 번식할 식	躬 : 몸 궁

24. 둥근 나무 베개

以圓木爲驚枕하니　少睡則枕轉而覺하여
이 원 목 위 경 침　　　소 수 즉 침 전 이 각

乃起讀書하더라.
내 기 독 서

둥글게 깎은 나무로 '놀람베개'를 만들어 그것을 베고 자다가 잠
깐 자는 사이에 베개가 구르면서 번쩍 잠을 깨우면 곧 일어나 책을
읽었다.

중국 송나라 사람 범조우范祖禹가 쓴 「사마온공금명기司馬溫公衾銘
記」라는 문장에 나오는 말이다. 사마온공은 『자치통감資治通鑑』이라
는 책의 저사로 유명한 사마광司馬光을 말한다. 오는 졸음을 쫓기 위
해 사마광은 나무를 둥글게 깎아 만든 베개를 베고서 잠깐씩 눈을
붙여가며 공부를 했다. 가히 피나는 노력이라고 할 만하다. 그렇게
노력한 결과 사마광은 송나라를 대표하는 학자이자 문장가이고, 정
치가로서 역사에 남는 큰 인물이 되었다. 성공은 결코 행운을 줍는
일이 아니다. 피나는 노력의 결과로 맞이하는 것이다. 남이 피눈물
로 이루어 놓은 성공을 '행운'이라는 말로 과소평가하지 말아야 한
다. 남의 성공을 행운으로 간주하는 사람은 영원히 성공할 수 없다.
세상에 그런 행운은 애초부터 없기 때문이다. 2002년 월드컵 축구
에서 골을 넣은 선수들도, 2008 북경올림픽에서 메달을 딴 선수들

도 결코 행운을 잡은 행운아들이 아니다. 피와 땀과 눈물의 결과로 그런 영광을 안은 것이다. 그래서 우리는 주택복권 당첨자에게는 박수를 보내지 않지만 선수들에게는 전 국민이 한 마음으로 뜨거운 박수를 보내는 것이다.

圓 : 둥글 원	驚 : 놀랠 경	枕 : 베개 침
睡 : 졸 수	轉 : 뒹굴 전	覺 : 깰 각
起 : 일어날 기		

---

25. 군중의 힘

衆之所助면 雖弱必强하고, 衆之所去면
중 지 소 조   수 약 필 강   중 지 소 거

雖大必亡이니라.
수 대 필 망

군중의 도움이 있으면 비록 약하더라도 장차 반드시 강해질 수 있고, 군중이 떠나면 비록 큰 나라라도 반드시 망하고 만다.

『문자文子』「상의편上義篇」에 나오는 말이다. 군중의 힘은 무서운 것이다. 그런데 그 무서운 힘은 민심이 흘러가는 곳으로 모인다. 민심이 악한 데로 흘러가면 군중의 힘도 악한 데로 몰리고 민심이 선한 데로 흘러가면 군중의 힘도 선한 데로 모아진다. 국가가 처한 위난 앞에서 민심이 악한 데로 흐르면 혼란을 틈타 약탈과 방화와 강간과 살인이 일어나고, 선한 데로 흐르면 국민들 가슴마다에 애국심을 발동시켜 나라를 구하는 큰 힘으로 작용하게 된다. 결국 한 나라의 흥망성쇠는 군중의 선택에 달려 있다고 할 수 있다. 그러므로 지도자는 군중의 힘이 선한 데로 모아지도록 군중을 유도해야 한다. 그것이 바로 지도력이다.

우리 국민은 폭발하는 힘을 가지고 있다. 세계 어느 나라가 월드컵 경기를 보면서 우리처럼 응원한 적이 있던가? 우리 민족은 세계를 향해 아니, 우주를 향해 엄청난 '기氣'를 내뿜고 있는 민족이라고 할 수 있다. 우리는 이제 그러한 민족의 기를 모아야 한다. 그렇게 모아진 기는 우리나라 발전의 바탕이 될 것이다. 정치인들은 국민들의 내뿜는 이 엄청난 단결의 에너지인 기를 한 곳으로 모을 수 있도록 현명한 지도력을 발휘해야 할 것이다.

衆 : 무리 중   所 : 바 소

助 : 도울 조   雖 : 비록 수

弱 : 약할 약

---

26. 진정으로 아는 사람

知之爲知之하고, 不知爲不知가 是知也라.
지 지 위 지 지   부 지 위 부 지   시 지 야

　아는 것을 안다고 하고 모르는 것을 모른다고 하는 것, 그것이 곧
아는 것이다.

　『논어論語』「위정편爲政篇」에 나오는 말이다. 아는 것을 안다고
하고 모르는 것을 모른다고 하는 것은 너무나도 당연한 말이라서 새
삼 다시 할 필요가 없을 것이다. 그런데 이처럼 당연한 말임에도 불
구하고 그 옛날 공자까지 이 말을 강조한 것을 보면 예나 지금이나
세상에는 몰라도 아는 척하며 거짓으로 사는 사람이 많이 있는가 보
다. 모른다고 말하면 무식하다고 깔볼까 봐 불안한 마음으로 모르
는 것도 아는 척하며 어물어물 넘기면서 살아가는 사람들이 있다.
이들은 결국 자신 없는 인생을 사는 것이다. 용기를 내어 아는 것을
안다고 하고, 모르는 것을 모른다고 말할 수 있을 때 우리는 건실하
고 떳떳하며 자신감 넘치는 삶을 살 수 있다. 모르는 것을 드러내 놓
고서 하나하나 배워 나갈 때 삶은 기쁨으로 넘치게 된다. 남 앞에 서
려면 제대로 공부해서 자신 있게 서거나, 모르면 솔직하게 모른다고
하고서 그 모르는 것을 착실히 배우려고 해야 한다. 이것은 학생들
을 가르치는 선생님의 기본 자질이다. 학생의 질문 앞에서 모르는

것은 솔직하게 모른다고 말하고서 다음 시간을 착실하게 준비하는 선생님은 이미 훌륭한 선생님이다. 학생들을 즐겁게 해주려고 노력하기에 앞서 학생들이 감명을 받을 수 있는 인품과 실력을 갖춘 선생님이 바로 그러한 선생님이다.

知 : 알 지	之 : (대명사로서) 그것 지
爲 : 할 위	是 : 이 시(~이다)

27. 지혜로운 사람도, 어리석은 사람도

智者千慮에 必有一失하고,
지 자 천 려　　필 유 일 실

愚者千慮에 必有一得이라.
우 자 천 려　　필 유 일 득

지혜로운 사람도 천 번의 생각 중에 한번의 실수는 있을 수 있고,
어리석은 사람도 천 번의 생각 중에 한번의 소득은 있을 수 있다.

『사기史記』「회음후열전淮陰侯列傳」에 나오는 말이다. 원숭이도 나무에서 떨어질 날이 있다는 말이 있다. 아무리 지혜로운 사람이

라 할지라도 실수는 있기 마련이라는 뜻이다. 그래서 세상에는 '돌다리도 두드려보고 건너라'는 말이 있다. 그런데 요즈음 어떤 젊은 이들은 "돌다리인 줄 알았으면 안심하고 건널 일이지 두드려볼 필요가 뭐 있느냐?"라고 약간은 회화된 반문을 한다. 그러나 실수는 항상 믿었던 데에서 생긴다. 젊은이답게 모험은 하되 조심조심 백번을 조심해야 한다.

반대로 아무리 어리석은 사람이라도 어떤 경우에는 지혜로움을 자처했던 사람이 전혀 생각하지 못한 결정적인 답을 찾아내기도 한다. 어리석다고 무시할 일이 아니다. 어리석음의 이면에는 지혜의 보고인 천진함이 숨어있는 경우가 허다하다. 근본적으로 어리석음이란 없다. 오히려 영리함이 지나쳐 제 욕심에 제가 당하고, 제 꾀에 제가 걸려 넘어지는 사람이 어리석은 사람이지 처음부터 어리석은 사람은 없는 것이다. 지혜로움과 어리석음은 그야말로 종이 한 장 차이이다. 그리고 그 종이 한 장의 차이는 눈에 달려있다. 아무리 지혜로운 사람이라고 하더라도 탐욕으로 눈이 가리게 되면 한순간에 어리석은 사람으로 타락하고 마는 것이다.

智 : 지혜 지	慮 : 생각 려
失 : 잃을 실	愚 : 어리석을 우
必 : 반드시 필	得 : 얻을 득

28. 지난 일

往者는 不可諫이나 來者는 猶可追라.
왕 자　　불 가 간　　　래 자　　유 가 추

지난 일은 되돌릴 수 없으나 다가올 일은 오히려 쫓아갈 수 있다.

『논어論語』「미자편微子篇」에 나오는 말이다. 초나라의 거짓 미치
광이 접여接與는 공자를 향해 '정치에 참여하려고 애를 쓴 지난 삶은
어찌 할 수 없다고 하더라도 앞으로는 다른 삶을 추구하라'고 권하
면서 이 말을 한다. 그리고 이 말끝에 '오늘날 정치에 종사한다는
것은 위험한 일이다'라는 말도 덧붙인다. 그렇다! 한번 지나간 일은
어찌 할 수 없다. 아무리 아쉽고 안타까워도 되돌릴 수 없고, 흘러간
시간이 아무리 아까워도 만회할 수 없다. 빨리 잊고 새 출발을 하는
것이 상책이다. 지금 후회하며 아쉬워하고 있다면 후회하며 아쉬워
하는 것 자체가 이미 큰 깨달음이요, 소득이다. 더 늦기 전에 지금
후회하게 된 것을 오히려 감사하게 생각하면서 돌이킬 수 없는 지난
일들은 과거라는 이름으로 접어 두어야 한다. 과거에 붙들려 있는
것은 생명을 단축하는 것과 다르지 않다. 과거에 붙들려 있다면 그
는 결코 현재의 사람이 될 수 없고, 현재의 사람이 아닌 과거의 사람
이라면 그는 이미 죽은 사람이나 다를 바 없다. 털고 일어서서 내 몸
이 자리하고 있는 현재라는 시간을 활기차게 살아갈 때 비로소 살아

있는 사람이라고 할 수 있다. 살다보면 아쉬운 일, 후회되는 일이 많다. 그러나 아쉬워도 어찌하랴. 이미 게임은 끝났고 과거는 되돌릴 수 없으니 스스로를 아끼는 마음으로 내일을 준비할 수밖에.

往 : 갈 왕	諫 : 간할 간, 되돌릴 간
猶 : 오히려 유	追 : 쫓을 추

---

29. 바 탕

皮之不存이면 毛將安傅(附)리오.
피 지 부 존   모 장 안 부

가죽이 없으면 털이 어디에 붙겠는가?

『좌전左傳』「희공僖公 14년」조에 나오는 말이다. 아무리 좋은 재료가 많이 있고 또 기술이 탁월해도 그 재료를 사용하여 기술을 펴보일 바탕이 없으면 재료나 기술은 무용지물이 되고 만다. 아무리 정치가가 능력이 있어도 국민과 국토가 없으면 그 역량을 펴 보일 수 없고, 아무리 훌륭한 축구 선수가 있어도 그 선수가 속할 국가가 없으면 월드컵 대회에 출전할 수 없다. 바탕이 없으면 근본적으로 존재가 불가능한 것이다. 바탕은 바로 존재의 터전이요, 생명의 장 場이다. 잔치 마당이 없는 데 잔치판이 벌어질 리 없고, 밭이 없는데 씨앗을 뿌릴 수 있을 리 만무하다. 그런데 사람들은 잔치만 소중하게 여길 뿐 마당의 고마움을 잊기도 하고, 씨앗의 품종만 들먹일 뿐 밭의 공로는 말하지 않는 경우가 있다. 우리의 조국 대한민국이 없다면 우리는 올림픽이나 월드컵 같은 국제대회에 출전할 수도 없고 그처럼 뜨겁게 응원해야할 대상도 없다. 뜨겁게 타오르는 국제경기의 열기 앞에서 우리가 응원할 우리 팀이 있고, 우리가 속한 대한민국이라는 국가가 있다는 사실이 우리를 얼마나 감격하게 하는가? '대한민국'은 우리가 우리일 수 있도록 해주는 자랑스러운 터전이요, 우리 존재의 바탕인 것이다. 우리의 조국, 대한민국! 뜨거운 가슴으로 영원히 사랑하자.

皮 : 가죽 피 　　　 存 : 있을 존
毛 : 털 모 　　　　 將 : 장차 장
安 : 어찌 안 　　　 傅 : 붙을 부

30. 정치가 별건가? 백성을 편하게 하는 게 정치지

政無舊新이니 以便民爲本하고,
정 무 구 신   이 편 민 위 본

人無彼此니 以得賢爲先이니라.
인 무 피 차   이 득 현 위 선

정치는 낡은 정치와 새 정치가 따로 있는 게 아니니 백성을 편하
게 하는 것을 근본으로 삼아야 하고, 사람은 이 사람 저 사람 특정한
사람이 따로 정해져 있는 게 아니니 어진 사람을 얻는 것을 최우선
으로 삼아야 한다.

송나라 사람 소철蘇轍이 쓴 「부요유어사중승傅堯兪御史中丞」이라는
글에 나오는 말이다. 선거철이 되면 상대 당에 대한 공격이 심해지
면서 '보수'니 '혁신'이니, '개혁'이니 '안정'이니, '새 정치'니 '낡
은 정치'니 하는 말이 난무한다. 그러나 실지 정치에서는 보수가 따
로 있을 수 없고, 혁신이 따로 있을 수 없다. 보수든 혁신이든 백성
을 편하게 하는 정치가 가장 잘 하는 정치이다. 옛것을 지키는 것이
국가 발전과 국민들의 생활 안정에 도움이 된다면 당연히 옛것을 지
켜야 할 것이고, 새롭게 고치는 것이 국가 발전과 국민 생활에 도움
이 된다면 당연히 고쳐야 한다. 따라서 처음부터 무조건 개혁을 강
조할 필요도 없고, 애써 보수를 자처할 필요도 없다. 어떻게든 백성
들을 편하게 할 최선의 방도를 찾으면 된다.

따라서 사람을 두고서 출신 지역을 따지고 출신 학교를 따질 필요는 더욱 없다. 가장 현명한 사람을 고르면 그만이다. 지연과 학연에 묶여 능력이 미치지 못하는 사람을 요직에 앉혀 놓으면 그날부터 나라는 병들기 시작한다. 요즈음처럼 빠른 세상에 지도자 한 사람이 잘못 뽑혀 어리석은 정치를 하게 되면 금세 나라가 흔들리게 된다. 정치인들은 국민을 가장 먼저 생각하도록 하고, 국민들은 보다 현명한 사람을 뽑도록 해야 할 것이다.

政 : 정치 정   舊 : 옛 구
便 : 편할 편   彼 : 저 피
此 : 이 차   賢 : 어질 현

31. 내가 네가 아니고 네가 내가 아닌 바에야

惠子曰, "子非魚일진대 安知魚之樂이리오?"하니
혜 자 왈   자 비 어   안 지 어 지 락

莊子曰, "子非我일진대 安知我 不知魚之樂이오?"
장 자 왈   자 비 아   안 지 아 부 지 어 지 락

라 하더라.

　혜자가 장자에게 말하기를, "그대가 물고기가 아닌 바에야 물고
기가 즐거워하고 있다는 것을 어찌 아시겠소?"라고 하자, 장자가
말하기를, "그대가 내가 아닌 바에야 내가 물고기의 즐거움을 모른
다는 사실을 어찌 아시오?"라고 하였다.

『장자莊子』「추수편秋水篇」에 나오는 말이다. 물고기가 아닌 바에
야 물고기의 마음을 알 수 없듯이 내가 아닌 바에야 내 마음을 나같
이 아는 사람은 없다. 아무리 친한 사이라 할지라도 내 마음속을 나
처럼 들여다보는 사람은 없는 것이다. 그런데 사람은 자칫 상대방의
마음을 다 헤아리고 있다는 듯이 행동하기도 하고, 때로는 상대가 처
한 상황이나 마음은 아예 아랑곳하지 않고 내 마음대로 행동하기도
한다. 두 경우 다 오만하고 방자한 행동이다. 내 마음과 나의 경우를
통하여 상대의 마음과 상대가 처한 경우를 근접하게 이해하고 헤아
릴 줄 알아야 한다. 그것이 바로 덕인德人이 되는 길이며, 인仁을 실천
하는 길이다. 그런데 요즈음 세상을 보면 너무 내 중심으로 사는 사

람이 많은 것 같다. 자기가 번 돈이라고 해서 가난한 이웃의 입장 같은 것은 전혀 생각하지 않고 허드렛물 쓰듯 돈을 쓰는 사람도 있고, 좀 많이 배웠다고 해서 못 배운 사람을 내려다보는 사람도 있다. 남보기 미안해서 내 돈이지만 내 맘대로 쓰지 못하는 마음을 가져야 다같이 잘 사는 세상을 만들 수 있다. 아직 우리 사회엔 수많은 결식아동도 있고 소년소녀 가장도 있지 않은가.

惠 : 은혜 혜   魚 : 고기 어   安 : 어찌 안   樂 : 즐거울 락

---

32. 오히려 가지가 크면

末大必折하고 尾大不掉라.
말 대 필 절   미 대 부 도

나무의 끝가지가 크면 반드시 부러지고 꼬리가 너무 크면 흔들 수 없다.

『좌전左傳』「희공僖公 11년」조에 나오는 말이다. 나무 끝의 가지가 너무 웃자라면 무게를 감당하지 못하여 결국 그 가지는 부러지고

만다. 꼬리는 흔들기 위해서 존재하는 것인데 꼬리가 너무 비대하면 흔들 수 없게 된다. 다 몸통에 비해 말단이 필요 이상으로 커짐으로 인해서 생겨난 불균형의 현상들이다. 물건이든 일이든 말단보다는 근본과 몸통이 튼튼하고 건실해야 제대로 유지·성장하고 원활하게 운용된다.

특히 우리나라 사람들은 근본과 몸통 가꾸기를 소홀히 하는 경향이 짙다. 학문도 기초학문보다는 실용이라는 이름 아래 응용학문에 더 치중하고, 농사도 근본적으로 땅의 힘을 기르기 위해서는 퇴비를 많이 사용해야 하는 줄을 알면서도 우선 수확량을 늘리기 위해 거의 대부분 화학비료를 사용하고 있으며, 교육도 당연히 원리를 이해하고 심성을 도야하도록 하는 교육이 이루어져야 함에도 불구하고 현실은 시험 보는 기술을 가르치기에 급급하다. 사상누각砂上樓閣이란 다른 게 아니다. 근본이 부실한 게 바로 사상누각이다. 우리는 지금 모래 위에 집을 짓는 거나 다름없는 일들을 일상으로 행하고 있다. 국가적인 차원에서 제도를 바꾸고, 국민들의 의식을 개혁하려는 노력을 기울여야 할 것이다.

末 : 끝 말   折 : 꺾일 절
尾 : 꼬리 미   掉 : 흔들 도

33. 석복惜福(복 아끼기)

有錢不敢花盡하고 有勢不敢依盡하며
유 전 불 감 화 진   유 세 불 감 의 진

有福不敢享盡이 皆惜福之道也라.
유 복 불 감 향 진   개 석 복 지 도 야

돈이 있다고 해서 다 써버리지 않고 권세가 있다고 해서 거기에
다 기대지 않으며 복이 있다고 해서 그것을 다 누려버리지 않는 것,
이런 것들이 다 복을 아끼는 도리이다.

대만의 서예가인 두충고杜忠誥 선생의 서예작품집에서 본 글이다
(원작자가 누구인지는 확인하지 못했다). 돈이 잘 벌린다고 해서 항상
그렇게 잘 벌리는 게 아니고, 권세가 있다고 해서 영원히 그러한 권
세가 자신에게 머물러 있는 게 아니다. 현재 복을 누리고 있다고 해
서 그 복이 언제까지나 자신에게 머물러 있지만은 않는 것이다. 그
러므로 우리는 현재 우리에게 다가와 있는 복을 아껴서 누려야 한
다. 지난 2002년 월드컵에서 계속되는 우리 팀의 승리로 인하여 건
국 이후 당시처럼 전 국민이 행복한 적이 없었을 것이라고 한다. 가
슴이 터질 것 같은 환희가 전 국민의 가슴에 뜨겁게 자리하고 있었
으며 그 환희는 다시 엄청난 힘으로 발산되었었다. 그러나 행복을
느끼면 느낄수록 우리는 그 행복을 두고두고 아껴서 누릴 준비를 해

야 한다. 더 이상 우리가 우리 스스로를 '냄비'로 비하하지 않도록 행복을 잘 갈무리해 담아 아껴가며 영원히 쓸 준비를 해야 하는 것이다.

花 : 소비할 화	盡 : 다할 진
勢 : 권세 세	依 : 기댈 의
享 : 누릴 향	惜 : 아낄 석

34. 절 제

樂而不淫하고 哀而不傷이니라.
낙 이 불 음   애 이 불 상

즐거우면서도 지나치지 않고, 애절하면서도 마음의 평화를 상하게 하지는 않는다.

『논어論語』 「팔일편八佾篇」에 나오는 말로서 공자가 『시경詩經』의 첫 편인 「관저편關雎篇」의 가사와 음악에 대해 평하면서 한 말이다. 이 말 속에는 시와 음악을 보는 공자의 관점이 담겨져 있는데, 공자는 바로 '즐거우면서도 지나치지 않고, 애절하면서도 마음의 평화를 상하게 하지는 않는' 그런 시와 음악을 가장 이상적인 시와 음악으로 보았다. 즐겁다고 해서 즐거움의 극을 향해 치닫는 것은 위험하다. 한번 즐거움을 누리고 나면 그 다음에는 더 큰 즐거움을 요구하게 되는데 이미 즐거움의 극에 이르고 나면 더 이상 즐거울 일이 없으므로 그 다음부터는 허탈에 빠지거나 아니면 새로운 자극을 개발하기 위해 파괴적인 행위를 하게 된다. 성性의 즐거움을 추구하다가 그것의 극을 넘은 결과로 나타난 파괴적인 자극제가 바로 포르노 영상물이고, 폭력의 짜릿함을 추구하다가 극을 넘어 버린 결과로 나타난 것이 바로 엽기적인 폭력 영화이다. 한번 선을 넘어 파괴적인 현상이 나타나고 나면 그것을 추스르기는 결코 쉽지 않다. 따라서 아무리 즐겁더라도 그 즐거움을 다 누리지 말고 조금은 아껴두는 절제가 필요하다. 육신의 '즐거움'을 절제할 수 있을 때 우리는 그 대가로 정신의 '기쁨'을 만끽할 수 있을 것이다.

樂 : 즐거울 낙(락)　　　淫 : 지나칠 음
哀 : 슬플 애　　　　　　傷 : 다칠 상

35. 각별한 관심과 무심함

着意種花花不活터니　無心栽柳柳成陰이라.
착 의 종 화 화 불 활　　　 무 심 재 류 류 성 음

특별히 마음을 써서 꽃을 심어도 그 꽃은 살지 않더니만, 무심히 꺾어 꽂은 버드나무는 오히려 녹음을 이루었네.

명나라 사람 풍몽룡이 편찬한 단편소설집인 『고금소설古今小說』의 「조백승다사우인종趙伯昇茶肆遇仁宗」편에 나오는 말이다. 관심을 갖고 보살피면 보살필수록 잘 자랄 것 같아도 실지로는 그렇지 않은 경우가 더 많고, 무심하게 놓아주면 다 죽을 성싶어도 오히려 더 튼튼하게 잘 자라는 경우가 허다하다. 식물도 그렇고, 동물도 그러하며, 만물의 영장인 사람 또한 그러하다. 그래서 세상에는 '보리둥이가 효자노릇 한다'는 말이 있다. 어린 시절 온갖 사랑과 관심을 한 몸에 다 받으며 자란 아들은 장성한 후에 오히려 부모를 모른 체 하는데, 때를 잘못 타고나 사랑과 관심은커녕 온갖 고생은 도맡아 하고 보리밥도 제대로 못 얻어먹고 자란 아들이 오히려 부모를 끔찍이 모시는 효자가 된다는 뜻이다. 우리 주변에도 그러한 경우가 많이 있다. 이런 관점에서 보면 인생은 결코 산수算數가 아니라는 것을 알 수 있다. 계산대로 되지 않는 것이 인생인 것이다. 요즈음 아이들은 온갖 보살핌을 다 받으며 온실 속에서 웃자라는 꽃과 같이 자란다.

무심히 꺾꽂이만 해 놓아도 뿌리를 내리고 녹음을 드리우는 버드나무와 같이 살아야 할 텐데……. 부모들이 먼저 깨달아야 할 것이다. 과연 진정한 사랑이 무엇인지를.

着 : 붙을 착   意 : 뜻 의

種 : 심을 종   活 : 살 활

栽 : 심을 재   柳 : 버들 류

陰 : 그늘 음

36. 아비와 자식

知子莫若父라.
지 자 막 약 부

자식에 대해 알기를 아비만큼 하는 사람은 없다.

『관자管子』「대광편大匡篇」에 나오는 말이다. 부모와 자식 사이는 천륜의 기氣로 연결되어 있다. 천 리 밖의 타향에 있는 자식이 아프면 고향의 부모도 까닭 없이 아프고, 부모가 편치 않으면 자식의 꿈

자리가 사나운 경우도 다 보이지 않는 기氣의 작용으로 말미암은 것일 것이다. 그런데 이러한 기는 진정한 사랑이 있을 때에만 작용하는 것 같다. 욕심으로 눈이 가려 자식을 사랑으로 보지 못한다거나 방종으로 마음이 들떠 부모를 존경으로 보지 못한다면 부모와 자식 사이에 본래 형성되어 있는 이 천륜의 기氣 흐름도 끊기고 마는가 보다. 그렇게 되면 부모는 더 이상 자식을 알지 못한다. 자식은 보이지 않고 일류대학만 보이니 어떻게 자식을 알 수 있겠는가? 그래서 그는 자식을 억압하고 독촉하는 사나운 아비가 되고 만다. 돈에 눈이 멀어 아버지가 가지고 있는 돈이 눈을 가려버리면 자식의 눈에 아버지는 더 이상 아버지로 보이지 않는다. 돈을 못 쓰게 지키고 앉아 있는 귀찮은 경비원으로 보일 뿐이다. 이렇게 되면 자식이 칼을 들고 아비에게 덤벼드는 것을 막을 수 없다. 그래서 세상에는 부모를 죽이는 패륜의 사건이 종종 발생한다. 아들에 대해서 아비만큼 아는 사람이 없다는 말을 자신 있게 할 수 있도록 아비가 먼저 참사랑이 무엇인지를 깨달아야만 이러한 패륜을 막을 수 있을 것이다.

知 : 알 지　　　　莫 : 없을 막　　　　若 : 같을 약

---

37. 10 중에 7, 8

天下不如意 恒十居七八이라.
천 하 불 여 의   항 십 거 칠 팔

천하에 뜻대로 되지 않는 일이 언제나 10 중에 7, 8은 된다.

『진서晉書』「양호羊祜」전傳에 나오는 말이다. 세상에는 내 뜻대로 되는 일이 더 많을까 아니면 내 뜻대로 되지 않는 일이 더 많을까? 물론 처지에 따라 다르고 사람에 따라 다르겠지만 대개는 뜻대로 되지 않는 일이 되는 일보다 훨씬 많을 것이다. 사랑하는 아내도 내 뜻을 따라 주지 않고, 내가 낳은 자식도 나의 뜻대로 움직여 주지 않는 경우가 허다하며, 심지어는 내 입 안의 혀도 내 뜻을 따라 주지 않아 가끔 깨물리는 경우가 있는데 어찌 모든 것이 내 뜻대로 움직여 주겠는가? 어쩌다 내 뜻대로 이루어지는 일이 하나라도 생기면 그거야말로 쾌사다. 그러나 그러한 일은 많아야 10 중에 2, 3밖에 되지 않는다. 그렇다면 우리는 10 중에 2, 3밖에 되지 않는 그런 쾌사를 기대하며 살아야 하는가? 그렇지 않다. 매사를 내 뜻대로 살 수 있는 길이 있다. 그것은 바로 내 안에서 내 뜻대로 사는 것이다. 내 안에서 내 자식은 천하에 둘도 없이 착한 아들, 딸이라고 생각하고, 내 아내 역시 천사라고 생각하고 살면 천하의 모든 일은 항상 내 뜻대로 이루어진다. 그러나 남을 내 뜻대로 움직이려 하면 영원히 내 뜻

대로 사는 인생을 살 수 없다. 나를 구속하는 것도 나이고, 나를 해방시키는 것도 나다. 내 안의 나를 해방시켜 무한한 자유를 느끼며 사는 것, 그것이 바로 내 뜻대로 사는 길일 것이다.

如 : 같을 여   意 : 뜻 의

恒 : 항상 항   居 : 차지할 거

---

38. 호랑이는 발톱을 드러내지 않는다

虎豹不外其爪하고 而噬不見齒라.
호 표 불 외 기 조   이 서 불 현 치

호랑이나 표범은 그 발톱을 드러내지 않고 깨물 때에도 이빨을 드러내지 않는다.

『회남자淮南子』「병략훈兵略訓」에 나오는 말이다. 지난 2002년 월드컵에서 나타난 우리 축구팀의 모습 중에는 예전과 크게 다른 점이 있었다고 한다. 그것은 바로 '겸손함'이었다. 예전에 우리 축구는 시합도 하기 전에 미리 입으로 다 떠들어서 우리의 전력이나 팀 분

위기를 노출시켰다가 결국은 참패를 당하는 경우가 많았다. 그러나 2002년 월드컵 때는 그렇지 않았다. 히딩크 감독은 언론이나 축구 관계자의 어떠한 입방아에도 묵묵히 견디면서 아무 말 없이 자신의 계획대로 훈련을 시켰고 월드컵 개막이 임박해서도 아무런 호들갑이 없이 그저 "세계를 놀라게 할 수도 있을 것이다"라는 말만하였다. 그리고 그는 정말 세계를 놀라게 했다. 얼마나 믿음직한 모습인가? 독일과의 4강전이 있던 전날 그는 인터뷰에서 "우리는 이제까지 해 온 것처럼 우리가 어디에서 출발했는지를 생각하며 겸손한 자세로 나갈 것이다. 한국의 우승 가능성까지 이야기하는 사람들이 있지만 나는 선수들에게 지난날을 잊지 않고 경기에 나서도록 주문할 것이다"라고 말했다. 명장은 이렇게 겸손한 것인가? 진실로 실력이 있는 호랑이는 발톱을 쉽게 드러내지 않는다. 당시 월드컵에서 연승하는 우리를 보며 일본인들은 우리를 아시아의 호랑이라고 부르기를 주저하지 않았다고 한다. 그들이 우리를 그렇게 부를수록 우리는 정말 속이 꽉 찬 위엄 있는 호랑이가 되어야 할 것이다.

虎 : 호랑이 호   豹 : 표범 표

爪 : 손톱 조   噬 : 깨물 서

齒 : 이빨 치

39. 나물 먹고 물 마시고

飯蔬食飲水하고　曲肱而枕之라도
반 소 사 음 수　　곡 굉 이 침 지

樂亦在其中이니……
낙 역 재 기 중

나물 먹고 물 마시고 팔을 구부려 베고서 잠을 자는 궁핍한 생활
일지라도 즐거움이 또한 그 안에 있으니…….

『논어論語』「술이편述而篇」에 나오는 공자의 말이다. 공자는 이
말에 이어서 다음과 같이 말했다. '의롭지 않은 방법으로 얻은 부富
와 귀貴는 나에게 있어서 뜬구름과 같다'라고. 나물 먹고 물 마시고
팔을 베고 자더라도 즐거움이 또한 그 안에 있다니 공자가 누리는
즐거움이란 도대체 어떤 즐거움일까? 바로 천지자연의 이치와 한
몸이 되어 도道 속에서 사는 즐거움이다. 이미 도를 즐기고 있는데
다시 무엇이 필요하며 궁핍한들 무슨 관계가 있겠는가? 부귀영화
자체가 본래 뜬구름과 같이 부질없는 것인데 하물며 의롭지 않은 방
법으로 얻은 부귀에 있어서야! 주변을 살펴보면 얼마 전까지만 해
도 갑부로 불리던 집안이 지금은 몰락하여 형편없게 변한 경우가 의
외로 많다. 당대에 그렇게 변한 집도 있고, 아들 대에 이르러 몰락한
경우도 있다. 어디 부자뿐인가? 쇠고랑을 차고서 감옥에 들어가 있

는 전직 고관도 있다. 도를 모르고 철이 안 난 사람은 부귀영화가 주어져도 감당하지를 못한다. 반면에 나물 먹고 물 마시고 팔을 베고 자더라도 도를 즐길 줄 아는 사람은 그에게 만약 부귀가 주어지면 오히려 부귀도 멋스럽게 누릴 수 있다. 부귀영화를 누리기도 쉽지 않은 일이다. 돼지와 진주가 공존하는 게 세상의 본래 모습인 것 같다.

| 飯 : 먹을 반 | 蔬 : 채소 소 | 食 : 밥 사 |
| 曲 : 굽힐 곡 | 肱 : 팔뚝 굉 | 枕 : 베개 침 |

40. 언제라야

塵世難逢開口笑하고 人生待足何時足이리오?
진 세 난 봉 개 구 소   인 생 대 족 하 시 족

티끌 세상을 사노라니 입을 크게 벌려 웃을 일을 만나기가 쉽지 않고, 우리네 삶은 만족할 때를 기다리건만 언제라야 만족할 때가 온단 말이오?

중국 송나라 사람 조선괄趙善括이 쓴 「만강홍滿江紅」 사詞에 나오는 말이다. 다툼도 많고 시비도 많은 이 티끌 세상을 살다보면 정말 입을 크게 벌리고서 통쾌하게 웃을 일이 별로 없다. 그리고 우리는 항상 오늘보다는 내일이 낫기를 바라고, 내일보다는 모레가 낫기를 바라며 언젠가는 내 삶에 흡족할 날이 올 것이라는 기대 속에서 살지만 좀처럼 그런 날은 쉽게 오지 않는다. 사실 오지 않는 게 아니라 아예 그런 날은 없다고 해야 옳을 것이다. 왜냐하면 앉으면 눕고 싶고, 누우면 앉고 싶고, 앉으면 다시 눕고 싶은 게 사람이니 말이다. 입을 크게 벌려 통쾌하게 웃는 일도, 가슴 벅찬 만족감을 느끼는 것도 다 내 마음에 달려 있다. 마음에 웃음이 준비되어 있지 않은 사람은 아무리 통쾌한 장면을 보더라도 웃을 수 없고, 마음에 겸손함이 자리하고 있지 않은 사람은 세상을 다 갖고서도 여전히 불만이 터져 나온다. 영 불만거리가 없으면 하다못해 '하늘은 왜 저렇게 푸르며 물은 왜 위에서 아래로 흐르느냐'는 불만이라도 늘어놓을 것이다. 웃음도 만족도 밖에서 구하려 들면 영원히 구할 수 없다. 내 안에 있는 웃음과 만족의 마음을 찾아내는 것이 곧 티끌 세상에서도 웃을 수 있는 길이며, 오늘이라도 당장 만족감을 만끽하는 삶을 살 수 있는 길일 것이다.

塵 : 티끌 진
逢 : 만날 봉
待 : 기다릴 대

難 : 어려울 난
開 : 열 개

41. 호랑이 새끼

虎豹之駒雖未成文이나 已有食牛之氣라.
호 표 지 구 수 미 성 문   이 유 식 우 지 기

호랑이나 표범 새끼는 비록 아직 호랑이나 표범의 무늬를 제대로 갖추지 못할지라도 이미 소를 잡아먹을 기상을 가지고 있다.

『태평어람太平御覽』「수獸(짐승)」부部의 〈호虎(호랑이)〉조에 나오는 말이다. 우리는 크든 작든 간에 한번 맛본 영광 속에 영원히 취해 있고 싶을 때가 있다. 학창 시절에 어쩌다 시험을 잘 봐 1등을 하고 나면 누구라도 그 1등의 영광 속에 보다 더 오래 취해 있고 싶어 했을 것이다. 그리고 지난 2002년 월드컵에서 우리나라가 4강에 들었을 때 우리는 그 영광과 환희를 보다 더 길게 즐기려고 했었다. 그래서 월드컵이 끝난 직후 일종의 '출근 기피증'을 앓은 사람이 적지 않았다고 한다. 짜증나는 현실로 돌아가기가 겁나고 부담스러워서 영원히 그 영광의 시간 속에 빠져 있고 싶다는 생각을 한 사람들이 그렇게 많았던 것이다. 그러나 영광을 맛본 후에는 가능한 한 빨리 현실로 돌아와 생활에 충실해야만 한다. 다시 준비를 해야 하는 것이다. 그래야만 또 다른 영광을 잉태할 수 있으니 말이다.

월드컵 4강에 오른 우리를 두고서 일본은 아시아의 호랑이라는 평을 하였다고 한다. 우리가 호랑이라면 우리의 아이들은 호랑이

새끼이다. 우리는 우리의 아이들을 호랑이 새끼답게 기상이 펄펄 살아나도록 키워야 한다. 기氣를 살리는 것은 결코 제멋대로 하는 방종이나 무례함을 방관하는 것이 아니다. 진정한 기는 피나는 노력과 고통스런 훈련을 이겨내는 강한 정신에서 나온다. 우리 아이들을 호랑이 새끼답게 키우기 위해 우리는 근본이 바로 잡힌 교육, 기본에 충실하는 교육, 엄하고 강한 교육을 실시해야 한다. 회초리의 굵기와 때리는 횟수까지 정하여 일선학교에 하달하는 지난날 교육부의 어리석은 방침과 같은 일회성 교육으로는 우리의 아이들을 결코 호랑이 새끼로 키울 수 없을 것이다.

虎 : 호랑이 호 　　　　　　　豹 : 표범 표
駒 : 망아지 구, 새끼 짐승 구 　雛 : 비록 수
文 : 무늬 문

42. 성인의 마음

聖人은 無常心하고 以百姓心爲心이라.
성인   무상심   이백성심위심

성인은 고정불변의 마음을 가지고 있는 게 아니라, 백성의 마음으로 자신의 마음을 삼는다.

『노자老子』 제49장에 나오는 말이다. 성인은 일반 백성들이 감히 범접하지 못할 정도로 위대한 생각을 따로 가지고서 그 생각으로 백성들을 인도하는 그런 사람이 아니다. 성인은 백성들의 생각을 자신의 생각 안으로 받아들여 백성들과 더불어 상생의 길을 가는 사람이다. 따라서 성인은 자신을 잘 받든다고 해서 그 사람을 특별히 좋아하는 법도 없고, 자신에게 소홀히 대한다고 해서 그 사람을 특별히 미워하지도 않는다. 자신의 주관적 가치로 백성들을 분별하려 들지 않는 것이다. '민심이 곧 천심'이라는 말이 있다. 백성의 마음이야말로 가장 객관적인 마음이요, 정직한 마음이며, 자연스러운 마음이다. 그런 백성들의 마음이 사납게 흩어지지 않도록 하는 사람이 바로 정치가이다. 실은 누가 말하지 않아도 한 곳으로 자연스럽게 모여드는 것이 국민들의 마음이요, 힘이다. 그렇게 모여드는 마음과 힘은 바로 '스스로 돕는 자를 돕는' 하늘의 마음이자 힘이다. '스스로 돕는 자를 돕는' 마음을 모아들인다면 나라는 저절로 부강해질 것이다. 훌륭한 지도자는 그런 국민들의 마음으로 자신의 마음을 삼는 사람이다. 그런데 우리나라의 정치인들은 국민들의 마음을 읽는 사람이 드물다. 국민의 마음을 잘 헤아린 것처럼 보이는 정략적인 발언을 하는 순간 이미 그것이 정략적인 발언임을 우리 국민들은 다 알아차린다.

聖 : 성인 성   常 : 항상 상   姓 : 성 성

---

43. 천리마라 해서 한 발 떼어 열 걸음을 가랴

騏驥一躍에 不能十步나
기 기 일 약   불 능 십 보

駑馬十駕는 功在不舍라.
노 마 십 가   공 재 불 사

아무리 천리마라도 한번 뛰어서 열 걸음을 갈 수는 없으나, 노둔한 말이라도 열 수레의 짐을 나를 수 있으니 이는 끊임없이 노력하는 데에 공을 들였기 때문이다.

『순자荀子』「권학편勸學篇」에 나오는 말이다. 아무리 뛰어난 말이라 해도 한 걸음은 한 걸음일 뿐, 한꺼번에 열 걸음을 뗄 수는 없다. 단지 한 걸음을 뛰더라도 다른 말에 비해 조금 더 멀리, 약간 더 빠르게 뛸 뿐이다. 그런데 세상 사람들은 더러 천리마는 열 걸음이나 백 걸음을 한꺼번에 뛰는 것으로 착각한다. 노둔한 말이라고 해서 열 수레의 짐을 나르지 못하라는 법은 없다. 비록 노둔하더라도 꾸준히 노력하면 열 수레의 짐을 충분히 나를 수 있다. 우리네 사람 사는 것도 이와 같지 않은가? 능력의 차이가 전혀 없는 것은 아니겠지만 한꺼번에 열 걸음을 뛰는 사람은 없다. 따라서 세상에 극복하지 못할 능력의 차이는 별로 없다. 단지 대부분의 사람들이 스스로 성실하게 노력을 하지 않거나 자신감을 갖지 못하여 미리 포기하기 때문에 크게 성공하지 못하는 것일 뿐이다. 자신감을 가지고 성실하게 노력하는 것보다 더 큰 힘을 창출해 내는 것은 없다. 자신을 천리마라고 생각하는 사람은 아무리 천리마라 할지라도 단 한번에 열 걸음을 뛸 수는 없다는 점을 자각하고서 성실성을 길러야 할 것이고, 스스로를 노둔한 말이라고 생각하는 사람도 성실보다 더 큰 힘은 없다는 믿음을 갖고 끊임없이 정진해야 할 것이다.

騏 : 준마 기 　　 驥 : 천리마 기 　　 躍 : 뛸 약

步 : 걸음 보 　　 駑 : 둔할 노 　　 駕 : 수레 가

舍 : 버릴 사(=捨)

---

44. 내가 알지 누가 아나?

如人飲水에 冷暖自知라.
여 인 음 수 냉 난 자 지

물을 마신 후 찬물인지 더운 물인지를 스스로 아는 것과 같은 이치이다.

『육조법보단경六祖法寶壇經』 제1권 「행유行由」에 나오는 말이다. 자신의 행동에 대해서 가장 잘 알고 있는 사람은 자기 자신이다. 지금 마시고 있는 물이 뜨거운 물인지 찬물인지는 마시는 당사자가 가장 잘 알듯이, 자신의 소행에 대해서는 자신이 가장 잘 알고 있는 것이다. 그런데 세상에는 남들도 이미 다 알고 있는 일을 "나는 안 했다"라고 잡아떼는 사람이 많이 있다. 그런 사람은 혀를 데일 정도로 뜨거운 물을 마시면서도 애써 시원한 물을 마시는 표정을 지으면서 "어, 그 물 참 시원하다"라고 말하는 사람과 같다. 발이라도 동동 구르고 싶을 정도로 뜨거운 물을 마시면서도 얼굴에는 시원한 물을 마시는 표정을 지으려니 얼마나 힘이 들까? 그런 자신을 돌아보자면 또 얼마나 처참한 생각이 들까? 한번 그렇게 살기 시작한 사람은 계속 그렇게 산다. 불쌍하고 허무한 삶이다. 마시고 있는 물이 뜨거운 물인지 찬물인지를 나보다 더 잘 아는 이 또 누가 있으랴! 물이 차면 차다고 말하고, 뜨거우면 뜨겁다고 말하며 살 일이다. 양심을 지키는 떳떳함이야말로 행복의 기본 조건임을 알자.

飲 : 마실 음　　　冷 : 찰 냉　　　暖 : 따뜻할 난

---

45. 나섰을 때와 물러났을 때

進則盡憂國憂民之誠하고
진 즉 진 우 국 우 민 지 성

退則樂天樂道之分이라.
퇴 즉 락 천 락 도 지 분

(관직에) 나아갔을 때에는 나라를 걱정하고 백성을 걱정하는 일에
는 성의를 다하고, 관직에서 물러나서는 천명을 즐기고 도를 즐기는
분수를 지키도록 하라.

중국 송나라 사람 범중엄范仲淹이 쓴 「사전예부시랑표謝轉禮部侍郎
表」에 나오는 말이다. 우리나라처럼 개각을 자주하는 나라도 많지
않을 것이다. 개각을 할 때마다 새 의자에 앉는 사람은 기쁜 표정이
역력하고, 의자를 비워주고 떠나는 사람은 섭섭한 표정이 뚜렷하

다. 그러나 새 의자에 앉은 사람이라고 해서 감격해 할 것도 없고, 물러난 사람이라고 해서 섭섭해 할 일도 아니다. 새 의자에 앉은 사람은 정말 나라를 걱정하고 국민을 걱정하는 마음으로 많은 일을 해야 할 테니 기뻐하기에 앞서 오히려 짐이 무거움을 느껴야 할 것이고, 자리에서 물러난 사람도 섭섭해 하기에 앞서 이제 짐을 벗고 내 뜻 내 분수대로 살 수 있게 되었음을 반겨야 할 것이다. 일단 관직에 나아간 사람은 국민들을 위해서 열심히 일을 할 수 있는 기회를 가져야 한다. 소신을 펼칠 기회는 얻지 못한 채 자리에만 앉아 있다 나오면 그것은 영광이 아니라 욕이 될 수 있다. 그런데 우리나라 장관들의 수명이 너무 짧다. 한번 임명했으면 가능한 한 그에게 일할 수 있는 기회를 많이 주어야 한다. 걸핏하면 갈아치우니 소신과 자신감을 가지고 있다한들 어떻게 일을 할 수 있겠는가? '반짝' 빛나는 일과성 일만 하다가 자리에서 물러나는 것 같다. 우리 정부나 국민이 너무 조급한 것은 아닌지……. 소신껏 일하고 떳떳하고 영광스럽게 물러날 수 있는 사회가 되어야 할 것이다.

進 : 나아갈 진   盡 : 다할 진   憂 : 근심 우
誠 : 정성 성   退 : 물러날 퇴

46. 후 회

醉後狂言醒時悔하고 安不將息病時悔라.
취 후 광 언 성 시 회   안 부 장 식 병 시 회

취해서 한 허튼 소리는 술이 깬 후에 후회하고, 건강할 때 쉬지 않
으면 병이 난 후에 후회한다.

『명심보감明心寶鑑』에 나오는 말이다. 분위기를 돋우고 사람의 마
음을 흥기시키는 것으로는 술만한 것이 없다. 그러므로 예로부터
친구 사이에는 말할 것도 없고, 군신간君臣間처럼 엄숙한 사이에도
더러 술을 함께 하였고, 스승과 제자 사이처럼 근엄한 사이에도 가
끔 술잔을 사이에 두고 마주 앉았다. 그리고 허다한 시인과 묵객들
은 술과 벗하여 풍월을 읊었고 묵무墨舞를 추었다. 술은 사람의 흥을
돋우기 때문에 흥이 필요한 자리라면 어디에서나 술을 찾았던 것이
다. 이처럼 훌륭한 역할을 하는 것이 술이지만 술이 지나치면 사람
은 실수를 하게 되어 있다. 더러 "아무리 술을 많이 마셔도 전혀 실
수하는 법이 없다"라는 평을 듣는 사람이 있다. 하지만 다른 사람에
비해 비교적 실수가 적을 뿐이지 어찌 전혀 실수가 없겠는가? 실수
한 후에 후회한들 무슨 소용이 있으랴. 취중의 말 한 마디로 평생을
망칠 수 있다는 점을 명심해야 할 것이다. 또 한 가지 신중히 보존해
야 할 것이 곧 건강이다. 건강은 건강할 때 지켜야 한다. 건강을 자

랑삼아 쉬지 않고 일하다가 쓰러지는 사람이 한둘이 아니다. 그런데 그렇게 쓰러지는 사람을 보면서도 '쉬는 일'에 인색한 게 사람이다. 있을 때 잘하는 마음으로 건강할 때 쉬어야 한다. 그래야만 땅을 치며 후회하는 일이 생기지 않는다.

醉 : 취할 취	狂 : 미칠 광	醒 : 깰 성
悔 : 후회할 회	將 : 장차 장	息 : 쉴 식

---

47. 마음과 힘을 다하여

理在當行이면 不以行之難易爲作輟也하고
이 재 당 행   불 이 행 지 난 이 위 작 철 야

盡心竭力而爲之라.
진 심 갈 력 이 위 지

이치로 보아 응당해야 할 일이라면 실행상 쉽고 어려움을 따져 일을 그만두려 하지 말고 마음과 힘을 다해 실행토록 하여라.

송나라 때의 학자인 주희朱熹가 쓴 「여예국기與芮國器(예국기에게)」라는 편지글에 나오는 말이다. 세상을 살다보면 정말 하기 싫지만 꼭 해야만 하는 일을 만나기도 하고, 정말 하기 어려운 일이지만 하지 않고서는 그냥 지나칠 수 없는 일을 만나기도 한다. 두 경우 모두 참 곤혹스러운 경우이다. 바로 이런 때에 용기가 필요하다. 일의 어려움에 대해 미리 겁을 먹고서 손도 대보기 전에 포기하는 일은 없어야 한다. 안 해서는 안 될 일을 포기한다는 것은 곧 인생의 포기를 의미한다. 한번 포기하기 시작한 사람은 다음 일을 맞이했을 때에도 용기를 내지 못하고 나약하게 가장자리만 맴돌다가 또다시 그만두고 만다. 결국 실패한 인생만 살게 되는 것이다. 용기와 자신감을 가지고 과감하게 도전하다 보면 웬만한 어려움은 다 극복할 수 있게 되고 찬란한 결실을 얻을 수 있다. 과감한 도전과 무모한 도박은 분명히 다르다. 과감한 도전은 치밀한 계획과 사전 연구를 토대로 자신감과 용기를 가지고 덤벼드는 것이고, 무모한 도박은 계획이나 연구가 부족한 상태에서 '설마 실패하지는 않겠지' 하는 요행을 바라는 마음으로 뛰어드는 것이다. 도박이 아닌 도전에 마음과 힘을 다한다면 실패하는 일은 거의 없을 것이다.

理 : 이치 이   當 : 마땅 당   難 : 어려울 난
易 : 쉬울 이   輟 : 그칠 철   盡 : 다할 진
竭 : 다할 갈

48. 지 기知己

求知己於朋友還易하고　求知己於兄弟猶難이라.
구 지 기 어 붕 우 환 이　　　구 지 기 어 형 제 유 난

친구들 가운데에서 지기를 구하기는 쉬워도 형제 중에서 지기를
구하기는 오히려 어렵다.

청나라 때의 문인인 장조張潮라는 사람이 쓴 『유몽영幽夢影』에 나
오는 말이다. 지기知己란 나에 대해서 나 이상으로 잘 아는 절친한
사람을 칭하는 말이다. 이런 절친한 사람을 갖기란 정말 쉽지 않다.
부모님으로부터 피와 살을 나누어 받은 형제 사이는 천륜의 끈으로
묶여 있어서 누구보다도 나를 잘 알아주고, 또 서로가 서로를 위하
고 이해하며 살 것 같지만 기실 그렇지 못하고 오히려 피와 살이 섞
이지 않은 남보다도 더 미워하고 시기하며 사는 경우가 많다. 청나
라 사람인 장조張潮가 '형제 중에서 지기를 구하기가 오히려 어렵
다'라고 꼬집어 말한 것을 보면 요즈음만 그런 게 아니라 옛날에도
형제간에 우애를 못 구하는 사람이 많기는 마찬가지였나 보다. 한
부모 밑에서 태어나 어릴 적부터 많은 추억을 공유하고 있는 사이인
형제 남매가 서로 우애하지 못하고 불목하며 산다는 것은 참 불행한
일이다. 그렇다면 불목의 원인은 과연 무엇일까? 바로 욕심이다. 내
가 형이나 동생보다 더 잘 살아야 하고, 내 자식이 누이나 동생의 자

식보다 잘 되어야 한다는 부질없는 욕심 때문에 서로 반목하며 살게 되는 것이다. 생각을 한번 바꾸고 나면 형제자매간에 정말 우애하며 살 수 있을 것이다.

求 : 구할 구	還 : 도리어 환	易 : 쉬울 이
猶 : 오히려 유	難 : 어려울 난	

---

49. 연 꽃(1) – 진흙 속에서 자랐어도

予獨愛蓮之出於淤泥而不染하고
여 독 애 연 지 출 어 어 니 이 불 염

濯淸漣而不妖라.
탁 청 련 이 불 요

나는 유독 연꽃이 진흙 속에서 피어났으면서도 진흙의 추함에 물들지 않음과 맑고 잔잔한 물에 씻기었음에도 요염하지 않음을 사랑한다.

송나라 때의 학자인 주돈이周敦頤가 쓴 「애련설愛蓮說(연蓮을 사랑하는 까닭을 밝힌 글)」에 나오는 말이다. 연은 정말 진흙탕 속에서 자란다. 그렇게 더러운 진흙탕 속에서 어떻게 그런 아름다운 꽃이 피어

날 수 있을까 하고 의심할 만큼 더러운 오물과 진흙에 뿌리를 내리고서 자라는 게 바로 연인 것이다. 열악한 환경에 전혀 물들지 않고 맑은 자신의 모습을 지키고 있으니 그 얼마나 고고한가? 뿌리를 내린 연못의 바닥은 비록 온통 진흙탕이지만 그 진흙탕이 가라앉은 물의 표면은 더없이 맑다. 연은 꽃을 피운 후에는 이 맑은 물에 꽃잎을 씻고 또 매일같이 맑은 이슬로 세수를 한다. 그럼에도 불구하고 연꽃은 그저 고아할 뿐 요염하지가 않다. 이 얼마나 진실하고 질박한 모습인가? 장미는 우아하지만 소박하지는 않은 꽃이며, 민들레는 소박하지만 우아하지는 않은 꽃이다. 그러나 오직 연꽃은 고고하면서도 요염하지 않고, 우아하면서도 오히려 소박한 꽃이다. 이런 연꽃을 누구인들 사랑하지 않으랴! 연꽃이 사랑을 받는 까닭은 바로 양면兩面의 미를 겸비한 완벽성에 있다. 연꽃보다 아름다운 사람이 되기 위해서는 양면뿐 아니라 사면 팔면을 갈고 닦아 전인全人의 인품을 갖추어 나가야 할 것이다.

予 : 나 여   淤 : 진흙탕 어   泥 : 진흙 니
染 : 물들 염   濯 : 씻을 탁   漣 : 물결 련(연)
妖 : 요염할 요

50. 연 꽃(2) – 손댈 수 없는 아름다움

可遠觀而不可褻翫焉이라.
가 원 관 이 불 가 설 완 언

멀리 두고 바라볼 수는 있으나 가까이 다가가 외설스럽게 가지고 놀 수는 없다.

주돈이의 「애련설」에 나오는 말이다. 주돈이는 연에 대해 '진흙 속에서 피어났으면서도 진흙의 추함에 물들지 않고, 맑고 잔잔한 물에 씻기었음에도 요염하지 않다'라고 칭찬한 후 다음과 같은 찬사를 이어나갔다. '줄기는 텅 비어 위아래가 서로 통하면서도 외모는 곧고, 거추장스럽게 넝쿨이 있거나 가지가 있는 것도 아니다. 향기는 멀리서 맡을수록 더 맑게 풍기고, 자태는 우뚝 솟아 말쑥하게 서 있는 모습이다. 멀리 두고 바라볼 수는 있으나 가까이 다가가 외설스럽게 가지고 놀 수는 없다.' 연꽃의 아름다움을 참으로 잘 표현한 명구名句이다. 특히 '멀리 두고 바라볼 수는 있으나 가까이 다가가 외설스럽게 가지고 놀 수는 없다'라는 말이 가슴을 찌른다. 연꽃은 다른 꽃과 달라서 물에 들어가지 않는 한, 꺾고 싶어도 꺾을 수 없고, 만져보고 싶어도 쉽게 만져 볼 수 없다. 그저 멀리 두고서 바라만 보아야 한다. 그래서 연꽃은 어느 꽃보다도 더 아름다운 것이다. 쉽게 꺾이고 쉽게 손을 타는 외설의 대상은 결코 진정한 아름다움을 가질 수 없다. 한 자리에 서서 움직이지 못하는 식물인 연꽃도 외설의 대상이 되지 않기 위해 저만치 물속에서 피고 있거늘 하물며 내 발로 움직일 수 있는 사람이 아무에게나 손을 타는 존재가 되어서야 어디 아름다운 사람이라고 할 수 있겠는가?

遠 : 멀 원	觀 : 볼 관
褻 : 더러울 설	翫 : 가지고 놀 완

51. 더 위

心淸自然凉이라.
심 청 자 연 량

마음이 맑으면 자연히 시원해진다.

중국 사람들이 여름이면 속담처럼 쓰는 말이다(원작자가 누구인지는 확인하지 못했다). 언젠가 동료 교수 한 분이 합죽선 하나를 가지고 와서 선면扇面에 글씨를 써 줄 것을 부탁하였다. 절친한 사이임을 구실로 즉석에서 쓰라고 성화를 대는 바람에 적당한 서제를 찾지 못해 망설이던 필자는 문득 이 구절을 생각해 내고서는 부채 위에 큼지막하게 '心淸自然凉' 다섯 글자를 써 드렸다. 그런데 며칠이 지난 후, 그 동료 교수는 다시 필자의 연구실을 찾아와 "도대체 이 부채를 날더러 어떻게 쓰라고 이런 글을 써 줬느냐?"라고 따지고 들었다. 따지는 이유인즉 이러했다. 정말 더위를 덜기 위해 비싼 합죽선을 장만한 것인데 그 부채 위에 '心淸自然凉', 즉 '마음이 맑으면 자연히 시원해진다'라고 써 놓았으니 만약 이 부채를 사용하면 자신은 마음이 맑지 못한 사람임을 자인하는 꼴이 되고 만다는 것이었다. 그렇다고 해서 사용하지 않자니 이 더위를 쫓을 길이 없고…….

이 말을 들은 필자는 그 교수와 함께 박장대소를 할 수밖에 없었다. 결국 그 부채는 표구해서 걸어두고 보기로 하고 다시 부채를 하나 사서 다른 글을 써드림으로써 마음 놓고 부치게 했다. 더운 여름, 선풍기나 에어컨을 찾기 전에 '心淸自然凉'을 되뇌며 마음을 맑게 한다면 더위는 보다 쉽게 물러갈 것이다.

淸 : 맑을 청   凉 : 서늘할 량

52. 대왕 바람

此獨大王之雄風耳니 庶人安得共之리오.
차 독 대 왕 지 웅 풍 이   서 인 안 득 공 지

이것은 오직 대왕만이 쏀 수 있는 숫바람雄風이니 일반 백성들이
어찌 함께 쏀 수 있겠습니까?

송나라 사람 소철蘇轍(소동파의 동생)이 지은 「황주쾌재정기黃州快
哉亭記」에 나오는 말이다. 「황주쾌재정기」의 일부분을 소개하면 다
음과 같다. 옛날 초나라의 양왕이 송옥과 경차라는 두 신하를 데리
고 난대蘭臺에 있는 궁궐에 나갔을 때에 마침 바람이 상쾌하게 불어
왔다. 왕이 그 바람을 맞으면서 "이 바람은 과인과 일반 백성들이
함께 누릴 수 있는 바람인가?"라고 묻자, 송옥은 "이 바람은 대왕께
서만 맞으셔야 할 숫바람雄風입니다. 어찌 일반 백성들이 함께 할 수
있겠습니까?"라고 대답하였다. 송옥의 이 대답에는 깊은 풍자가 들
어있다. 바람에 어찌 암·수의 구별이 있으며 왕이 쏀 바람과 백성
이 쏀 바람이 따로 있겠는가? 그럼에도 불구하고 왕은 왕만이 누릴
특별한 바람이 따로 있는 양 이 바람이 백성과 함께 할 바람인지 왕
이 독점할 수 있는 바람인지를 물으니 송옥은 능청맞게 대왕만이 누
릴 수 있는 웅풍雄風이라고 대답하여 깊은 풍자를 하고 있는 것이다.
초나라 양왕과 같은 사람들이 이 시대에도 있다. 소위 '일부 특권

층'이라고 불리는 사람들이 바로 그들이다. 그들은 해마다 여름이면 남이 쐬는 바람과 다른 특별한 바람을 쐬기 위해 그들만의 명소로 떠나곤 한다. 세상에 자기만을 위해서 불어오는 바람이 있다고 생각하는 그 아둔함과 오만함이 가련해 보인다.

此 : 이것 차 　　　　雄 : 수컷 웅
耳 : 따름 이 　　　　庶 : 무리 서
安 : 어찌 안

---

53. 네 마음이 편하면

使其中不自得이면 將何往而非病이며
사 기 중 부 자 득　　　장 하 왕 이 비 병

使其中坦然하여 不以物傷性이면
사 기 중 탄 연　　　불 이 물 상 성

將何適而非快리오?
장 하 적 이 비 쾌

마음 안에 자득自得함이 없다면 어디를 간들 마음의 병 아닌 것이 있겠는가? 마음을 항시 평탄하게 하여 외부의 물질로부터 본성이 손상하지 않는다면 장차 어디를 간들 기쁘고 쾌활하지 않겠는가?

송나라 사람 소철蘇轍(소동파의 동생)이 지은 「황주쾌재정기黃州快哉亭記」에 나오는 말이다. 높은 산 위에 있는 정자에 올라 시원한 바람을 맞으면서도 왠지 마음이 불편한 사람이 있는가 하면, 가난한 사람들이 모여 사는 달동네 골목 안에 불어오는 한 줄기 바람을 쐬면서도 형언할 수 없는 상쾌함을 느끼는 사람이 있다. 다 마음 탓이다. 스스로의 마음을 추스르지 못하거나 끝내 마음을 비우지 못하면 아무리 아름다운 승지와 절경 앞에 서서 시원한 바람을 쐬어도 마음속의 답답함을 덜어낼 수 없다. 반면에 언제라도 마음을 편안하게 갖기만 하면 초저녁 아스팔트 위에 불어오는 훈훈한 바람 앞에서도 상쾌함을 맛볼 수 있다. 사람들은 대개 자신의 마음 탓을 하기보다는 바람이 시원하지 않다고 바람 탓을 한다. 그리하여 더 큰 시원함을 찾아 산을 헤매고 강을 헤매고 심지어는 애꿎은 에어컨의 온도를 낮추고 풍량을 높이기만 한다. 시원한 바다를 찾고 계곡을 찾기에 앞서 어디에서든지 항상 기쁘고 시원할 수 있게끔 내 마음의 병부터 고쳐 보도록 하자. 마음의 병을 치유하면 어디를 간들 즐겁지 않겠는가?

使 : 하여금 사   中 : 마음 중

往 : 갈 왕   坦 : 평탄할 탄

傷 : 상할 상   適 : 갈 적

54. 부 채

紙與竹而相婚하여 生其子曰淸風이라.
지 여 죽 이 상 혼 　 생 기 자 왈 청 풍

종이와 대나무가 서로 결혼하여 자식을 낳으니, 그게 곧 바람이라.

　　부채에 대하여 읊은 옛 시 한 구절이다(원작자가 누구인지는 확인하지 못했다). 요즈음이야 에어컨이 일반화되어 부채가 일상생활에서 멀어져 버렸지만 십여 년 전만 하여도 부채는 여름철의 생활필수품이었다. 더울 때 시원하게 부치는 것은 물론 낮에는 햇볕을 가리고, 밤에는 모기를 쫓고 심지어는 길 가다가 빚쟁이를 만났을 때 얼굴을 가리는 데에까지 부채의 용도는 여덟 가지나 된다고 한다. 그래서 흔히 부채를 팔덕선八德扇이라고 부른다. 그리고 해마다 5월 단오에는 이처럼 다양한 용도의 부채를 서로 선물하는 것이 우리의 세시풍속이기도 하였다. 그런 부채가 이제는 일상생활에서 많이 멀어졌다. 요즈음에도 더러 아름다운 부채를 멋스럽게 들고 다니는 사람들이 있다. 사람들에게 아직도 부채에 대한 향수와 부채로 더위를 쫓던 시절의 여유를 그리워하는 마음이 남아있다는 뜻이 아니겠나. 합죽선으로 이름난 전주에는 그런 사람이 더욱 많다. 합죽선이야말로 대나무와 종이가 결혼하여 바람이라는 아들을 낳는 부채이다. 선면에 정결한 사군자나 산수화 한 폭, 혹은 격조 있는 글씨 한 폭을 쓴 부채를 부칠 때 나는 바람은 분명히 선풍기 바람이나 에어컨 바람과는 다른 멋이 있다. 아무리 에어컨이 일상화된 세상이라지만 이따금씩 그런 여유 있는 바람을 느껴보면 어떨까?

紙 : 종이 지	與 : 함께 여
婚 : 혼인 혼	淸 : 맑을 청

---

55. 길고 짧음

尺有所短이요 寸有所長이라.
척 유 소 단   촌 유 소 장

한 자도 짧을 때가 있고 한 촌도 길 때가 있다.

초楚나라 때의 시인인 굴원屈原이 쓴 「복거卜居」라는 초사楚辭 작품의 끝 부분에 나오는 말이다. 길이를 재는 단위로 보자면 자尺가 촌寸보다 긴 게 사실이지만 한 자로 감당 못할 길이를 재야 할 상황에서는 한 자도 짧은 것이고, 촌이 비록 자보다 짧은 단위인 것은 사실이지만 한 촌으로도 충분히 감당하고 남을 길이를 잴 경우에는 촌

도 긴 것이다. 따라서 자라고 해서 촌보다 반드시 여유가 있는 것은 아니고, 촌이라고 해서 반드시 자보다 여유가 없는 것도 아니다. 사람의 생활도 마찬가지이다. 호화판으로 피서를 한다면 천만 원도 부족한 돈이겠지만 알뜰하게 피서를 하려 들면 십만 원으로도 여유 있게 쓸 수 있다. 부족함과 풍족함의 차이는 어떤 마음가짐으로 어떻게 쓰느냐에 달려 있는 상대적인 문제이지 돈 액수의 많고 적음에 따라 결정되는 절대적인 문제가 아닌 것이다. 십만 원을 들어서 피서를 다녀오고서도 천만 원 어치 이상의 행복감을 느끼는 가족이 있는가 하면, 천만 원을 들어서 해외로 피서를 다녀오고서도 1원의 가치도 못 느끼고 대판 싸우는 집이 있다. 이런 경우로 보자면 십만 원이 천만 원보다 훨씬 값진 돈이라고 할 수 있다. 돈은 쓰기 나름이고, 행복은 누리기 나름임을 깨닫도록 하자.

尺 : 자 척 　　　所 : 바 소 　　　短 : 짧을 단
寸 : 마디 촌 　　長 : 길(사람의 키) 장

56. 황종黃鐘과 흙솥

黃鐘은 毀棄하고 瓦釜가 雷鳴이라.
황종 훼기 와부 뢰명

황종은 부숴 내버리고 흙솥 두드리는 소리만 우레처럼 울리고 있
으니…….

초楚나라 때의 애국 시인으로 추앙 받고 있는 굴원屈原이 쓴「복거
卜居」라는 초사에 나오는 말로서 굴원은 당시 가치관이 전도된 세상
을 이 말로 표현하였다. 지금 우리 사회도 분명히 그러한 모습이다.
좋은 동요나 가곡은 다 버리고 유치원생도 퇴폐적인 가사의 유행가
가 아니면 부르려 들지 않고, 중·고등학생들이 가곡을 부르거나 고
전음악을 들으며 아름다운 마음을 가지려고 노력하는 경우는 거의
볼 수 없게 되었다. 풍경 좋은 곳의 정자나 문인의 기상이 그윽하게
배어있는 사랑방에서 시를 읊으며 은은하면서도 통쾌하게 마시던
술자리 분위기는 찾기 힘들게 되었고, 배운 사람이든 안 배운 사람
이든 구분 없이 그저 기름진 음식을 배불리 먹고, 소주 몇 잔씩 돌린
다음엔 노래방 기계 앞에서 노래인지 고함인지 구별 못할 소리를 고
래고래 지르는 오락만 휘황한 불빛 아래 난무하고 있다. 진짜 좋은
것은 다 버리고 난잡한 문화를 '대중문화'라는 이름 아래 향락적으
로 즐긴다. 술이나 노래뿐이 아니다. 의복도 좋은 우리 한복은 다

버리고 찢어진 청바지를 멋으로 입고 다니고, 겉옷인지 속옷인지 모를 옷을 입은 젊은이들이 거리에 넘쳐나고 있다. 진짜 황종은 내다버리고 흙 가마솥을 애지중지하고 있는 꼴이다.

毀 : 헐뜯을 훼	棄 : 버릴 기	瓦 : 기와 와
釜 : 가마솥 부	雷 : 우레 뢰	鳴 : 울 명

---

57. 지현知賢과 자현自賢

治國之難은 在於知賢이요 而不在自賢이라.
치 국 지 난　　재 어 지 현　　　　이 부 재 자 현

나라 다스림의 어려움은 현명한 사람을 알아보는 데에 있지 스스로 현명한 사람이 되는 데에 있지 않다.

『열자列子』「설부편說符篇」에 나오는 말이다. 인사人事가 만사萬事라는 말이 있다. 제도가 아무리 잘 정비되어 있고 또 법률의 기강이 아무리 확고하게 서 있어도 궁극적으로 일을 잘 처리하느냐 못하느냐는 일을 맡은 사람에게 달려 있다. 그러므로 정치를 하는 사람이

해야 할 일 중에서 가장 중요한 일은 바로 현명한 사람을 적재적소에 기용하는 일 바로 인사인 것이다. 지금 세상을 보면 스스로 현명하다고 자처하고 나서는 사람은 많아도 정말 사람을 잘 등용했다는 평을 듣는 사람은 별로 없는 것 같다. 스스로가 현명한 인물임을 자처하고 있으니 현명한 사람을 골라 써야 할 필요를 느끼지 못하고 그저 자기의 말을 잘 듣는 사람만 골라 쓰고 있는 것이다. 어느 단체이건 단체의 장은 자기의 생각으로 아래 사람들을 지배하려고 한다. 이런 환경 속에서 현명한 사람이 적극적으로 자기의 의견을 들고 나올 수 없다. 간신들만 다투어 나서서 속칭 '김심金心', '이심李心', '노심盧心' 등으로 불리던 장長의 '심心'을 읽기에 바쁘고 또 그 아래의 하부조직은 또 중간에 끼어 있는 장長의 심心을 읽기에 바쁘다. 지금 우리의 정치의 현주소이다.

治 : 다스릴 치　　難 : 어려울 난　　在 : 있을 재
於 : 어조사 어　　賢 : 어질 현

58. 민 심

政之所興은 在順民心하고,
정 지 소 흥   재 순 민 심

政之所廢는 在逆民心이니라.
정 지 소 폐   재 역 민 심

정치의 흥함은 민심을 따르는 데에 있고, 정치의 폐함은 민심을
거스르는 데에 있다.

『관자管子』「목민편牧民篇」에 나오는 말이다. 이것은 누구라도 다
알지만 백 번을 강조해도 지나치지 않는 말이다. 그래서 정치에 몸
을 담고 있는 사람들은 '민심'이라는 말을 입버릇처럼 하고 다닌다.
민심을 얻어야만 성공적인 정치를 할 수 있다는 점을 이론적으로는
알고 있다는 뜻이다. 문제는 실천이다. 이론적으로는 알고 있고 입
으로는 떠들고 다니지만 정작 일하는 것을 보면 민심하고는 거리가
멀다. 왜 민심하고 거리가 먼가? 진정으로 민심이 무서운 줄을 알고
서 단 한 치라도 민심에서 벗어나지 않으려고 노력해야 할 텐데 민
심을 읽는 척만 하고 하는 일의 대부분은 당리당략을 꾀하는 일이
다. 일을 잘못하여 수세에 몰려 있는 당도 당이지만 사사건건 공세
를 펴는 다른 당의 주장에도 선뜻 수긍이 가지 않는 경우가 많다. 이
당이든 저 당이든 털면 먼지가 나기는 마찬가지일 것이라는 생각이

든다. 그러니 국민들이 마음을 의탁할 곳이 없다. 오히려 국민들은 잘하고 있는데 정치는 국민을 영 따라오지 못하고 있는 것 같다. 국민들이 눈치 채지 못하리라는 생각으로 표시 나지 않게 당리당략을 챙기려고 머리를 쓰는 정치인들이 참으로 딱할 따름이다.

所 : 바 소	興 : 흥할 흥	順 : 순할 순
廢 : 폐할 폐	逆 : 거스를 역	

---

59. 예 방

船到江心補漏遲라.
선 도 강 심 보 루 지

배가 강의 한가운데에 이르렀을 때야 물이 새는 것을 고치려 한다면 이미 늦은 것이다.

원나라 때의 극작가인 관한경關漢卿이 쓴 잡극雜劇의 「구풍진救風塵」이라는 「요편ㅿ篇」에 나오는 말이다. 강에 배를 띄우기 전에 미리 배를 점검해야 한다. 이미 강의 한가운데에 이른 배가 새기 시작한

다면 위험천만한 일이다. 그런데 사람들은 배를 띄우기 전에 점검하기를 소홀히 한다. '설마'하는 생각 때문이기도 하고, 귀찮기 때문이기도 하며, 평소에 습관이 되어 있지 않기 때문이기도 하다. 아마 평소에 습관이 되어 있지 않기 때문인 경우가 가장 많을 것이다. 따라서 평소에 생활습관을 잘 들이고 또 생활을 보다 차분하게 할 필요가 있다. 필자에게 어느 날 한 사건이 일어났다. 필자는 자동차를 출발시키기 전에 안전벨트를 매는 게 아니라 꼭 출발한 후 아파트 단지를 벗어날 때쯤에야 벨트를 매는 버릇이 있다. 언젠가 아파트 단지를 벗어나면서 막 벨트를 매려하는데 마침 단속 중이던 경찰이 앞에서 위반했다는 신호를 해왔다. "막 매려던 참이었다"라고 변명을 했지만 소용이 없었다. 보다 차분하게 미리 잘 준비하는 버릇을 들일 일이다. 강 가운데에서 배가 새는 것도 난감하고, 고속도로에서 자동차가 문제를 일으키는 것도 난감한 일이며 벨트를 매지 않은 채 단 1분을 달려도 적발되고 나면 이미 때늦은 일이나 마찬가지니 말이다.

船 : 배 선　　　　到 : 이를 도　　　　補 : 기울(꿰맬) 보
漏 : 샐 루　　　　遲 : 늦을 지

60. 돌이 말을 하면 그때는 어찌하려고……

莫爲無人欺一物하라 他時須慮石能言이리니.
막 위 무 인 기 일 물   타 시 수 려 석 능 언

사람이 없는 곳이라고 해서 물건 하나라도 속이려 들지 말라. 다른 날, 돌이 말을 할까 봐 걱정하게 될 테니.

중국 당나라 말기의 유명한 시인인 이상은李商隱의 「신명神明」이라는 시에 나오는 말이다. 거짓말의 무서움을 통쾌하게 설파한 말이다. 아무도 없는 곳이라고 해서 함부로 거짓말을 했는데 거기에 있던 돌이 그 거짓말을 다 들어 두었다가 훗날 말을 할 수 있게 된다면 어찌하겠는가? 거짓말이 금세 드러나고 말 것이다. 물론 돌이 말을 할 리야 없겠지만 비유컨대 돌도 내 말을 알아들을까 무서워하는 마음가짐으로 말을 삼가 해야 하는 것이다. 증거도 없이 남을 비방해서도 안 되고 실력도 없으면서 거짓으로 가르쳐서도 안 된다. 언젠가는 돌이 나서서 그것이 거짓말이었음을 폭로하고 말 테니 말이다. 언젠가 정가에 '녹음테이프' 파문이 있었다. 막상 듣고 보니 별 내용도 아니었는데 녹음테이프라는 말에 미리 놀라고 긴장한 사람들이 많이 있었을 것이다. 항상 진실하고 떳떳하게 산다면 녹음테이프를 걱정할 일도 없고 몰래 카메라를 염려할 필요도 없을 것이다. 설마 돌이 나서서 거짓으로 사람을 모함하는 일은 없을 테니 말

이다. '구시화문口是禍門'이라는 말이 있다. '입이 바로 재앙을 불러들이는 문'이라는 뜻이다. 오늘도 모종의 술수와 거짓말 써서 다른 사람을 잡을 생각을 하고 있는 사람이 있다면 당장 생각을 바꾸기 바란다. 우선 당신의 자식이 당신 말을 듣고 있을 것이고, 당신 주변의 모든 물건들이 다 당신의 말을 듣고 있을 테니 말이다.

莫 : 말 막 　　　　　　欺 : 속일 기
須 : 모름지기 수 　　　　慮 : 걱정할 려

---

61. 배고프면 먹고 졸리면 자고

頂天脚地眼橫鼻直이여!
정 천 각 지 안 횡 비 직

飯來開口睡來合眼할지어다.
반 래 개 구 수 래 합 안

　머리는 하늘로 향하고 발은 땅을 딛고서 눈은 가로로 찢어지고 코는 세로로 선 존재(사람)여! 밥이 오면 입을 벌려 밥을 먹고 졸음이 오면 눈을 붙여 잠을 잘지어다.

전라북도 남원의 '실상사'라는 절 안의 어느 건물인가에 붙어있던 주련 글귀로 기억하고 있다. 수년 전 필자의 건강이 별로 좋지 않을 때 우연히 실상사에 들렀다가 이 글을 보고서 많은 것을 깨달았다. 혹시 불가에서는 이 글이 다른 뜻으로 쓰이는지 모르겠으나 당시 필자에게는 이 글이 '바쁜 체 말라, 잘난 체 말라'는 말로 들려왔다. 뭐가 그리 바쁜 일이 있다고 밥도 제 시간에 못 먹으면서 뛰어다니고, 뭐 그리 대단한 일을 한다고 밤새 잠도 안 자고 책상머리에 앉아있느냐고 꾸짖는 말로 들려온 것이다. 인생이 별겐가? 배고프면 먹고, 잠이 오면 자는 게 바로 인생인데 그처럼 편한 인생을 제쳐두고서 스스로 얽은 그물에 걸려 날이면 날마다 바쁘게 뛰어다녀도 마음은 답답함만 가득하다. 진정으로 바빠해야 할 일에 바쁘면 그건 바쁜 게 아니다. 쓸데없는 일에 바쁜 것이 바로 바쁜 것이다. 따라서 진정으로 행복하고 보람 있는 삶을 사는 사람은 정말 바쁘지 않다. 할 수 있는 만큼 열심히 일해서 먹을 수 있을 만큼 먹기 때문에 바쁘지 않은 것이다. 그러나 필요 이상의 돈과 내실이 없는 명예를 얻으려 들고 자기 스스로 쳐놓은 '성취욕'의 덫에 걸려든 사람은 항상 바쁘다. 제 몸이 아파 쓰러지면서도 말이다. 분수에 맞게 살면서 배고프면 밥 먹고, 잠이 오면 잠을 잘 일이다.

頂 : 정수리 정　　脚 : 다리 각　　眼 : 눈 안　　橫 : 가로 횡

鼻 : 코 비　　　　直 : 곧을 직　　睡 : 졸 수

62. 책의 맛, 글씨의 맛

書如佳酒不宜恬이라.
서 여 가 주 불 의 첨

책(혹은 글씨)의 맛은 좋은 술과 같아서 응당 달지 않아야 한다.

청나라 때의 명필인 이병수伊秉綏의 작품집에 나오는 대련의 한 구절이다. 이 구절의 '書'자는 서예라는 뜻으로 풀이할 수도 있고 글이라는 뜻으로 풀이할 수도 있으며 또 책이라는 뜻으로 풀이할 수도 있다. 글씨나 글, 책의 맛을 술에 비유한 표현이 참 재미있다. 술의 맛을 제대로 아는 사람은 일부 서양식 과일주를 제외하고서는 단맛이 나는 술을 좋아하지 않는다. 동양적인 술, 즉 찹쌀을 빚어서 만든 술일 경우에는 단맛이 나는 술은 잘못 빚은 술로 간주되었다. 그러므로 술맛은 응당 달지 않아야 한다. 책도 그러하다. 너무 맛이 단 책은 결코 좋은 책이 아니다. 내용은 부실한데 흥미로운 농담이나 이야기만 가득한 책, 너무 얄팍한 미사여구로 꾸며진 책, 비록 제목은 고전을 다룬 책이라고 하더라도 흥미위주의 만화 형식으로 꾸민 책 등은 모두 맛이 단 책이다. 책은 만인의 스승이다. 엄하지 못하고 달콤하기만 한 스승은 결코 스승이 아니다. 달지 않은 쓴 책, 달면서도 엄한 책 등의 유익한 책을 읽어야 한다. 발가벗은 채 묘한 표정을 짓고 있는 여인을 표지로 앉힌 책을 읽고 있는 사람은 지금

발가벗은 그 여인을 스승으로 모시고 있는 것이나 다름이 없다.

佳 : 아름다울 가　　　宜 : 마땅할 의　　　甛 : 달 첨

---

63. 하루살이

朝菌은 不知晦朔하고, 蟪蛄는 不知春秋라.
　조 균　　　부 지 회 삭　　　　혜 고　　　부 지 춘 추

　조균朝菌은 그믐과 초하루(한 달)를 알지 못하고, 혜고蟪蛄는 봄
가을(일 년)을 알지 못한다.

『장자莊子』「소요유편逍遙遊篇」에 나오는 말이다. 조균은 아침에
피었다가 저녁이면 죽는다는 일종의 균류菌類 식물이고, 혜고는 여
름날 며칠을 살고 죽는 매미의 일종이다. 하루를 살고 죽는 식물이
한 달이 있는 줄을 어찌 알며 한 철을 살고 죽는 매미가 어찌 춘추(1
년)가 있는 줄을 알겠는가? 조균은 자기가 산 하루가 세상에서 가장
긴 시간인 줄 알 것이고, 매미는 제가 산 여름 며칠이 시간의 전부인
줄 알 것이다. 사람도 마찬가지리라. 평생 자기 주변의 동네 저수지

만 본 사람은 바다를 알지 못할 테니 그 저수지가 세상에서 가장 넓은 줄로 알 것이고, 자기 주변의 산만 본 사람은 에베레스트의 높음을 알지 못할 것이다. 자기 안에 갇혀 사는 사람은 다른 사람의 넓은 마음을 헤아리지 못하여 늘 의심과 경계 속에서 살고, 인간의 일에 매달려 사는 사람은 자연의 큰 힘을 인정하려 들지 않으며, 세속적인 아름다움에 눈이 먼 사람은 자연에 내재해 있는 큰 아름다움을 느끼지 못한다. 사람은 조균이나 매미와는 달라서 자기가 산 시간 말고도 억겁의 세월이 있음을 안다. 그리고 그렇게 큰 시간을 누리며 얼마든지 더 자유로워질 수 있음도 안다. 그럼에도 불구하고 자연의 자유를 누리며 사는 사람은 극히 드물다. 자기 스스로 자신을 구속하고 있기 때문이다. 어서 눈을 떠서 동네 방죽을 떠나 망망대해 큰 바다를 보도록 하자.

菌 : 버섯 균   晦 : 그믐 회
朔 : 초하루 삭   蟪 : 매미 혜
蛄 : 매미 고, 땅강아지 고

64. 훌륭한 의사가 되려면

三折肱始爲良醫라.
삼 절 굉 시 위 양 의

팔이 세 번 부러져 봐야 훌륭한 의사가 될 수 있다.

『좌전』 정공定公 13년 조에 실려 있는 고강高彊의 말이다. 가장 확실한 실력은 본인이 직접 경험을 해 봄으로써 습득한 실력이다. 특히 사람의 생명을 다루는 의술에 있어서는 더욱 그렇다. 그런데 요즈음에 병원에 가면 의사의 경험보다는 기계에 의한 검사가 더 중요시되는 경우를 많이 보게 된다. 심지어 어떤 경우에는 의사라는 직업이 다른 게 아니라 기계가 검사해 놓은 결과를 잘 읽어 주는 사람에 불과하다는 생각이 들 때도 있다. 대부분의 의사가 환자의 이야기를 끝까지 잘 듣고 의사의 경험과 학식을 바탕으로 병세를 판단하기보다는 환자의 이야기를 몇 마디 들어본 다음 거의 반사적으로 '검사를 해보자'는 말을 한다. 물론 기계의 검사범위와 능력과 정확성을 믿어야 하겠지만 때로는 과연 기계가 무슨 병이든지 다 잡아낼 수 있을까 하는 생각이 들 때가 있다. 실지로 우리 주변에서 몸은 아픈데 검사결과에는 이상이 전혀 없어서 종국엔 '신경성'이라는 진단을 받는 환자들을 자주 본다. 그런데 이러한 신경성 환자들 중에는 경험이 많은 옛 어른이 알려준 민간요법으로 크게 병세의 호전효과를 보는 경우가 많이 있다. 의사의 오랜 경험으로 환자의 병을 진단하던 옛 방법이 이 시대에 반드시 부활되어야 할 것이다. 아무리 훌륭한 기계도 인류가 쌓아온 수천 년의 경험 앞에서는 초보자 수준일 수도 있을 테니 말이다.

折 : 꺾을 절, 부러질 절　　　肱 : 팔뚝 굉　　　良 : 좋을 양

---

65. 사람은 무엇으로 사는가?

生於憂患하고 而死於安樂이라.
생 어 우 환　　　이 사 어 안 락

우환 속에서는 살지만 안락 속에서는 죽는다.

『맹자』「고자告子」하下편에 나오는 말이다. 사람이면 누구라도 안락함을 바라지 우환이 있기를 바라는 사람은 없을 것이다. 그럼에도 불구하고 왜 맹자는 '우환 속에서는 살지만 안락 속에서는 죽는다'고 했을까? 안락 속에 빠져 있으면 사람의 정신은 해이해지고 몸은 게을러지기 마련이다. 반면에 우환 속에 있는 사람은 정신은

늘 긴장되어 있고 몸은 부지런히 움직인다. 정신이 해이해지고 몸이 게을러진 사람은 방어능력이 없는 사람이고, 방어능력이 없는 사람은 당연히 병마의 공격대상이 된다. 반면에 우환 속에 있는 사람은 늘 방어체제를 확립하고 사는 사람이다. 병마가 쉽게 접근할 수 없다. 그래서 산다. 그런데 사람의 삶이란 육신의 삶과 더불어 정신의 삶도 있다. 이완용은 나라를 팔아넘긴 대가로 살아있는 동안 호의호식하며 안락 속에서 살았지만 우리 역사에서 그는 영원히 '죽어 마땅한 매국노'로 남아있고, 안중근 의사는 갖은 고초와 우환 속에서 죽었지만 우리 민족의 가슴 속에 영원히 살아있는 등불이 되었다. 안락은 죽음에 이르는 길임을 알아야 한다. 옛 선비들이 '편안함'을 가장 경계하여 일부러 몸을 편하게 놓아두지 않은 이유가 바로 여기에 있다.

於 : 어조사 어

患 : 근심 환

樂 : 즐거울 낙(락)

憂 : 근심 우

死 : 죽을 사

66. 신 선神仙

五六月中에 北窓下臥하여 遇凉風暫至할제
오 육 월 중   북 창 하 와   우 량 풍 잠 지

自謂是義皇上人이라.
자 위 시 희 황 상 인

오뉴월에 북쪽 창가에 누워 잠시 불어오는 시원한 바람을 맞을 때
그런 자신을 일러 '희황상인義皇上人', 즉 복희씨 시대를 사는 태고
太古적 사람이라 하더라.

도연명의 「여자엄등소與者儼等疏」에 나오는 말이다. 음력 오뉴월
은 양력으로 칠팔월에 해당한다. 일 년 중 가장 더운 때이다. 이렇
게 더운 날 햇볕이 들지 않는 북쪽 창문 아래에 누워있을 때 어디선
가 시원한 바람 한줄기가 불어와 '획'하고 지나간다면 그보다 더 시
원한 일이 있을까? 신선이 따로 없다. 그런 바람을 누운 자세로 맞
이하는 사람이 바로 신선이다. 어디에나 널려 있는 선풍기와 에어
컨의 바람이 어쩌다 한번 불어오는 자연의 산들바람에 비할 바이겠
는가? 역시 인공은 자연만 못하고, 많은 것은 적은 것보다 소중하지
않다. 이 여름 북쪽 창가에 누워 그런 바람을 쐬고 있는 사람이 몇이
나 될까? 아마 거의 없을 것이다. 북쪽 창가가 없어서도 아니고 시
원한 바람이 불어오지 않아서도 아니다. 그런 바람을 맞을 마음의

여유가 없어서 스스로 그 바람을 버리고 있는 것이다. 필자는 어린 시절 감나무가 있던 뒤뜰을 향해 난 창문의 모기장을 통해 들어오던 시원한 바람을 잊을 수가 없다. 얼굴과 가슴을 스치는 바람을 느끼며 스르르 눈이 감겨 올 때 '툭'하고 땡감 떨어지는 소리가 들리면 졸리는 눈을 살그머니 떴다가 다시 감으며 '내일 아침에 누나보다 일찍 일어나 땡감을 많이 주어다가 보리 항아리 속에다 우려야지' 하는 생각을 하며 아스라이 잠의 세계로 다시 빠져들던 기억. 참으로 그리운 추억이다.

臥 : 누울 와 　　　遇 : 만날 우 　　　凉 : 서늘할 량

暫 : 잠시 잠 　　　羲 : 사람이름 희

---

67. 생전의 한 잔 술

何須身後千載名이리오 且樂生前一盃酒라.
하 수 신 후 천 재 명 　　　 차 락 생 전 일 배 주

　내 몸이 다한 후에 이름이 천 년 동안 남아있은들 무슨 소용이 있으랴? 살아있을 때 한 잔의 술을 즐길 것이지.

이백李白의 시 「행로난行路難」의 끝 구절이다. 술과 달을 특별히 좋아한 이백다운 시구이다. 제법 호기를 부리며 술을 마시는 술꾼들이 애용하는 구절이다. 언뜻 보면 이 구절은 '명예가 다 무슨 필요가 있나? 살아있을 때 진탕 마시고 즐겨야지'라는 뜻으로 해석하기 쉽다. 그렇게 해석하고 보면 이 구절은 매우 퇴폐적인 시가 되고 말지만 이백의 뜻은 결코 퇴폐적인 데에 있지 않다. 그는 이 구절을 통하여 절대 자유를 표현하였다. 이것은 자기 스스로 쳐놓은 덫에 걸려 죽은 후의 이름까지를 생각하며 사느라 술을 마실 때마저도 마음을 풀지 못하여 전혀 즐거움을 느끼지 못하는 사람을 향해 외친 이백의 포효咆哮이다. 인생은 그렇게 조바심을 내며 살 필요가 없다. 지금의 내 인생과 전혀 상관없는 천 년 후의 이름까지를 생각하며 그렇게 움츠리고 사는가? 그저 하루하루와 그때그때를 최선을 다하여 열심히 살 뿐이다. 평가를 하든 말든 잘하든 못하든 뒷사람에게 맡기면 그만이다. 그저 내 인생을 가장 열심히 산 그대로의 내 인생 자체를 하나의 예술 작품으로 내놓고 가면 뒷사람이 그걸 부수든 보관하든 욕하든 칭송하든 내가 관여할 바가 아니고 관여할 수도 없는 일이다. 술을 마실 땐 가장 아름답게 술을 마시는 일에 최선을 다할 뿐……

須 : 모름지기 수   載 : 실을 재, 해(年) 재   盃 : 잔 배

68. 내일은 내일의 바람이 분다

今朝有酒今朝醉하고　明日愁來明日愁라.
금 조 유 주 금 조 취　　　명 일 수 래 명 일 수

오늘 아침 술이 있으면 오늘 아침에 취하고, 내일 근심이 오거든
내일 근심을 하도록 하자.

　중국 당나라 사람 권심權審이라는 사람이 은거 생활을 파기하고
속세로 다시 나오면서 지은 칠언절구七言絶句「자견自遣」의 끝 두 구
절이다. 언뜻 보면 이 시는 그날그날을 되는 대로 살자는 뜻으로 이
해하기 쉽다. 그러나 제멋대로 아무렇게나 살자는 의미가 아니라,
오늘은 오늘 일에 충실하자는 뜻이다. 오늘 할 일이 술 마시는 일이
라면 내일의 일 때문에 술을 못 마실 게 아니라 오늘의 일인 술 마시
는 일을 열심히 하자는 뜻인 것이다. 내일 해도 될 걱정을 미리 당겨
서 하느라 막상 오늘 해야 할 일을 못하는 건 분명 옹졸한 일이다.
보통 사람이라면 그러한 옹졸함에서 벗어나기가 쉽지 않다. 그래서
이 시의 작자인 권심權審도 그런 옹졸함에서 벗어나고 싶은 생각에
'오늘 아침 술이 있으면 오늘 아침에 취하고, 내일 할 걱정은 내일
하자'라고 했을 것이다. 필자도 한 때는 '준전막화명조사樽前莫話明朝
事(술동이 앞에서는 내일 아침 이야기를 말라)'라는 말을 외치며 밤을
새워 술을 마셔본 적이 있다. 그러나 광방廣放함은 역시 '착실함'만

못하다. 약간 옹졸하다는 평을 들어도 좋으니 내일에 대한 걱정 때문에 오늘도 술을 삼가는 삶이 편안한 삶이다. 우리 보통 사람의 경우에는 말이다.

朝 : 아침 조　　　　　醉 : 취할 취　　　　　愁 : 근심 수

---

69. 새도 기쁘게 해주는 푸른 산 빛

山光悅鳥性하고　潭影空人心이라.
산 광 열 조 성　　　　담 영 공 인 심

산 빛은 새의 마음도 기쁘게 해주고 연못 그림자는 사람의 마음을 깨끗이 비워주네.

중국 당나라 때의 시인인 상건常建이 쓴 「제파산사후선원題破山寺後禪院」 시에 나오는 구절이다. 산의 경치에 취한 사람은 마치 산이 자기를 위해서 존재하는 것으로 착각하기 쉽다. 설령 자기만을 위해서 존재하는 것으로 착각하지 않는 사람이라고 하더라도 자연이 사람 외의 새나 노루나 토끼 등 동식물의 마음도 기쁘게 해주고 있

다는 생각을 하는 사람은 드물다. 사람 위주로 생각한 나머지 사람만이 산의 풍광을 감상할 뿐 다른 동물들은 산 빛의 아름다움도, 시냇물의 정겨운 속삭임도 느끼지 못한다고 생각하는 것이다. 그러나 우리는 알아야 한다. 자연은 사람만을 위한 자연이 아니라는 사실을. 우리가 산 빛을 보고서 기분 좋아할 때 산새나 산 짐승도 산 빛을 보며 좋아하고 있다. 그런 마음으로 산을 보면 우리는 아름다운 산 빛 아래 경건해진다. 연못은 그 자체가 연못이자 연못 그림자이다. 맑은 물 외에 아무 것도 담고 있지 않은 연못을 바라보노라면 우리는 연못처럼 맑은 마음을 갖게 된다. 이제라도 산에 가거든 정말 자연과 어울려 자연 속의 모든 동·식물과 함께 자연의 아름다움을 만끽해 보도록 하자. 자연은 사람만의 자연이 아니라는 것을 생각하면서…….

悅 : 기쁠 열	性 : 성품 성
潭 : 못 담	影 : 그림자 영
空 : 빌 공	

70. 꽃은 꺾을 수 있을 때 꺾어야

有花折枝直須折하여 莫待無花空折枝하라.
유 화 절 지 직 수 절   막 대 무 화 공 절 지

꽃이 있거든 꺾을 수 있을 때 곧바로 꺾어라. 꽃이 진 후 헛되이
가지만 꺾는 일이 없도록.

당나라 때의 민가民歌로서 작자를 알 수 없다. 흔히 여성을 꽃에
비유한다. 그래서 꽃을 꺾는다는 말은 곧 여성을 정복(?)한다는 뜻
으로도 사용된다. 이러한 관점에서 본다면 이 구절은 '맘에 드는 여
성을 보거든 망설일 것 없이 어떤 수단을 써서라도 내 여인으로 만
들어라'라는 뜻으로 해석할 수 있고, 그렇게 해석하고 보면 이 구절
은 다소 음탕함이 있는 노래가사라고 할 수 있다. 그러나 순수한 마
음을 갖고 살펴보면 그건 퇴폐성이 아니다. 간절한 사랑이다. 망설
이다 놓치고서 후회하면 소용없는 일이고, 이리저리 가늠해 보다가
젊은 날이 가버리면 아쉬움만 남는다. 진정한 사랑은 다가올 때 해
야 한다는 간절함이 시에 담겨 있다. 사랑도 결혼도 할 때 해야 한
다. 공부를 핑계로 결혼을 미루는 것도 손해이고, 보다 더 좋은 비단
을 고르려다가 결국은 무명베를 고르고 마는 것은 더 큰 손해이다.
공부에 사랑이 더해지면 공부의 능률이 두 배, 세 배로 오르고, 처음
눈에 든 비단이 가장 아름다운 비단인 경우가 많다. 사랑은 감정이

고 결혼도 기본적으로는 서로 좋아하는 감정이지 조건을 따지는 계
산이 아니다. 젊음은 용기가 있을 때 한층 더 아름다운 법이다.

折 : 꺾을 절	枝 : 가지 지	直 : 곧을 직
須 : 모름지기 수	待 : 기다릴 대	

71. 정말 못난 놈

不侮矜寡하고 不畏强禦라.
불 모 관 과　　　불 외 강 어

힘없는 홀아비나 과부를 무시하지 말고 힘센 폭도를 두려워하지
말라.

『시경』「대아大雅」의 〈증민烝民〉시에 나오는 구절이다. '矜'은 본
래 '불쌍히 여길 긍'인데 여기서는 '홀아비 환鰥'과 같은 뜻으로 쓰
였으며 '관'으로 읽는다. '寡'는 '과부'를 뜻하는 글자이다. 따라서
'관과矜寡는 홀아비와 과부를 이르는 말로서 세상에 의지할 곳도 없
고 힘도 없는 불쌍한 사람'을 칭하는 말이다. '강어强禦'는 '불량배'
나 '폭도' 등 포악한 힘을 행사하는 사람을 칭하는 말이다. 세상에

는 참 비열한 사람이 많이 있다. 나보다 약한 사람은 짓밟아 무시하고, 나보다 조금이라도 강한 사람 앞에서는 굽실거리는 사람들이 바로 그런 비열한 사람이다. 민주화 운동에 대한 탄압이 극심할 때는 말 한 마디도 못하던 사람들이 세상이 바뀌자, 자기야말로 민주화의 선봉장이요, 정의의 사자인 양 큰 소리를 치며 선거 때마다 나타난다. 예전엔 잡혀갈까 봐 죽은 듯이 지내던 사람이 지금은 세상 무서운 줄 모르고 비판만이 정의인 양 사사건건 비판을 위한 비판의 글을 쓰고 있는 경우가 있다. 다시 유신말기나 5.18 사태를 맞는다 해도 그처럼 용감하게 글을 쓸 수 있는 사람이 몇이나 될까? 한 사람도 나오기 어려울 것이다. 오히려 그런 시절이 되면 다시 그 정권에 들어가 아부를 일삼을 것이다. 정말 용감한 사람은 강자에게 강하고, 약자에게는 오히려 온정을 베푸는 사람이다. 정말 정의로운 사람은 만만한 상대 앞에서만 정의로운 게 아니라 언제 어디서라도 정의롭다.

侮 : 업신여길 모   矜 : 불쌍히 여길 긍, 홀아비 관
寡 : 적을 과   畏 : 두려울 외
禦 : 막을 어

---

72. 내 맘, 네 맘

我心堅하고 你心堅하여
아 심 견   이 심 견

各自心堅이면 石也穿이라.
각 자 심 견   석 야 천

내 마음이 굳세고, 네 마음도 굳세서 각자의 마음이 모두 굳세면
돌이라도 뚫을 수 있을 것이다.

송나라 사람 채신蔡伸이 쓴 「장상사長相思」라는 사詞에 나오는 구
절이다. 사랑의 힘은 무서운 것이다. 사랑하는 두 사람이 굳게 맹세
하면 돌을 뚫을 수도 있다. 사랑이야말로 생명 그 자체이다. 여름은
푸르고 싱싱한 사랑의 계절이다. 작열하는 태양 아래에서 젊은이들
이 뜨거운 사랑을 나누는 계절이다. 파도가 밀려오는 해변에서 뜨겁
게 달구어진 모래를 밟으며 사랑을 키우기도 하고 밤하늘을 수놓은
별을 세며 사랑을 맹세하기도 한다. 젊음으로 끌어안는 사랑처럼 아
름다운 것이 또 있으랴? 가을은 결실의 계절이다. 오곡백과가 풍성
하게 결실을 맺고, 여름에 타오른 사랑도 가을이면 결실을 맺는다.
그래서 가을은 결혼의 계절이기도 하다. 모든 부부간에 사랑이 충만
해 있으면 세상에 범죄가 없어질 것이다. 부부간에 사랑이 충만한
가정에 결손이 있을 수 없고, 불화가 있을 수 없으니 말이다. 가정마

다 불화가 없는데 사회에 범죄가 있을 리 없다. 남녀, 즉 부부간의 사랑이야말로 온 세상을 밝고 건강하게 만드는 기본 요소인 것이다. 돌을 뚫을 수 있는 힘이 나오는 사랑, 그런 사랑 앞에 무슨 어려움이 있으랴. 연인들이 '아심견我心堅, 이심견你心堅, 각자심견各自心堅, 석야천石也穿'을 박자에 맞춰 불러보면 어떨까?

堅 : 굳을 견, 굳셀 견
也 : 어조사 야(여기서는 '역시'라는 뜻으로 쓰임)　　穿 : 뚫을 천

---

73. 화살같이 곧은 마음

邦有道如矢하고　邦無道如矢하라.
방 유 도 여 시　　　　방 무 도 여 시

　나라에 도가 있을 때에도 화살처럼 곧게 행동하고 나라에 도가 없을 때에도 화살처럼 곧게 행동하라.

　『논어論語』「위령공편衛靈公篇」에 나오는 말이다. 나라에 도가 있을 때, 즉 나라에 정의가 존재하고 민심을 거스르지 않는 정치가 이

루어지고 있을 때는 곧게 행동하기가 비교적 쉽다. 곧게 행동한다고 해서 탄압을 당하거나 생명에 위협을 받을 일이 생기지 않기 때문이다. 그럼에도 불구하고 나라에 도가 있을 때 곧게 행동하는 사람은 오히려 점점 줄어든다. 세상이 잘 되어가고 있기 때문에 굳이 나까지 나서서 곧음을 강조할 필요가 없다고 생각하는 사람들이 하나둘씩 늘어나 어느새 곧은 사람이 다 사라지고 말기 때문이다. 그런데 반대로 나라에 도가 없을 때에는 곧게 살기가 정말 힘이 든다. 모진 탄압과 생명에 대한 위협마저 느낀다. 그럼에도 불구하고 불의에 항거하며 정의를 지키려고 나서는 사람이 많이 등장한다. 이런 나라는 언젠가는 다시 일어선다. 그래서 역사는 순환한다. 우리는 순환하는 역사의 바퀴가 어디쯤 굴러가고 있는지를 항시 잘 지켜보며 수시로 반성하여 나라에 도가 있을 때에도 화살처럼 곧고, 나라에 도가 서지 않았을 때에도 한결같이 화살처럼 곧게 살아야 한다. 그것이 역사가 끊이지 않고 이어지는 길이다.

邦 : 나라 방   矢 : 화살 시

74. 거울은 피곤하지 않다

何嘗見明鏡疲於屢照하고 淸流憚於惠風인고?
하 상 견 명 경 피 어 루 조   청 류 탄 어 혜 풍

자주 비춰본다고 해서 거울이 피곤해 하는 것을 본 적이 있으며,
맑게 흐르는 물이 부드러운 바람을 싫어하는 것을 본 적이 있는가?

위진남북조시대 유의경劉義慶이라는 사람이 쓴 『세설신어世說新
語)「언어言語」중中편에 나오는 말이다. 미국의 어느 갑부가 교통사
고로 뇌를 다쳐 이식수술을 받아야 할 상황이 되었다. '뇌 은행'에
찾아간 그의 가족들은 가장 비싼 뇌를 달라고 했다. 담당자는 깊이
간직해 두었던 뇌를 하나 들고 나왔다. 가족들이 "이 뇌의 기증자가
어떤 사람이냐?"라고 묻자, 담당자는 공무원의 뇌라고 답하였다. 약
간 의외라고 생각한 가족들은 공무원의 뇌가 왜 가장 비싼지 그 까
닭을 물었다. 그러자 담당자는 대답하였다. "한번도 써 본 일이 없
어서 신제품이나 마찬가지이기 때문에 가장 비싸다." 물론 이 이야
기는 창의성이 없이 타성에 젖어있는 미국 공무원들을 풍자한 코미
디이다. 거울에 아무리 많은 것을 비춰 본다고 하여도 거울이 닳거
나 손상되지 않듯이 지혜로운 사람의 지혜도 많이 쓴다고 해서 손상
을 당하지 않는다. 오히려 쓰면 쓸수록 더욱 발달하는 게 뇌다. 요
즈음 '아이디어 전쟁시대'라는 말을 너무 의식한 나머지 별 아이디

어도 아니면서 자기 생각 내보이기를 꺼리는 사람이 더러 있다. 약
삭빠른 소인小人이다. 좋은 아이디어가 있으면 빨리 내놓고서 함께
연구해야 한다. 진정한 아이디어맨의 아이디어는 아무리 비춰도 닳
지 않는 거울처럼 아무리 써도 손상당하지 않는다.

何 : 어찌 하
疲 : 피로할 피
照 : 비칠 조
惠 : 부드러울 혜
嘗 : 일찌기 상
屢 : 여러 루(누)
憚 : 꺼릴 탄

75. 호화로운 생활이 부러운가?

不將枯淡博豪華라.
부 장 고 담 단 호 화

메마르고 담백한 생활이라고 해서 호화로움을 부러워하지 말라.

원감선사圓鑑禪師의 시에 나오는 말이다. 시의 전문全文은 다음과
같다. '한 발우의 나물밥으로 주린 배를 채우고, 한 사발의 자순차
로 갈증을 풀지. 이렇게 사는 이 삶에 이미 즐거움이 넘치니 내 생활

이 메마르고 담백하다고 해서 호화로운 삶을 부러워하지 말자(飢湌
一鉢靑蔬飯, 渴飮一甌紫笋茶. 只今生涯有餘樂, 不將枯淡博豪華).'주
위 사람들과 이런 시의 경지에 대해서 이야기하다 보면 때로는 심한
배반감을 느낄 때가 있다. 가난하지만 맑은 삶의 아름다움에 대해
서 실컷 강의를 하고 나서 사람들의 반응을 보면 표정은 감명을 받
은 듯한 표정을 짓고 있다. 뭔가를 느끼고 있다는 뜻이다. 그러나
곧 이어서 나오는 말은 대부분 이렇다. "그런 맑은 생활은 책에나
있는 것이고 실지 생활이야 돈이 많이 있는 게 훨씬 낫지. 뭐 하러
나물밥 먹고 자순차나 마시고 앉아 있어? 고기반찬에 맛있는 차와
맛있는 술을 많이 먹으면 더 좋지." 이럴 때면 정말 할 말이 없다.
하지만 진정으로 깨달아야 공감할 수 있다. 이런 생활은 책에나 있
는 얘기가 아니라 실지의 우리 생활이 되어야 한다는 점을. 돈을 벌
어서 제 입에다 좋은 음식 집어넣고 제 몸에 좋은 옷 걸칠 것만 생각
한다면 무슨 의미가 있겠는가? 돼지가 조금 좋은 음식 먹고, 조금
좋은 자리에서 자는 것과 무엇이 다르겠는가?

將 : 장차 장   枯 : 마를 고
淡 : 맑을 담   博 : 근심할 단
豪 : 호방할 호

76. 거울과 추녀醜女

明鏡爲醜婦之寃이라.
명 경 위 추 부 지 원

밝은 거울은 추한 아낙의 미움을 받는다.

　　송나라 때의 학자인 정이천程伊川, 정명도程明道 선생 형제의 문집
인『이정전집二程全集』의 어디에선가 본 글이다. 거울은 거짓 없이
있는 그대로를 보여준다. 미녀는 미녀로 비춰주고, 추녀는 추녀로
비춰준다. 거울은 있는 그대로를 보여 주지만 거울을 보는 사람은
제 모습이 추한 것은 생각하지 않고 거울이 잘못 비추고 있다고 생
각할 때가 있다. 설령 자신의 추함을 인정하는 사람이라고 하더라
도 거울을 향해 "그래, 내가 예쁘지 않다는 것을 나도 안다. 그렇다
고 하더라도 꼭 그렇게 예쁘지 않은 모습을 구석구석 있는 그대로
다 비춰야만 하겠느냐? 어느 한 부분쯤은 살짝 바꿔서 예쁘게 좀 보
여주면 안 되겠니?"라는 투정을 할 수 있다. 그리고 그러한 투정 끝
에 너무 고지식하고 정직한 거울을 미워할 수도 있다. 그렇다고 해
서 거울은 결코 제 모습을 구부려 여인의 청을 들어 주지 않는다. 착
한 사람은 악한 사람의 거울이다. 착한 사람에게 제 모습을 비춰보
면 제가 얼마나 악한지가 다 보인다. 그래서 세상에는 더러 착한 사
람을 미워하는 사람이 있다. 밝고 공정한 제도나 법률은 악한 사람

을 악한 사람으로 드러내 보여주는 가장 밝은 거울이다. 그래서 추녀가 거울을 원망하듯이 공정한 법과 제도를 탓하는 사람이 더러 있는 법이다. 선한 사람을 미워하기 전에 제 모습을 보아야 하고, 법을 탓하기 전에 제 소행을 살펴야 할 것이다.

醜 : 미울 추   寃 : 원한 원, 원통할 원

77. 나뭇잎과 뿌리

樹高千丈이나 葉落歸根이라.
수 고 천 장   엽 락 귀 근

천 길 높이 자란 나무라도 그 나뭇잎은 뿌리로 돌아간다네.

명나라 사람 나관중羅貫中이 썼다고 하는 소설 『평요전平妖傳』 제8회에 나오는 말이다. 나무가 기세 좋게 자랄 때는 정말 하늘 높은 줄 모르고 자란다. 그러나 그 나뭇잎은 언젠가 다시 뿌리로 돌아온다. 거름이 되어 뿌리로 돌아가 다음 해에 다시 잎을 키우는 것이다. 그런 순환이 있을 때 나무는 건강하게 '거목巨木'으로 자랄 수 있다.

우리나라의 가수, 영화배우, 스포츠 스타들이 외국으로 많이 나가고 있다. 국제적으로 활동하고 있는 골프 선수들도 많다. 푸른 나뭇잎들이 하늘 높은 줄 모르고 기세 좋게 뻗어 나가듯이 우리 선수들도 세계를 향해서 웅비하고 있는 것이다. 그런 우리 선수들이 외국에서 떨치는 명성은 그대로 우리나라 대한민국의 뿌리를 북돋우는 거름이 되어 돌아온다. 마치 나뭇잎이 뿌리로 돌아오듯이. 세계에 흩어져 살고 있는 재외국민의 비율이 가장 높은 나라는 이스라엘, 즉 유대인이고 그 다음이 바로 우리나라라고 한다. 이들 재외국민들은 모두 기세 좋게 뻗어나가는 나뭇잎과 같다. 그리고 우리 대한민국은 그들이 다시 돌아올 뿌리이다. 튼튼한 뿌리가 있어서 나뭇잎을 무성하게 키우고 그 나뭇잎은 다시 거름이 되어 뿌리를 북돋운다는 사실은 얼마나 우리를 감격하게 하는가? 큰 공功을 세우고서도 돌아갈 곳이 없는 사람, 반겨줄 사람이 없는 사람의 슬픔은 어떠하겠는가. 우리에게 돌아갈 든든한 뿌리가 있다는 사실이 얼마나 큰 감격인가?

樹 : 나무 수　　　　丈 : 길(사람의 키) 장
落 : 떨어질 락　　　　歸 : 돌아갈 귀
根 : 뿌리 근

77. 나뭇잎과 뿌리 133

78. 부처님 마음보다 나은 마음

將心比心이면 强如佛心이라.
장 심 비 심   강 여 불 심

내 마음으로 다른 사람의 마음을 헤아린다면 그 마음은 곧 부처님
마음보다도 훌륭한 마음이다.

중국 청나라 때 석천기石天基라는 사람이 쓴『전가보傳家寶(가보로
전하라)』라는 책의 권7에 나오는 말이다. 여기서 '將心'의 '心'은 내
마음을 말하고 '比心'의 '心'은 남의 마음을 말하며 '將'은 '~로'라
는 뜻이고 '比'는 '비교하여 헤아린다'는 뜻이다. 내 마음에 견주어
남의 마음을 헤아린다는 것은 쉬운 일이 아니다. 그렇게만 된다면
남에게 나쁘게 대할 일이 없다. 내가 하고 싶지 않거나 당하고 싶지
않은 일을 남에게 시키거나 겪게 할 리가 없기 때문이다. 그런 마음
이라면 부처님의 마음보다도 훌륭한 마음이다. 부처님도 매 사람의
마음을 다 헤아려 주지는 못할 테니 말이다. 내가 싫은 일은 남도 싫
은 것이라는 점을 헤아린다는 것이 그리 어려운 일도 아닐 것 같은
데 그것을 잘 하는 사람은 거의 없다. 자기 위주로 살기 때문이다.
남이야 어찌 되든 우선 내가 편하고 내가 즐거워야 한다는 생각으로
살기 때문에 남의 마음을 헤아려 줄 여유가 없는 것이다. 나의 즐거
움을 조금만 줄여서 그 여유로 나보다 즐겁지 못한 사람, 한두 사람

을 즐겁게 해주면 그들의 즐거움이 열 배로 커져서 다시 내게로 돌아올 것이다. 그래서 부처님은 그렇게 많은 자비를 베풀고서도 조금도 지치지 않는다. 내 것을 챙기려고 혈안이 되지 말고 남을 헤아리는 맑은 눈을 가질 때 인생은 기쁨으로 충만할 것이다.

將 : 장차 장	比 : 견줄 비
强 : 강할 강	佛 : 부처 불

79. 하늘을 우러러

仰不愧天하고 **俯不愧人**하며 **內不愧心**하라.
앙 불 괴 천　　　부 불 괴 인　　　내 불 괴 심

　우러러 하늘에 부끄럽지 않고 굽어 사람에게 부끄럽지 않으며 안으로 자신의 마음에 부끄럽지 않도록 하라.

　당나라 때의 문장가인 한유韓愈가 쓴 「여맹상서서與孟尙書書」에 나오는 말이다. 사실은 한유 이전에 이미 맹자가 이와 비슷한 말을 하였다. 맹자는 인생의 세 가지 즐거움 중 그 두 번째로서 '仰不愧於

天, 俯不怍於人', 즉 우러러 하늘에 부끄러움이 없고 굽어 땅에 부끄러움이 없는 것을 들었다. 그런데 한유는 맹자의 말에 '內不愧心'이라는 말 한 마디를 더 보태었다. 누가 감히 양심에 비추어 한점 부끄러움이 없다는 말을 할 수 있을까? 그런데 우리의 현실을 보면 이 말은 너무나도 쉽게 쓰이고 있다. 문제가 있어서 검찰의 수사를 받고 있는 정치인일수록 이 말을 거의 입버릇처럼 쓰는 것 같다. "저, 하늘을 우러러 한 점 부끄러움이 없는 보통 사람이에요"를 연발하던 '그 사람'은 결국 영원히 씻지 못할 부끄러움을 안고 교도소에 다녀왔고, "양심에 한 치의 가책도 느끼지 않는다"고 골목에 서서 큰 소리를 치던 '그 사람'도 교도소에 다녀왔다. 그리고 그 후에도 "한 점 부끄러움이 없다"라고 큰 소리를 치던 사람은 오래가지 않아 거의 다 구치소를 향했다. 그런데 '의혹을 살 만한 일은 추호도 없다. 만약 의혹이 밝혀진다면 정계를 은퇴하겠다'라고 큰 소리를 치는 사람은 지금도 여전히 남아 있다. 지켜볼 일이다. '하늘을 우러러 한 점 부끄러움이 없다'는 말은 함부로 쓰는 말이 아님을 알아야 할 것이다.

仰 : 우러러 볼 앙   愧 : 부끄러워 할 괴   俯 : 숙일 부

배고프면 먹고 졸리면 자고

80. 지식인으로 산다는 것

難作人間識字人이라.
난 작 인 간 식 자 인
이 세상에서 지식인으로 산다는 게 참으로 힘이 드는구나.

매천梅泉 황현黃玹 선생이 1910년 8월 29일 한일합방이 발표되자 스스로 목숨을 끊으면서 지은 절명시絶命詩 4수 중 한 수의 마지막 구절이다. 시의 전문은 다음과 같다. '날짐승 길짐승들도 슬피 울고 바다와 산도 애통해 하네. 무궁화 삼천리는 이제 몰락해 버렸구나. 이 가을밤에 등불을 거두고 앉아 우리 민족이 이어온 천고의 역사를 회고하자니, 아아! 이 세상에서 지식인으로 살기가 정말 힘이 드는 구나(鳥獸哀鳴海岳嚬, 槿花世界已沈淪. 秋燈掩卷懷千古, 難作人間識字人)' 매천 선생은 전남 광양에서 태어나 후에 구례로 이사와 살다가 한일합방이 발표되자 비분한 마음을 가누지 못하고 음독 순절殉節한 조선 말기의 대표적인 우국지사요, 시인이다. 망해버린 나라에서 지식인으로 산다는 것은 정말 견딜 수 없는 고통이다. 차라리 아무 것도 모르는 바보라면 어느 놈이 주는 밥이든 그것이 밥인 줄만 알고서 먹고 살면 될 테지만 원수에게 나라를 빼앗긴 줄을 뻔히 아는 식자識者로서 어떻게 그 울분을 삭힐 수가 있겠는가? 지식인에게는 정말 이러한 '의식'이 살아 있어야 한다. 혹자는 "글로벌시대에 민족을 강조할 필요가 무엇이냐"라고 반문할지 모른다. 그러나 글로벌시대일수록 오히려 민족과 민족의 역사가 강조될 수밖에 없음을 자각해야 한다. 매천 선생의 시를 읽으며 민족혼에 대해서 다시한번 생각하도록 하자.

難 : 어려울 난	識 : 알 식	字 : 글자 자

81. 어떻게 살아?

雖有天下易生之物也나 一日暴之하고
수 유 천 하 이 생 지 물 야   일 일 폭 지

十日寒之면 未有能生者也라.
십 일 한 지   미 유 능 생 자 야

비록 천하에 아무리 잘 자라는 식물이 있다고 하더라도 하루는 땡볕이 내리쬐고 열흘은 모진 추위가 온다면 그런 환경에서 능히 살지는 못할 것이다.

『맹자孟子』「고자告子」상上편에 나오는 말이다. 사람이 튼튼하게

자라기 위해서는 적당한 시련이 필요하다. 그러므로 '젊어서 고생은 사서라도 한다'는 속담이 있다. 그래서 방학 때면 더러 '극기 훈련'이라는 이름의 훈련 캠프에 입소하는 청소년들이 있다. 그러나 평상시의 생활은 지나치게 안일하고 방만하게 하다가 며칠 동안 극기 훈련을 받는다고 해서 큰 효과가 있을지는 의문이다. 뭐니뭐니 해도 교육은 일관성이 있을 때 효과를 거둔 것 같다. 세상의 유행이나 시대의 조류에 너무 민감하게 반응하여 뭐 하나 좋은 게 있다고 하면 그곳으로 몰려가서 가르치려 드는 교육은 학생만 피곤하게 할 뿐 기대한 효과를 거두지는 못한다. 세상에 아무리 잘 자라는 식물이 있다고 해도 하루는 폭염이 내리 쬐고 다음 날에는 한파가 몰아닥친다면 그런 환경에서는 자랄 수 없듯이, 일관성이 없이 소문과 유행을 따라 뭐가 하나 좋다고 하면 소나기 퍼붓듯이 시키는 교육은 아이를 자라게 하기는커녕 망치고 말 것이다.

雖 : 비록 수   易 : 쉬울 이

暴 : 햇볕 쬘 폭   寒 : 찰 한

---

82. 의리와 이익

君子는 喩於義하고 小人은 喩於利라.
군 자   유 어 의   소 인   유 어 이

군자는 의로움에서 깨닫고 소인은 이로움에서 깨닫는다.

『논어論語』「이인편里仁篇」에 나오는 말이다. 보다 실감나게 표현
하자면 '군자는 의로운 일 앞에서 정신이 번쩍 들고 소인은 이로움
앞에서 눈에 불이 켜진다'는 뜻이다. 의로운 일이란 사람으로서 마
땅히 해야 할 일을 말한다. 불쌍한 사람을 보면 돕고 싶고, 억울한
사람을 보면 그 억울함을 풀어 주고 싶고, 가난한 사람을 보면 내가
가진 것을 나누어 쓰고 싶은 마음이 생겨야 비로소 사람이라고 할
수 있고 그러한 마음을 실천으로 옮길 때 그게 바로 의로운 일이 되
는 것이다. 군자는 그러한 의로운 일을 보면 자신의 일인 양 정신이
번쩍 드는 사람을 이름이며, 소인은 물욕으로 눈이 가려서 불쌍한
사람을 보아도 불쌍한 줄을 모르고 당장 굶고 있는 사람의 앞에서도
자기만 기름진 음식을 먹고서 게트림을 하는 사람이다. 이런 소인
은 어떤 일을 하든지 간에 그 일의 옳고 그름을 따지기 전에 그 일을
했을 때 자기에게 얼마나 이로운지를 먼저 생각한다. 사람이라기보
다는 잘 먹고 잘 사는 돼지라는 생각이 든다. 모름지기 사람이라면
이로움보다는 의로움을 따라 움직여야 되지 않겠는가?

喩 : 깨우칠 유　　　義 : 의로울 의　　　利 : 이로울 리(이)

83. 지척이 천리

寸步千里요, 咫尺山河라.
촌　보　천　리　　　지　척　산　하

한 촌寸의 거리도 천리인 양 멀고 지척 간도 산하가 가로놓인 양
멀어라.

중국 당나라 때의 시인인 노조린盧照隣이 병든 자신의 모습을 안
타까이 여기며 쓴 「석질문釋疾文」의 서문에 나오는 말이다. 이 구절
을 통해 노조린은 쇠약하여 걸음을 제대로 걷지 못하는 자신에게 있
어서는 촌보寸步도 천리처럼 느껴지고, 지척도 산하가 가로막힌 듯
이 멀게 느껴진다고 한탄하였다. 그런데 세상에는 멀쩡하게 건강한
데도 불구하고 촌보가 천리요, 지척이 산하로 가로막힌 양 사는 사
람들이 적지 않다. 형제자매가 가까이 살면서도 계절이 바뀌고, 명
절이 오가도 1년 내내 연락 한번 없이 사는 사람들이 바로 그런 사
람들이다. 남북의 이산가족이 백발의 나이에 서로 부둥켜안고 오열

하는 모습과 대조적이다. 형제자매를 못 만나 그렇게 한이 된 사람들이 있는데 그런 사람들을 보면서도 가까이 있는 형제끼리 서로 불목하여 연락도 없이 산다면 그것만큼 부끄러운 일이 또 있을까? 각박한 현실에 사람이 그립다고 호들갑을 떨며 새로운 사람을 찾아 나서기 전에 내 형제 내 이웃을 먼저 돌아보며 그들에게 따뜻한 마음을 전할 줄 알아야 한다. 그게 사람다운 삶이다. 형제자매뿐이 아니다. 누구와도 소통하며 사는 삶이 현명한 삶이요, 보람찬 삶이다. 그간에 혹 가까운 사이임에도 어떤 연유로 인하여 서먹하게 지내는 사람이 있다면 더 이상 지척이 천리가 되지 않도록 기회를 만들어 풀고 살아야 한다.

寸 : 마디 촌　　　步 : 걸음 보　　　咫 : 여덟 치 지, 짧은 거리 지

---

84. 썩지 않는 물

流水는 不腐하고 戶樞는 不蠹라.
유 수　　　불 부　　　　호 추　　　불 두

흐르는 물은 썩지 않고 문의 지도리에는 좀이 슬지 않는다.

『여씨춘추呂氏春秋』「계춘기季春紀」의 〈진수盡數〉조에 나오는 말이다. 호추戶樞란 지도리, 즉 여닫이문을 여닫을 수 있도록 구멍을 파서 문짝의 뾰족한 고리를 끼워 넣은 부분을 말한다. 이 부분은 문의 여닫음으로 인하여 늘 마찰이 이루어지기 때문에 좀과 같은 해충이 서식할 수 없다. 흐르는 물도 마찬가지이다. 늘 헌 물이 흘러가고 새 물이 흘러 들어오는데 고여서 썩을 틈이 어디에 있겠는가? 어디 물뿐이랴. 사람의 몸도 마찬가지이다. 기나 혈의 순환이 잘 이루어지는 사람은 건강하다. 순환하기 때문에 사기邪氣(사특한 기운)가 정체해 있을 틈이 없으며 사기가 정체해 있지 않으니 몸은 건강할 수밖에 없는 것이다. 국가도 마찬가지이다. 순환이 잘될수록 힘을 가진 나라가 된다. 그런데 우리나라는 순환해야 할 부분은 너무 정체되어 있고 변화보다는 안정을 필요로 하는 부분은 오히려 너무 빠르게 변하는 경향이 있다. 순환이 안 되어 사기邪氣의 정체가 가장 심한 분야는 정치 분야이고, 너무 빨리 변하고 바뀌는 것은 아파트와 교육정책과 장관인 것 같다. 외국에서는 아파트의 수명이 적게는 70~80년, 길게는 100년 이상이라는데 우리나라 아파트의 수명은 20년이 채 안 되고, 장관의 임기는 1년이 채 못 되는 경우가 대부분이며, 교육정책은 '조령모개朝令暮改' 그 자체이다. 물 흐르듯이 균형 잡힌 순환이 이루어지는 나라가 되었으면 좋겠다.

腐 : 썩을 부　　　　　戶 : 지게문 호
樞 : 지도리 추　　　　蠹 : 좀 두

85. 접시로 폭포수를 어찌 받으랴

溪澗豈能留得住리오, 終歸大海作波濤리니.
계 간 기 능 류 득 주　　　　 종 귀 대 해 작 파 도

골짜기의 폭포수를 어떻게 멈추게 할 수 있겠는가? 마침내 바다에 이르러 큰 파도를 이루리니.

중국 당나라 때의 시인인 이침李忱이라는 사람이 쓴 「폭포련구瀑布聯句」라는 시에 나오는 말이다. 쏟아지는 폭포의 물을 붙잡아 둘 수는 없다. 많은 양의 물에다가 쏟아지는 기세까지 더하므로 폭포의 흐름을 멈출 수 없는 것이다. 이처럼 당당한 기세로 멈춤이 없이 흐르는 물은 마침내 큰 바다로 흘러들어 대해를 뒤흔드는 파도가 된다. 폭포의 물이 폭포의 물일 수 있도록 하는 많은 '양'의 물과 쏟아지는 '기세'는 다름이 아니라 실력이다. 흐르지 않고는 못 배기는 실력이 있기 때문에 도랑물처럼 흐르다가 말라버리거나 겨우 소택지沼澤地에 머무르고 마는 게 아니라 넓고 넓은 바다에 이르러 온 바다를 뒤흔드는 파도가 되는 것이다. 누구의 앞에서도 당당할 수 있는 실력을 기를 일이다. 진정한 실력자를 가로막을 사람은 어디에도 없다. 폭포수가 폭포수일 때 접시로 폭포수를 담아두려 하는 어리석은 무리들은 저절로 사라지고 마는 것이다.

溪 : 시내 계   澗 : 골짜기 간   豈 : 어찌 기

留 : 머무를 류   終 : 마침내 종

86. 같은 길, 다른 생각

天下同歸而殊塗하고 一致而百慮라.
천 하 동 귀 이 수 도   일 치 이 백 려

천하의 일은 결국 한 곳으로 돌아가게 되지만 그곳에 이르는 길은 서로 다르고, 사람들의 생각은 결국 일치하게 되지만 일치점에 이르기까지 생각하는 방도는 다 다르다.

『역경易經』「계사繫辭」하下편에 나오는 말이다. '塗(칠할 도)'는 '途(길 도, 방도 도)'와 같은 뜻으로 쓰였다. 사람에게는 보편적 사고와 보편적 삶이라는 게 있다. 그래서 비록 다른 길을 가지만 결국 도달점은 같고, 비록 생각은 다르게 하지만 종국에는 일치점을 찾게 된다. 그런데 세상에는 도달점이 같지 않고 생각에 일치점도 찾지 못하는 경우도 있다. 집안도 그런 집안이 있고, 사회도 그런 사회가 있다. 한 집안의 구성원마다 생각하는 바가 다르고, 지향하는 바가

달라서 일치하는 지향점 내지는 공동으로 추구하는 가치가 없을 때 우리는 그런 집안을 일컬어 '콩가루 집안'이라고 한다. 만약 사회에 그런 보편적 일치점과 지향점이 없다면 그 사회는 혼란할 수밖에 없다. 따라서 아무리 다양화의 시대요, 개성의 시대라고 하더라도 한 사회와 한 국가가 지향하는 이념과 가치는 있어야 하고, 그 이념과 가치에 대해서 국민이 공동의 관심을 가져야 한다. 우리에게는 '민족의 통일'이라는 공동의 지향점이 있다. 그래서 '우리의 소원은 통일'이라는 노래도 있다. 요즈음에는 '통일 비용'을 들먹이며 굳이 통일을 해야 할 필요가 있겠느냐는 의견을 내보이는 사람도 있다고 한다. 다양함도 좋지만 공동의 가치는 지켜져야 '콩가루' 신세를 면할 수 있을 것이다.

歸 : 돌아갈 귀   殊 : 다를 수
塗 : 칠할 도, 길 도   致 : 이를 치
慮 : 생각 려

---

87. 쇠보다 무거운 매미 날개

世混濁而不淸이면, 蟬翼爲重하고,
세 혼 탁 이 불 청   선 익 위 중

千鈞爲輕이라.
천 균 위 경

세상이 혼탁하여 맑지 못하면 매미 날개를 무겁다고 하고, 천 균鈞
(1鈞＝30근)의 무게는 오히려 가볍다고 한다.

중국 춘추전국시대 초나라 때의 시인인 굴원屈原이 쓴 「복거卜居」
라는 초사楚辭 작품에 나오는 말이다. 소위 '가치관의 전도顚倒'라는
말이 있다. 가치를 보는 관점이 완전히 뒤바뀌었다는 뜻이다. 이러
한 가치관의 전도는 곧 '어지러움'을 의미한다. 요즈음 세상이 너무
빠르게 변하고 있다. 내일이면 가치관이 어떻게 변할지 모르기 때
문에 믿고 의지할 게 거의 없다. 불확실성의 시대이다. 이러한 불확
실성의 시대에는 거짓이 난무할 수밖에 없다. 세상이 빠르게 변하
고 있다는 점을 핑계 삼아 변하지 않은 것도 변했다고 속이고, 또 변
하지 않아야 할 것에 대해서도 변해야만 한다고 주장하여 '반짝' 이
름을 얻는 사람도 있다. 이런 사람들은 굴러가는 수레바퀴의 바퀴
날에 앉아 있는 사람들이다. 그 빠른 속도의 회전 속에 몸이 한번 휘
말려 들고 보면 헤어나기가 쉽지 않다. 바퀴에서 떨어질까 봐 계속

안간힘을 다해 바퀴를 붙잡고 있어야 한다. 그러나 바퀴를 구르게 하는 축의 한가운데에 앉아 있어 보라. 굴러가는 바퀴의 속도를 다 감지하면서도 항상 제자리에 의젓이 앉아 있을 수가 있다. 이런 사람은 가치관의 전도를 걱정하지 않는다. 세상 사람들이 다 매미의 날개가 쇠보다 무겁다고 말해도 그는 이미 매미 날개는 쇠보다 가볍다는 사실을 훤히 알고 또 일상으로 그것을 보고 느끼며 살고 있기 때문이다.

| 混 : 섞일 혼 | 濁 : 흐릴 탁 | 蟬 : 매미 선 |
| 翼 : 날개 익 | 鈞 : 30근 균 | 輕 : 가벼울 경 |

88. 대통령이 들어야 할 노래

唯歌生民病은 願得天子知라.
유 가 생 민 병   원 득 천 자 지

백성들의 아픔을 노래하는 까닭은 (노래를 통해) 천자가 백성들의 아픔에 대해 알기를 바라는 마음에서이다.

중국 당나라 때의 시인인 백거이白居易가 쓴 「기당생寄唐生」이라
는 시에 나오는 말이다. 백거이는 자字가 낙천樂天으로 우리에게는
백낙천白樂天으로 더 잘 알려진 시인이다. 그는 안록산의 난 이후에
급격하게 무너져 가는 당나라를 부흥시키기 위해 노력하였다. 항상
백성들의 편에 서서 탐관오리들을 비판하고 바른 정치가 구현되기
를 갈망하며 정치에 대한 풍자시를 많이 썼다. 이러한 풍자시로 인
하여 귀양살이를 하는 일도 적지 않았다. 그러한 그에게 사람들은
풍자시만 안 쓰면 편안하게 살 수 있을 테니 풍자시를 쓰지 말 것을
자주 권유하곤 하였다. 그런 권유에 대해서 백낙천은 "내가 풍자시
를 써서 백성들의 아픔을 노래하는 까닭은 천자에게 백성들의 아픔
을 알리기 위해서이다"라고 답하곤 하였다. 정말 정신이 살아 있는
위대한 시인이었다. 노래는 그 시대를 반영하는데 지금 우리 사회
에는 풍자의 노래나 시가 없다. 특히 젊은이들의 노래 속에서는 풍
자라곤 찾아볼 수가 없다. 넘쳐나는 것은 오직 저속한 사랑타령밖
에 없는 것 같다. 태평성세이기 때문일까? 아니다. 우리 젊은이들이
개인주의와 안일함에 빠져 세상을 풍자할 정신을 잃었기 때문일 것
이다. 대통령이 국민들의 아픔을 알 수 있도록 풍자의 노래를 불러
줄 이 시대의 백거이가 필요한 시점이다.

唯 : 오직 유   歌 : 노래 부를 가   生民 : 백성

願 : 원할 원   得 : 얻을 득

89. 번 역

譯事三難하니 信, 達, 雅라.
역 사 삼 난　　신　달　아

번역하는 일에 세 가지의 어려움이 있으니 원문에 충실함으로써
얻게 되는 신뢰성 확보와 뜻을 정확하게 전달하는 표달력表達力과
뜻을 정확히 전하면서도 아름다움도 갖추어야 한다는 점이다.

중국 청나라 말기 개화기에 중국에 서양문학을 소개하는 데에 큰
공을 세운 문학가인 엄복嚴復이 쓴『천연론天演論』「역례언譯例言」에
나오는 말이다. 흔히 번역을 제2의 창작이라고 한다. 원작의 의미를
완전히 자기 것으로 소화하여 자신의 목소리로 다시 토해 내야 하기
때문이다. 이처럼 자신의 목소리로 다시 토해내다 보면 자칫 원문
에 불충실하여 신뢰성을 잃을 수가 있고, 원문에 너무 충실하다 보
면 의미를 제대로 전달하지 못할 수가 있다. 그리고 뜻만 쫓다 보면
자칫 너무 딱딱하고 건조한 문장이 되기 쉽다. 번역을 잘 하기 위해
서는 양국의 언어를 이해하고 구사하는 능력도 필요하겠지만 그보
다 더 중요한 것은 양국의 문화에 대해 깊이 있게 이해하는 것이다.
문화에 대한 포괄적인 이해 없이 문자의 표면의表面意만을 쫓아 번
역해 놓는다면 그것은 결코 정확한 번역이라고 할 수 없다. 요즈음
영어를 배우기 위해 미국으로 떠나는 학생들도 많이 있고, 중국어

붐을 타고 중국으로 떠나는 학생들도 많이 있다. 그런데 이들 학생들과 이야기를 하다 보면 단순히 말 몇 마디 하는 것으로 영어나 중국어를 다 배운 양 착각에 빠진 학생들이 더러 있음을 보게 된다. 그런 영어, 그런 중국어는 아무 짝에도 쓰지 못한다. 진정한 외국어 공부는 문화에 대한 깊은 이해에 있음을 알아야 할 것이다.

| 譯 : 풀을 역 | 難 : 어려울 난 | 信 : 믿을 신 |
| 達 : 달할 달 | 雅 : 맑을 아 | |

---

90. 죄는 아는 놈이 짓는다

不知者는 不作罪라.
부 지 자   불 작 죄

알지 못하는 자는 죄도 지을 줄 모른다.

중국 청나라 사람 조설근曹雪芹이 지은 장편 소설인 『홍루몽紅樓夢』의 제28회에 나오는 말이다. 범죄에 대한 보도를 보다 보면 범행 계획의 치밀함에 소름이 끼치는 경우가 더러 있다. 대형 사기 범죄일

수록 보통 사람들은 상상도 못할 만큼 그 일에 대해 자세하게 알고서 범행을 저지른 경우가 대부분이다. 정확하지 않으면 사람을 속일 수 없기 때문이다. 화랑畵廊가에는 가끔 가짜 미술품이 나오는 경우가 있다. 그런 가짜 미술품을 보다 보면 모조품 제작자의 뛰어난 재주에 놀라움을 금치 못한다. '저 재주로 그냥 정당하게 화가 활동을 하고, 미술학원이라도 경영하면 충분히 먹고 살 수 있을 텐데……'라는 말이 나도 모르게 나오곤 한다. 도덕이 수반되지 않은 지식은 무서운 것이다. 도덕이 수반되지 않은 의술은 사람의 생명을 담보로 사기극을 벌일 수 있고, 도덕성이 수반되지 않은 능력 있는 공무원은 나랏돈을 얼마든지 빼먹을 수 있다. 그리고 도덕성이 없는 정치인은 나라가 망하더라도 자신은 영달을 누려야 한다는 생각을 할 수밖에 없다. 더 이상 잘 알지 못해서 도둑질도 못하는 것을 한스럽게 여긴다거나, 잘 알아서 한탕 해먹는 것을 능력으로 여기는 사회가 되어서는 안 될 것이다.

知 : 알 지   者 : 놈 자

作 : 지을 작   罪 : 죄인 죄, 죄 죄

91. 소매가 길면 춤추기에 좋고

長袖善舞요 多錢善賈라.
장 수 선 무   다 전 선 고
긴 소매는 춤추기에 좋고, 많은 돈은 장사하기에 좋다.

『한비자韓非子』「오두편五蠹篇」에 나오는 말이다. 요즈음 유행하는 브레이크 댄스를 출라치면 옷의 길이가 짧을수록 좋겠지만 동양의 고전 춤은 옷의 소매가 길어야 춤의 맛을 낼 수 있다. 그래서 긴 소매의 옷은 춤추기에 좋다. 장사하는 사람에게 있어서 돈은 필수다. 돈이 없이 장사를 한다는 것은 불가능하다. 그래서 많은 돈은 장사하기에 좋다고 한 것이다. 세상에는 사업을 해 보고 싶지만 자본이 없어서 엄두를 내지 못하는 사람들이 많이 있다. 자본주의가 발달하면 할수록 돈이 돈을 버는 세상이 되어 돈이 없는 사람은 밑바닥으로 내몰리게 된다. 동네의 조그마한 구멍가게는 어느 날 갑작스럽게 출현한 대형 할인 마트의 등장으로 인하여 문을 닫아야 하고, 동네 빵집은 거창한 간판을 내건 대형 브랜드 피자가게 앞에서 간판을 내려야 하는 것이 우리네 현실이다. 문을 닫고 간판을 내린 이들은 어디로 가야 하는가? 더 이상의 자본도 능력도 없는 이들은 '몸'에 의지하여 사는 수밖에 없다. 결국 막노동이나 거리의 행상으로 나서는 수밖에 없는 것이다. 사업을 하는 데 돈이 필요한 것은 사실이지만 돈만이 돈을 버는 세상은 좋은 세상이 아니다. 좋은 세상을 만드는 것은 국민 모두의 책임이기도 하지만 특히 정치하는 사람들의 책임이 제일 크다. 부富가 고르게 배분될 수 있는 정책이 수립되어야 한다.

袖 : 소매 수	善 : 잘할 선	舞 : 춤출 무
錢 : 돈 전	賈 : 장사 고	

---

92. 엄한 스승

師嚴然後에 道尊하고
사 엄 연 후   도 존

道尊然後에 民知敬學이라.
도 존 연 후   민 지 경 학

스승이 위엄이 있은 연후에 도가 중시되고, 도가 중시된 연후에 백성들이 배움을 중히 여길 줄 알게 된다.

『예기禮記』「학기편學記篇」에 나오는 말이다. 배움에 대한 갈망은 절실한 필요에서 나오고, 절실한 필요성은 배우지 않고서는 사람 취

급을 못 받는다는 생각에서 나오며, 사람 취급을 못 받는 까닭은 사람으로서 지켜야 할 도를 알지 못하기 때문이라고 생각할 때 도道는 중시된다. 그리고 그 도를 일깨워 주는 사람이 바로 스승이라고 생각될 때 스승에 대한 존경심이 생겨나게 된다. 교육은 기본적으로 학생의 갈망과 그 갈망에 부응할 만한 인격과 실력을 갖춘 스승의 '베풂'으로 이루어지는 것이다. 그런데 지금 우리의 교육 현장은 완전히 거꾸로 되어 있다. 학생은 배움을 갈망하기는커녕 마지못해 공부를 하고, 선생님은 존경을 받기보다는 월급쟁이 '매문자賣文者 (글을 파는 사람)' 취급을 받기도 하고, 스스로 '노동자'로 전락하기도 하였다. 지금 학교가 무너지고 있다. 다 우리의 교육 정서를 무시하고 서양식 교육 철학과 제도를 그대로 받아들여 '재미있는'교육을 지나치게 강조한 데에서 빚어진 비극이다. '재미있는' 교육을 내세우다보니 학생은 재미가 없으면 배우려 들지 않고, 선생님은 재미를 늘이기 위해 학생 앞에서 원맨쇼(?)를 부린다. 다시 엄한 스승, 엄한 교육이 살아나야 할 것이다. 엄한 스승은 결코 폭력 교사가 아님에 대해 더 이상의 설명이 필요하랴!

嚴 : 엄할 엄　　　尊 : 높을 존, 높일 존　　　敬 : 공경 경

---

93. 백성 생각

窮年憂黎元하니 嘆息腸內熱이라.
궁 년 우 려 원   탄 식 장 내 열

1년 내내 언제라도 백성들을 걱정하나니, 탄식으로 창자가 뜨거워
지네.

중국에서 시성詩聖으로 받드는 두보杜甫의 「자경부봉선현영회오
백자自京赴奉先縣詠懷五百字(서울로부터 봉선현으로 가면서 마음을 읊은
500자의 시)」에 나오는 구절이다. 주지하다시피 두보는 당나라 때의
시인으로서 안록산의 난으로 인하여 백성들이 도탄에 빠졌을 때 백
성들의 아픔을 자신의 아픔으로 여기고서 그 아픔을 대변하는 시를
토해낸 시인이요, 인간애가 충만한 휴머니스트였다. 그는 평생을
나라와 백성을 생각하는 우환의식 속에 살면서 애국 애민의 시를 썼
는데 그의 이러한 시 정신으로 인하여 오늘도 그는 중국인들에 의해
시성詩聖으로 받들어지고 있다. '學優登仕(학우등사)'라는 말이 있
다. '배움이 넉넉해지면 벼슬길에 오른다'는 뜻이다. 옛 선비들이
배움을 넉넉히 하여 벼슬길에 오르려 한 까닭은 지식을 이용하여 자
신의 영달을 도모하기 위해서가 아니라, 백성들을 편안하게 하고 나
라를 바르게 하기 위해서였다. 지식인의 첫 번째 사명을 백성들을
편안하게 하는 데에 두었던 것이다. 이러한 사명감이 있을 때 도탄

에 빠진 백성을 보며 탄식하는 내장에서는 뜨거운 열이 나게 되는 것이다. 우리 주변에는 아직도 의·식·주조차도 제대로 해결할 능력이 없는 사람들이 많이 있다. 기본적인 삶도 영위할 수 없어서 고통을 당하고 있는 사람들이 적지 않다. 정치인이나 공무원은 물론 이 땅의 모든 지식인들이 누구보다도 먼저 뜨거운 가슴으로 고통을 받고 있는 사람들을 편안하게 하는 데 힘을 쏟아야 할 것이다.

窮 : 다할 궁   憂 : 근심 우
黎 : 검을 려   黎元 : 백성
熱 : 더울 열

94. 큰 나무가 넘어질 때

大樹將顚이면 非一繩所維라.
대 수 장 전   비 일 승 소 유

큰 나무가 넘어지려 하면 새끼줄 한 가닥으로 붙잡아 매어둘 수가 없다.

『후한서』「서치전徐穉傳」에 나오는 말이다. 이와 비슷한 말로는 '대하장전大廈將顚, 비일목소지非一木所支(큰 건물이 무너지려 하면 나무 기둥 하나로 그것을 지탱할 수 없다)'라는 말이 수나라 사람 왕통王通이 쓴 『문중자文中子』「사군편事君篇」에 나온다. 이 모두 한번 흐름을 타기 시작한 큰 세력은 한두 가지의 제어 수단으로는 결코 막을 수 없다는 뜻이다. 그런데 특히 흐름을 잘 타는 큰 세력은 바로 민심이다. 민심의 흐름은 막을 길이 없다. 어느 한 쪽으로 쏠리는 군중의 마음을 어떻게 한 가닥 새끼줄로 묶어 둘 수 있으며, 나무 기둥 하나로 지탱할 수 있겠는가? 특히 재난에 처한 시민들에게 도움의 손길이 고르게 퍼지지 못하면 시민은 군중이 되어 노여움을 폭발하게 된다. 군중의 노여움은 더욱 막기 힘들다. 호미로 막을 일을 가래로 막는 일이 일어나지 않게 해야 한다. 개인의 삶도 그렇고, 회사의 운영도 그렇고, 사회의 안녕도 그러하며, 국가의 안위도 그러하다. 쓰러지는 큰 나무를 새끼줄 한 가닥으로 바르게 매어둘 수는 없는 일이다.

樹 : 나무 수　　　　　將 : 장차 장
顚 : 거꾸러질 전　　　繩 : 새끼줄 승
維 : 유지할 유

95. 구조 조정

省事가 不如省官이라.
생 사　　　불 여 생 관

일을 줄이는 것이 불필요한 관직을 줄이는 것만 못하다.

송나라 사람 소철蘇轍이 쓴 「의전시책제擬典試策題」에 나오는 말이다. 5~6년 전만해도 일선 시청이나 군청의 민원봉사실에 가면 흔히 볼 수 있는 풍경이 하나 있었다. 창구에 앉아 있는 실무 직원들은 밀려드는 민원 업무로 인하여 눈코 뜰 새 없이 바쁜데 창구의 바로 뒤편에 제법 근사한 책상에 앉아있는 계장이나 과장급들은 한가하게 커피를 마시며 신문을 뒤적이는 모습이 바로 그것이었다. 그런데 이런 볼썽사나운 모습과는 달리 어떤 우체국이나 시·군청에 가보면 일이 바쁠 때는 우체국장이나 계장, 과장들도 나서서 창구 직원을 열심히 도와주는 경우를 볼 수 있었다. 같은 민원 봉사실이라도 이렇게 큰 차이가 있었다. 공무원은 지위 고하를 막론하고 국민의 편의를 최우선으로 해야 한다. 그러한 공무원 사회를 만들기 위하여 한 때 정부에서는 이른바 '구조조정'이라는 것을 하였다. 구조조정에 성공한 탓일까? 요즈음엔 관공서에 가 보면 커피 마시며 신문 뒤적이고 있는 모습이 많이 사라진 것 같다. 바른 세상이 되려면 불필요한 일도 줄여야 하지만 할 일도 없는데 만들어 놓은 자리를 먼

저 없애야 한다. 온 세상이 눈코 뜰 새 없이 바쁘게 돌아가고 있는 요즈음에도 사무실에서 한가함을 즐기고 있는 공무원이 있다면 그 자리는 국민의 세금이 새고 있는 자리이다.

省 : 줄일 생 　　　　　　　　官 : 벼슬 관

---

96. 상과 벌

慶賞不遺匹夫하고 誅罰不避肺腑하라.
경 상 불 유 필 부 　　　　　 주 벌 불 피 폐 부

필부라 하여 칭찬하고 상을 주는 일에서 빠뜨려서는 안 되고, 가까운 친척이나 친구라 해서 꾸짖고 벌주는 일을 피해서는 안 된다.

청나라 말기의 학자인 장태염章太炎이 쓴 「진헌기秦獻記」라는 문장에 나오는 말이다. 필부匹夫란 원래 '한 사람의 평범한 남자'라는 뜻이다. 나중에는 뜻이 확대되어 '신분이 낮은 보잘것없는 남자'라는 의미로 더 많이 쓰이게 되었다. 폐부肺腑란 본래 '허파'라는 뜻이었으나 후에 뜻이 확대되어 '골육을 비롯하여 자신과 매우 친한 사

람'을 뜻하는 말로도 쓰이게 되었다. 상을 탈 만한 일을 했는데도 불구하고 신분이 미천하다는 이유로 상을 주지 않아서도 안 되고, 벌을 받을 일을 하였는데도 신분이 고귀하다고 해서 벌을 면해 주어서도 안 된다. 이른바 '특혜'가 있는 사회는 언젠가는 무너지고 만다. 특혜를 받지 못하는 사람의 분노가 쌓여 '민심'이라는 이름으로 터져 나오기 때문이다. 그런데 우리나라 정치계에서는 아직도 더러 '특혜'와 '면제' 시비로 세월을 보내는 경우가 있다. 상을 타야 할 사람이 상을 못 타고, 벌을 받아야 할 사람이 벌을 피해 갔기 때문에 늘 이런 특혜 의혹과 면제 시비가 끊이지 않고 있는 것이다. '특혜'와 '면제'의 자행은 국민을 분열시키는 지름길이나 다를 바 없다. 특히 병역에 있어서의 특혜와 면제 의혹은 국민들을 극도로 분노케 한다. 내 아들만 귀한 게 아니라 아들은 누구의 아들이라도 다 금쪽같기 때문이다.

慶 : 경사 경　　　　賞 : 상 줄 상
遺 : 빠뜨릴 유　　　匹 : 홑 필
誅 : 꾸짖을 주　　　罰 : 벌할 벌

97. 젊은 날의 꿈

少年心事當挐雲이라.
소 년 심 사 당 라 운

젊은 날의 마음으로야 하늘의 흰 구름도 따올 만하지.

당나라의 시인인 이하李賀가 쓴 「치주행致酒行」이라는 시에 나오는 말이다. 이하는 천재적 자질을 타고났으나 27세의 젊은 나이로 요절하였다. 전해오는 말에 의하면 하늘나라의 옥황상제가 궁궐을 신축하는데 상량문을 지을 사람이 없어서 인간 세상의 천재 문인인 이하를 일찍 데려갔다고 한다. 젊음은 아름답다. 젊음 앞에는 창창한 미래가 펼쳐져 있기 때문이다. 젊은 날의 꿈과 용기라면 무엇인들 못하겠는가? 하늘의 구름이라도 딸 수 있다는 생각을 하는 게 바로 젊음이다. 그런 젊음을 지닌 고등학생들이 이른바 '수학능력 시험'을 향하여 밤낮으로 실력을 닦고 있다. 1점이라도 더 따기 위해 쓰고, 풀고, 외우고, 밑줄 긋고 또 외우는 고된 일을 밤낮으로 계속하고 있다. 하지만 지금 우리 학생들은 하늘의 구름이라도 딸 수 있다는 꿈을 꾸면서 창창한 미래를 설계하고 있는 게 아니라 일류 대학 인기학과 진학이 곧 출세라는 생각으로 일류 대학 진학을 위해 안간힘을 쓰고 있다. 언제까지 이렇게 외우는 공부에 시달려야 할까? 그렇게 해서 일류 대학에 진학하고 나면 소년 시절에 애써 접어

두었던 구름도 따고 별도 딸만한 기상과 희망이 되살아날지 의문이다. 거쳐야 할 과정에 너무 집착한 나머지 진정으로 꾸어야 할 꿈을 잃는 일은 없어야 할 것이다.

當 : 마땅 당   拏 : 당길 라

98. 달과 사람

人有悲歡離合하고 月有陰晴圓缺하니
인 유 비 환 이 합   월 유 음 청 원 결
此事古難全이라.
차 사 고 난 전

사람에게는 슬픔과 기쁨 헤어짐과 만남이 있고, 달에게는 흐린 날과 맑은 날 그리고 둥글게 찼을 때와 이지러졌을 때가 있나니 이런 일들은 예로부터 완전하기가 쉽지 않았었다.

중국 송나라 때의 시인 소동파의 사詞 「수조가두水調歌頭」에 나오는 말이다. 달의 변화가 마치 사람의 삶과 같다. 흐린 날, 갠 날, 보

름달, 그믐달……. 사람이 한평생을 살다보면 어찌 기쁜 날만 있으랴. 그리고 어찌 풍족하게 꽉 찬 날만 있으랴. 만나고 헤어지고, 잃고 얻고, 웃고 울면서 사는 게 인생이다. 달이 그렇게 변화하듯이 인생도 본래부터 완전한 모습으로 꽉 짜일 수가 없는 것이다. 따라서 우리는 인생을 너그럽게 바라보아야 한다. 행복은 항상 내 것이고, 불행은 남의 일로만 여기고 사는 사람은 장차 크게 불행해질 사람이다. 1년 중 달이 가장 밝다는 중추절의 달이건 백설 위에 더욱 밝은 정월 보름달이건 아니면 매달 뜨는 보름달이건 맑은 하늘에 그렇게 크고 밝고 둥글게 뜬 달과 같이 사람들의 가슴에 늘 풍요와 기쁨이 가득하다면 얼마나 좋을까? 서로 돕자. 그러면 가슴에 풍요와 기쁨이 가득해진다. 우리의 이웃에는 물난리로 인하여 집은 물론 가족을 몽땅 떠내려 보내고 시신마저 찾지 못한 수재민 할머니도 있고, 남북 이산가족 상봉 때 피눈물을 흘리고 돌아온 이웃도 있으며, 결식아동과 독거노인도 있다는 사실을 잊지 않도록 하자. 항상 불완전한 인생이지만 서로 돕는 마음이 있을 때 세상은 온통 한가위 보름달만큼 밝게 빛날 것이다.

歡 : 기쁠 환 　　　　　　離 : 떠날 이(리)
晴 : 개일 청 　　　　　　缺 : 이지러질 결

99. 온화한 얼굴 빛

子夏問孝하니 子曰, '色難'이라 하시더라.
자 하 문 효   자 왈   색 난

자하가 효에 대해서 물으니 공자께서는 "부모님 앞에서 항상 얼굴
빛을 온화하게 가져야 효라고 할 수 있는데 그게 참 어려운 일이다"
라고 말씀하셨다.

『논어論語』「위정편爲政篇」에 나오는 말이다. 〈색난色難〉이라는
말 뒤에 공자의 다른 말이 이어지지만 여기서는 생략하였다. 부모
님을 모시면서 항상 얼굴빛을 온화하게 갖는다는 것은 결코 쉬운 일
이 아니다. 부모와 자식 사이만큼 뜻이 잘 통할 것 같지만 그렇지 못
한 경우가 오히려 더 많기 때문이다. 때로는 부모님께서 말씀을 못
알아들으셔서 답답하고, 때로는 옛날 생각만 하시고 현대를 잘 이해
하려 하지 않으셔서 갑갑하며, 때로는 아무 것도 아닌 일로 섭섭해
하셔서 마음이 안타깝다. 항상 얼굴빛을 온화하게 갖기가 어디 쉬
운 일이겠는가? 부단한 인품 수양과 항심이 없이는 할 수 없는 일이
다. 그런데 많은 사람들이 제 자식의 어리광을 받아주는 데는 너그
럽다. 짜증이 날만한 어리광 앞에서도 어린 자식 놈에게 '이랬어
요', '저랬어요'하는 경어까지 쓰며 끝까지 온화한 얼굴빛으로 대한
다. 그런 정성의 반만이라도 부모님께 드리면 효자라는 말을 들을

수 있을 것이다. 효란 다른 게 아니라 부모의 마음을 편안하게 해 드리는 것이다. 물질적으로만 부모의 안위를 챙기는 행동은 짐승도 한다. 진정한 효란 무엇인지를 다시 한번 새겨야 할 것이다.

子夏 : 공자의 제자   難 : 어려울 난

100. 앞 차의 교훈

前車覆을 後車誡라.
전 차 복   후 차 계

앞차의 엎어짐을 뒤차는 경계로 삼아야 한다.

『후한서』「가의전賈誼傳」에 나오는 말이다. 앞서 가던 차가 엎어지는 꼴을 보았다면 뒤에 가는 차는 반드시 그것을 교훈으로 삼아서 엎어지는 일이 없어야 한다. 그런데 앞서 가던 차가 엎어지는 꼴을 역력히 보고서도 제멋대로 과속으로 운전하다가 또다시 엎어지는 차들이 한둘이 아니다. 왜 그럴까? '설마'하는 마음 때문이다. 엎어지는 일은 남이나 당하는 일이지 설마 내가 당하겠느냐고 생각하기 때문에 그런 사고들이 반복되고 있는 것이다. 사람이 영리한 것 같아도 남이 당한 일을 통해 미루어 깨닫지 못하고 꼭 직접 당해봐야만 그제야 깨닫는다. 성공하는 사람은 앞차가 남기고 간 사고의 흔적, 즉 전철을 밟지 않는다. 철저한 자기 관리와 경계의 마음으로 실수를 반복하지 않는 것이다. 우리는 해마다 태풍 피해를 걱정한다. 그리고 피해를 입으면 이른바 '응급복구'라는 것을 한다. 그러나 응급복구는 응급복구일 뿐 완전한 복구가 아님을 명심해야 한다. 응급복구 후에 잠시 쉰다는 게 다시 안일과 '설마'로 이어진다면 해마다 태풍의 피해를 당할 수밖에 없을 것이다. 엎어진 앞차로부터 교훈을 얻는 뒤차가 되도록 하자.

覆 : 엎어질 복   誡 : 경계할 계

101. 공 명功名

功名本是眞儒事라.
공 명 본 시 진 유 사

공명을 추구하는 일이야말로 진정한 유가儒家(선비)의 일이다.

중국 송나라 때에 애국적인 내용의 사詞작품을 많이 쓴 사詞작가 신기질辛棄疾의 사「수룡음水龍吟」의 한 구절이다. 공명功名이란 '공을 세워서 얻은 이름'이라는 뜻이다. 흔히 우리는 '유교儒敎'라는 말을 쓰곤 하지만 엄밀히 말해서 유교는 종교가 아니다. 사후의 내세를 확실히 제시하지 않았기 때문이다. 기독교에서는 하느님의 뜻에 따라 살다가 사람이 죽으면 천국에서 영생을 얻게 된다는 내세관을 제시하였고, 불교는 극락세계라는 내세를 제시했지만 유교에서는 특별히 제시한 내세가 없다. 그저 현세에서 우리 자신의 인생을 가장 아름답고 보람되게 살아서 우리의 인생 자체를 예술화한 다음 이 세상을 떠나고 나면 후세의 사람에 의해서 우리가 산 삶이 평가될 뿐이다. 잘 살았으면 잘 산 대로 역사에 찬란한 이름이 남게 될 것이고, 못 살았으면 못 산 대로 역사에 더러운 이름이 남게 될 것이라고만 하였다. 역사의 힘을 빌려 자손들이 도덕적인 삶을 살도록 유도하고 있는 것이다. 인류의 공영을 위하는 큰 공을 세워서 후세의 역사에 찬란하게 남는 이름, 그것이 바로 '공명功名'이다. 따라서

공명이야말로 선비가 진정으로 취해야 할 바다. 향락적인 현세를 살기 위해 거짓으로 취하는 이름은 진정한 '공명'과는 거리가 멀다.

功 : 공 공   眞 : 참 진   儒 : 선비 유

---

102. 가장 확실한 상술商術

人棄我取하고 人取我與라.
인 기 아 취   인 취 아 여

남들이 버리면 나는 그것을 취하고, 남들이 취하면 나는 그것을 내놓는다.

『사기史記』「화식열전貨殖列傳」에 나오는 말이다. 쓸모없는 것으로 여겨 남들이 다 버릴 때 나는 그것을 모아 두었다가 나중에 남들이 필요로 할 때 내다 팔면 큰돈을 버는 것은 자명한 이치이다. 알고 보면 돈 버는 이치가 참으로 간단한 데에 있다. 그런데 왜 사람들은 돈에 끊임없이 연연해하는가? 쉽고 간단한 이치일수록 실천하기가 어렵기 때문이다. 남들이 다 버리고 있는 것을 혼자 나서서 주워 두

는 것은 남이 가지 않는 길을 혼자 개척해 가는 것과 똑같다. 그거야
말로 용기와 배짱과 느긋한 마음을 필요로 하는 일이다. 남이 하는
대로 따라서 살아야지 남과 다른 방향으로 갈라치면 왠지 불안해서
그 길을 가기가 결코 쉽지 않다. 그래서 사람들은 다 남들이 가는 길
을 나도 가야겠다고 나서서 이른바 '피나는 경쟁'을 하는 것이다.
그러나 한 발걸음만 물러서서 세상을 바라보면 남들이 가지 않은 호
젓하면서도 상쾌하며 무한히 자유로운 나만의 길이 있다는 것을 발
견하게 된다. 그런 자유 속에서 잘만 하면 돈도 얼마든지 벌 수 있
다. 70~80년대만 해도 국제 사회에서 창피한 음식 취급을 받던 김
치가 세계적인 음식이 될 줄을 누가 알았겠는가? 옛날 놋쇠 그릇을
온통 스테인리스 그릇으로 바꾸었듯이 우리의 김치를 미국식 샐러
드로 다 바꾸어 버렸다면 김치 종주국의 영광은 이미 일본에게 빼앗
겨 버렸을 것이다.

棄 : 버릴 기   取 : 취할 취   與 : 줄 여

103. 보기에 따라서

横看成嶺側成峰하니 遠近高低無一同이라.
횡 간 성 령 측 성 봉   원 근 고 저 무 일 동

이렇게 보면 고개로 보이다가 저렇게 보면 봉우리로 보이니, 멀고
가까움 높고 낮음이 하나도 일정한 게 없구나.

중국 송나라 때의 시인인 소동파가 쓴 「제서림벽題西林壁(서림의
절벽에 제하여)」이라는 시의 처음 두 구절이다. 산은 항상 같은 모습
인 것 같아도 사실은 보기에 따라서 다 달리 보인다. 어떤 때는 용의
허리처럼 보였다가도 어떤 때는 누에의 머리처럼 보이고, 또 어느
때는 달리는 말의 등처럼 보이는 게 산이다. 어디 산만 그렇게 보이
랴? 항상 보는 사람도 그렇게 보인다. 어느 날은 고와 보이고, 어느
날은 미워 보이고, 어느 날은 매우 의젓한 대장부로 보이고, 어느 날
은 치사한 졸장부로 보이는 게 사람이다. 보는 대상이 그렇게 변하
기 때문일까? 내 눈이 그렇게 보기 때문일까? 당연히 내 눈이 그렇
게 보기 때문이다. 어차피 '객관적인 시각'이 존재할 수 없다면 차
라리 항상 헛볼 수 있다는 겸손함으로 세상을 살아야 한다. 제 시력
이 좋다고 자신만이 세상을 가장 정확하게 보고 있는 양 자신 있게
설치다가는 자신이 내린 판단의 덫에 자신이 걸려 넘어져 큰 코를
다치게 된다. 세상도 수시로 변하고, 나의 시각도 수시로 변하여 항

상 일정한 모습을 하고 있는 것은 없다는 생각을 해야 한다. 그래야 융통성과 아량이 생기고 세상을 너그럽게 바라볼 수 있다. 기둥에 다가 고무줄을 매어 놓고서 가야금이라고 우기는 일은 없어야 하지 않은가?

橫 : 가로 횡	看 : 볼 간	嶺 : 재 령
側 : 곁 측	遠 : 멀 원	低 : 낮을 저

---

104. 참모습

不識廬山眞面目은 只緣身在此山中이라.
불 식 려 산 진 면 목　지 연 신 재 차 산 중

여산廬山의 참 모습을 볼 수 없는 까닭은 단지 내 몸이 여산 속에 있기 때문일세.

중국 송나라 때의 시인인 소동파가 쓴 「제서림벽題西林壁(서림의 절벽에 제하여)」이라는 시의 끝 두 구절이다. 산 속에 있는 사람은 산의 모습을 볼 수 없다. 산을 벗어나 산으로부터 멀리 떨어졌을 때 비로소 산의 모습을 볼 수 있다. 세상의 이치가 다 이와 같다. 가까

이 다가가면 더 잘 볼 수 있을 것 같지만 가까이 다가갈수록 사실은 아무 것도 볼 수 없다. 연애시절, 상대에게 가까이 다가가서 그렇게 많이 보고서도 막상 결혼을 하고 나면 전혀 딴 사람으로 보이는 것도 너무 가까이서 본 탓에 제대로 보지 못했기 때문이다. 세상을 잘 보기 위해서는 좀 더 떨어져서 볼 필요가 있다. 나이가 들면 노안이 되어 책도 신문도 자꾸 멀리 떼어놓아야만 보인다. 세상을 코앞에서 보려 하지 말고 이제 나이가 들었으니 세상에서 조금 물러서서 세상을 제대로 보라는 뜻이 아닐까?

識 : 알 식	廬 : 오두막 려
緣 : 인연 연	此 : 이 차

105. 남자의 뜻

男兒志兮天下事로다 但有進步不有止라.
남아지혜천하사　　　단유진보불유지

남자의 뜻은 천하에 있다. 단지 진보가 있을 뿐 멈춤은 있을 수 없다.

중국 개화기의 학자로서 계몽 운동가였던 양계초梁啓超가 쓴「지미수志未酬」라는 시의 한 구절이다. 물밀듯이 밀려오는 서양 세력 앞에 맥없이 무너지는 중국의 모습을 보며 젊은이들의 각성을 촉구해 열렬한 계몽운동을 펼친 양계초의 의지가 잘 드러나 있는 시이다. 개화기 혹은 개혁기의 젊은이에게는 이런 기상이 있어야 한다. 그것은 젊은이의 특권이기도 하다. 젊은이들이 세계로 향해 나가려는 기상이 있을 때 그 나라는 발전할 수 있다. 오늘날 우리나라가 이처럼 발전할 수 있었던 것도 그 어렵던 시절, 온갖 어려움을 물리치고 우리의 젊은이들이 세계로 나아가 기죽지 않고 세계를 배워왔기 때문이다. 그리고 지금도 우리의 젊은이들은 세계를 향해 나아가고 있다. 단지 전진만 있을 뿐 멈춤이나 퇴보는 없다는 강한 의지를 가지고 세계로 나아가고 있는 것이다. 그런데 세계를 향해 나아가는 요즈음 젊은이들을 보면 더러 걱정이 되는 경우도 없지 않다. 세계를 향해 나아가는 목적이 너무 자기 중심적이고 자기 이익 위주이기 때문이다. 남자의 뜻은 세계를 향하는 것도 중요하지만 세계를 위해서 일을 해야겠다는 대아적인 의지가 더 중요하다는 것을 인식해야 할 것이다. 자신의 영달만을 위한 세계 진출은 '졸부' 근성의 연장일 뿐 별 의미가 없다.

兒 : 아이 아　　　　　志 : 뜻 지
兮 : 어조사 혜　　　　進 : 나아갈 진

106. 부귀와 명예

人生富貴駒過隙이니 唯有榮名壽金石이라.
인 생 부 귀 구 과 극　　유 유 영 명 수 금 석

인생의 부귀는 마치 틈새를 통해 본 망아지 걸음 마냥 빠르게 지나
간다. 오직 역사에 남은 영예로운 이름만이 금석金石처럼 영원하리라.

명나라 말기로부터 청나라 초기까지 걸쳐 산 학자 고염무高炎武가
쓴 「추풍행秋風行」이라는 시에 나오는 말이다. 고염무는 만주족에게
한족의 나라인 명나라가 망하고 청나라가 들어서자 일체 관직에 나
가지 않고 평생을 독서와 학문 연구로 보낸 지조 있는 선비였다. 그
는 임종에 이르러 특별한 유언을 하였다. "청나라가 들어선 후에 죽
지 못해 살기는 했지만 내가 죽은 후 후세의 사가들이 나를 명나라
의 고염무라고 하지 않고 청나라의 고염무라고 칭한다면 나는 지하
에서라도 통곡을 할 것이다." 그렇게 지조가 굳은 그였기 때문에 그
는 부귀를 틈새를 통해 본 망아지의 달음질만큼이나 빠르게 지나가
는 하잘 것 없는 것으로 여기고서 역사에 떳떳한 이름이 남기를 원
했던 것이다. 한자 문화권 국가 사람들은 예로부터 역사에 오명을
남기는 일을 가장 치욕스럽게 생각하였다. 그런데 지금 우리나라는
역사에 대한 의식이 희미하다. 후대의 역사보다는 우선 잘 먹고 잘
사는 게 중요하다. 역사는 시험보기 위해서 외우는 과목이 아니라

우리의 생활을 바로잡는 과목이라는 점을 깨달아야 한다. 그리하여 잠깐의 부귀와 향락에 취해 역사를 외면하는 일이 없도록 해야 한다.

駒 : 망아지 구   過 : 지날 과

隙 : 틈 극   榮 : 영화 영

---

107. 변산邊山과 동량재棟樑材

邊山自古稱天府러니 好揀長材備棟樑이라.
변 산 자 고 칭 천 부   호 간 장 재 비 동 량

변산은 예로부터 하늘나라 창고로 불릴 만큼 물산物産이 풍부한 곳이니 좋은 재목을 잘 골라 두었다가 나라의 기둥으로 써야겠다.

고려시대 시인인 이규보李奎報 선생이 읊은 전라북도 부안의 명승지인 변산邊山에 관한 시의 한 구절이다. 이규보 선생은 젊은 시절에 한동안 국가에서 필요로 하는 목재를 채취하는 채목관을 지냈다. 따라서 당시에 이규보 선생은 좋은 목재를 채취하러 전라북도 부안의 변산에 자주 왔다. 그때 변산을 두고서 쓴 시가 바로 이 시이다.

전북의 수도인 전주全州를 왜 전주라고 했는지에 대한 설명이『중문대사전』에는 '생선과 소금, 해운의 편리함이 있고 번성함에 있어서 전라도 지역의 으뜸이기 때문에 전주라고 부른다(漁鹽舟楫之利, 繁盛爲全羅之冠, 故云全州)'고 되어 있다. 전주는 농·임산물이 풍부함은 물론 내륙지방임에도 불구하고 생선이나 소금도 풍부하고, 수상교통도 편리했던 모양이다. 그래서 완벽한 고을이라는 의미에서 '전주全州'라고 한 것이다. 그런데 전하는 말에 의하면 암행어사 박문수가 전국을 다 돌아보고서 가장 살기 좋은 곳으로 꼽은 곳이 바로 부안이라고 한다. 그 이유는 농토도 있고, 산도 있고, 바다도 있어서 무엇 하나 부족함이 없는 고을이기 때문이라고 한다. 하지만 이규보 선생이 말한 '장재長材', 즉 '좋은 목재'는 단순히 나무만을 말하는 것이 아니다. 그리고 동량棟樑도 단순히 나무 기둥만을 말하는 게 아니다. 국가의 기둥이 될 인재를 말함이다. 21세기는 서해안 시대이니만큼 서해안 시대를 주도할 인물이 이규보 선생의 시처럼 부안에서 많이 배출되었으면 하는 바람이다.

稱 : 칭할 칭   府 : 창고 부
揀 : 가릴 간   棟 : 용마루 동
樑 : 기둥 량

108. 예술의 경지

目送飛鴻하고 手揮五弦이라.
목 송 비 홍   수 휘 오 현
눈으로는 날아가는 기러기를 보내면서 손으로는 오현금을 뜯네.

중국 삼국시대 위魏나라의 시인인 혜강惠康이 쓴 「형수재공목입
군증시兄秀才公穆入軍贈詩」의 한 구절이다. 오현금五弦琴은 순舜임금이
만들었다는 중국 전통의 현악기이다. 순임금은 오현금을 뜯으며 남
풍가南風歌만 부르고 있어도 세상이 잘 다스려졌다고 한다. 법률이
나 제도에 의한 정치가 아니라 지도자의 인격을 바탕으로 한 교화의
정치를 하였기 때문이다. 그런데 혜강은 이 오현금을 타면서 눈으
로는 기러기를 보낸다고 하였다. 이것은 또 다른 의미이다. 오현금
을 타면서 오현금에만 매여 있는 사람은 오현금을 제대로 타는 사람
이 아니다. 그런 사람은 오현금을 타는 기능은 남다를지 모르나 그
가 타는 오현금에는 감정도 없고, 철학도 없다. 오현금 소리 속에 자
연과 우주를 담아내고자 하는 의지와 여유는 더욱 없다. 그런 오현
금 연주는 '쟁이'의 오현금 연주일 뿐 중국적 의미의 예술로서의 오
현금 연주는 아니다. 손으로는 오현금을 타면서 눈으로는 하늘 끝
을 나는 기러기를 바라보며 그윽한 눈빛으로 기러기를 보내는 여유
와, 자연과 하나가 되고자 하는 마음이 있을 때 비로소 예술이 된다.

이 때의 오현금 소리는 단순한 악기의 소리가 아니라 우주를 포섭하는 소리다. 예술은 죽어라하고 연습하는 기능의 연마가 아니라, 달관의 경지이다.

送 : 보낼 송	鴻 : 기러기 홍
揮 : 손 저을 휘	弦 : 줄 현

109. 시끄러운 건 바로 당신

心無物欲乾坤靜이라.
심 무 물 욕 건 곤 정

마음에 욕심이 없으면 온 세상이 다 조용하다.

명나라 말기의 인물인 홍자성洪自誠이 썼다는 『채근담菜根譚』에 나오는 '心無物欲乾坤卽是秋空霽海(욕심이 없으면 마음은 곧 가을 하늘, 갠 바다와 같다)'는 말을 7언 구로 변형시킨 것이다. 사람들은 세상이 시끄럽다는 말을 자주 한다. 정말 세상이 시끄러운 것일까? 정작 시끄러운 것은 세상이 아니라 나 자신이다. 세상이라는 무대에서 연기를 하고 있는 사람들의 틈바구니에 끼어 내 몫을 더 많이 차지하기 위해서, 혹은 나의 연기가 더 돋보이게 하기 위하여 몸부림을 치고 아우성을 치느라 내가 시끄러운 것이지 세상은 본래 아무런 말이 없다. 따라서 내 마음에 이는 욕심의 불만 끄면 건곤乾坤, 즉 천지는 조용해진다. 아이들이 부르는 동요 가운데 "기찻길 옆 오막살이 아기 아기 잘도 잔다. 칙폭, 칙칙폭폭…… 기차 소리 요란해도 아기아기 잘도 잔다"라는 노래가 있다. 아무리 기차 소리가 요란해도 아기는 잘도 잔다. 아기의 마음엔 욕심이 없으니 온 세상이 다 조용하다. 그런데 오히려 나는 왜 잠을 못 이루는가? 내가 잠을 못 이루는 까닭은 비우지 못한 가슴 속의 찌꺼기가 때로는 미움으로 타오르고 때로는 분노로 일렁이며 때로는 망상을 불러오기 때문이다. 욕심을 버리면 천하가 다 조용해진다.

乾 : 하늘 건   坤 : 따(땅) 곤   靜 : 고요할 정

110. 신 선神仙

坐有琴書便是仙이라.
좌 유 금 서 변 시 선

앉은 자리 주변에 금琴(악기)과 책이 있으면 그게 곧 신선이다.

　『채근담菜根談』에 나오는 '坐有琴書便成石室丹丘(자리에 琴書가
있으면 그곳이 곧 신선이 사는 곳이네)'라는 말을 7언구로 변형시킨 것
이다. 앞서 살펴본 '心無物欲乾坤靜'구절의 짝이 되는 구절이다.
요즈음이야 누구라도 마음만 먹으면 음악과 독서를 즐길 수 있지만
예전에는 음악과 독서를 즐기기가 쉽지 않았다. 극히 일부분의 사
람만 주위에 악기와 책을 준비해 둘 수 있었다. 일반 사람은 범접할
수 없는 그런 귀한 책과 악기를 곁에 두고서 즐길 수 있었으니 가히
신선이라고 할 만하다. 그러나 악기와 책을 주변에 두고 늘 대할 수
있는 기회를 갖는다고 해서 다 신선이 되는 것은 아니다. 음악의 경
지를 알고 책의 깊이를 느낄 수 있어야 한다. 솔바람 소리와 같은 자
연의 음악을 통해서도 우주의 소리를 들을 수 있고, 책에 실린 말씀
한마디를 통하여 세상을 환히 볼 수 있을 때 우리는 비로소 신선이
될 수 있다. 경지를 모르는 채 쌓아두는 것만으로 신선이 될 수 있다
면 악기 수집가와 책방 주인은 이미 열 번 혹은 백 번쯤이나 신선이
되고도 남았을 것이다. 요즈음엔 책도 악기도 장식품으로 쌓아두는

사람이 많이 있다. 이른바 '서재書齋'를 꾸미는(?) 사람들이 바로 그런 사람들이다. 서재는 꾸밈의 대상이 아니다. 책의 깊이를 느끼는 사람이 앉아 있는 곳, 그곳이 곧 서재임을 알아야 할 것이다.

坐 : 앉을 좌   琴 : 거문고 금   便 : 곧 변

---

111. 복과 재앙

禍兮 福之所倚요 福兮 禍之所伏이라.
화 혜 복 지 소 의   복 혜 화 지 소 복

재앙, 그곳은 복이 깃들기 시작하는 곳이고 복, 그곳은 재앙이 잠복해 있는 곳이다.

노자老子『도덕경道德經』58장에 나오는 말이다. 뜻밖의 재앙이 닥쳤을 때는 하늘이 무너지는 것 같은 절망감을 느끼는 게 인지상정이지만 사실 이미 닥친 재앙은 더 이상 재앙이 아니다. 재앙은 곧 극복을 의미하고, 극복은 바로 새로운 희망과 행복을 의미하므로 재앙이 머문 그곳은 이미 행복이 시작되는 곳이라고 할 수 있다. 반대로 복

이 쏟아져 들어올 때면 우리는 그 복이 영원히 자신과 함께 하길 바라며 그 복을 누리기에 여념이 없지만, 복이 넘쳐나는 그곳은 이미 재앙이 시작되는 곳이라고 할 수 있다. 그래서 세상에는 '음지가 양지된다'는 말도 있고, '부자가 3대를 잇기가 쉽지 않다'는 말도 있다. 가난한 사람은 가난을 이기려고 노력하기 때문에 장차 부자가 될 수 있고, 부자는 항상 부자일 것으로 생각하여 돈을 함부로 쓰기 때문에 점점 가난해질 수 있다. 세상은 돌고 돈다. 어쩌면 세상이 도는 게 아니라 사람의 마음에 따라 세상은 바뀌는 것일 것이다. 따라서 우리는 현실의 시련 때문에 포기하지도 자만하지도 말아야 한다. 항심이 필요하다. 아무나 몇 대를 이어가는 명문가의 주인공이 되는 것은 아니지 않은가? 내게 주어진 복을 아끼며 소중하게 지킬 때에만 그 복을 대대로 지키는 명문가가 될 수 있다.

禍 : 재앙 화

倚 : 기댈 의

兮 : 어조사 혜

伏 : 엎드릴 복

112. 달아보고 재어 보아야

權然後知輕重하고 **度然後知長短**이라.
권 연 후 지 경 중   도 연 후 지 장 단

저울질을 해본 연후에야 가벼운지 무거운지를 알 수 있고, 자로
재어 보아야 긴지 짧은지를 알 수 있다.

『맹자孟子』「양혜왕梁惠王」상上편에 나오는 말이다. 저울로 달아
보지 않고서는 무게를 알 수 없고, 자로 재어보지 않고서는 길이를
알 수 없다. 하지만 사람들은 가끔 달아보지도 않고서 무게를 판단
하고, 재어보지 않고서 길이를 속단하는 경우가 있다. 심지어는 저
울의 추와 자의 눈금을 속이는 경우도 있다. 세상을 재는 저울과 자
가 바르지 못하면 세상은 불안으로 가득 차게 된다. 선과 악을 재는
저울과 자가 바르지 못하여 강도가 선량한 시민으로 둔갑하고, 선량
한 시민이 강도로 몰리게 된다면 그런 사회를 어떻게 살겠는가? 진
시황 같은 폭군도 천하를 통일하자 도량형부터 바로잡아 전국이 동
일한 기준으로 달고 잴 수 있도록 하였다. 세상을 바른 자로 재어 보
지 않으면 부정이 싹트고 자신을 바른 저울로 달아보지 않으면 태만
해진다. 그래서 세상이나 개인이나 늘 달아보고 재어보는 게 필요
하다.

權 : 저울질 권	輕 : 가벼울 경	重 : 무거울 중
度 : 잴 도	短 : 짧을 단	

113. 밝은 눈

明者는 睹未萌이라.
명 자   도 미 맹

진정으로 밝은 사람은 싹트기 전에 미리 본다.

『후한서後漢書』「반고전班固傳」에 나오는 말이다. 이미 일이 터진 다음에야 일을 해결하려 들면 일은 일대로 잘 풀리지 않고, 사람은 사람대로 다치게 된다. 그러므로 무슨 일이든 예방이 최선이다. 그런데 예방을 하기 위해서는 일이 터질 조짐을 미리 감지해야 한다. 조짐을 미리 감지하는 사람, 그런 어른이 바로 현명한 사람이다. 가정에나 사회에나 나라에나 이런 현명한 어른이 있어야 한다. 간장인지 콜라인지를 꼭 맛을 봐야만 아는 사람은 우둔한 사람이다. 이런 사람이 지도자로 나서게 되면 자신만 망치는 게 아니라 자신을 따르는 많은 사람들을 다 망쳐 놓게 된다.

우리나라 한반도 주변은 아직도 늘 급변하는 상황이 자주 발생하고 있다. 북한을 향한 일본의 발걸음도 급변하고 미국의 태도도 수시로 변한다. 그리고 중국은 동북공정을 추진해 우리나라를 긴장하게 만들었다. 장차 북한을 통째로 삼키겠다는 속셈이 아닌지 모르겠다. 우리나라의 입장은 분명하게 말하자면 이리저리 끌려 다니는 형세다. 그저 미국의 눈치를 보기도 하고, 중국의 눈치를 보기도 하며, 북한의 눈치도 보고, 일본의 눈치도 보며, 임기응변만 하고 있는 것 같다. 조선 말기, 외국의 세력에 시달리다가 결국 일본에게 나라를 넘겨주게 된 것도 지도자들이 싹과 조짐을 미리 보지 못했기 때문이다. 동북아의 정세가 급변하는 지금, 우리에게 필요한 것은 아직 드러나지 않은 싹을 미리 볼 수 있는 현명한 지도자이다.

睹 : 볼 도   未 : 아닐 미   萌 : 싹틀 맹

114. 도연명과 국화(1)

結廬在人境이나 而無車馬喧이라
결 려 재 인 경   이 무 거 마 훤

問君何能爾요 心遠地自偏이라.
문 군 하 능 이   심 원 지 자 편

　사람 사는 동네 안에다 오두막 한 채 지었건만 시끄러운 수레 소리 말울음 소리는 들리지를 않네. 그대여! 어찌 능히 그러할 수가 있단 말인가? 내 마음이 세상으로부터 멀어지자 사는 곳은 절로 구석진 곳이 되어 그렇다네.

　도연명의「음주」시 20수 중 제5수의 처음 4구절이다. 도연명陶淵明은 위진남북조 진晉나라 사람으로서 "내가 어찌 다섯 말의 쌀을 얻기 위해 하찮은 관리들에게 허리를 굽실거리랴?"라는 말을 남기고 관직을 떠나 평생을 전원 생활로 일관한 '은일시인隱逸詩人'이다. 대개의 소인배들은 은거를 할라치면 우선 기자회견(?)을 자청하여 자신이 은거함을 세상에 떠들썩하게 알리고, 그러한 다음에 무척 고고한 척 속세를 등지겠다는 뜻에서 으레 산으로 들어간다. 이런 은거는 대부분 가짜 은거다. 그런데 도연명은 어느 날 아침, 기자 회견도 없이 사람이 사는 농촌 동네 속으로 떠나 그곳에 오두막 한 채를 짓고서 농부들과 더불어 농사를 지으며 살았다. 이렇게 떠나온 그는 유명세를 치러야 할 일이 없었다. 그래서 그가 돌아온 다음엔 더 이상 그를 찾는 사람도 마차도 없었다. 그런 그에게 사람들이 물었다. "당신은 어찌 그리 초연할 수가 있느냐?"라고. 도연명은 그저 담담하게 "내 마음이 세상으로부터 멀어져 있고 사는 곳 또한 구석진 곳이라서 그렇다"라고만 하였다. 여기에 도연명의 진실한 삶의 모습이 들어 있다. 이런 진실성과 소박함이 그로 하여금 위대한 시인이 되게 한 것이 아닐는지.

廬 : 오두막 려	境 : 경계 경
喧 : 시끄러울 훤	爾 : 그러할 이
偏 : 외질 편	

---

115. 도연명과 국화(2)

採菊東籬下하여　悠然見南山이라.
채 국 동 리 하　　유 연 견 남 산

동쪽 울타리 아래서 국화를 따들고서 그저 한가한 마음으로 멀리 남산을 바라보네.

앞서 본 도연명의 「음주」 시 제5수의 5, 6구이다. 이 구절은 중국 시학사상 만고의 절창絶唱으로 평가를 받으며 인구에 회자되는 명구名句이다. '동쪽 울타리 아래서 국화를 따들고서 그저 한가한 마음으로 멀리 남산을 바라본다'는 시가 왜 '절창'이라는 평을 받는가? 여기에는 도연명의 욕심이라곤 찾아 볼 수 없는 마음과 진실한 전원생활의 모습이 들어 있고 무색, 무미, 무취의 담담함과 함께 청정한 하늘을 바라보는 높고 원대한 격조가 배어있다. 처음부터 국화를 따고자 하는 생각도 없었고, 딴 다음에 어떻게 하겠다는 생각도 없다. 그저 뜰을 거니는 도연명의 담담한 마음의 거울 속에 우연히 들어온 동쪽 울타리 아래의 그 국화를 '아! 꽃이 있네'라고 말하면서 꽃을 본 그 순간의 기쁨으로 그저 따보았을 뿐이다. 그런 다음, 꽃을 따느라 잠시 숙였던 허리를 펴는 순간 멀리 펼쳐진 남산의 모습이 눈에 들어온다. 이 또한 남산을 보고자 하여 본 게 아니라 눈앞에 펼쳐져 있기에 그저 바라본 것이다. 아주 한가로운 마음으로 꽃과 사람과 산이 하나로 화하는 순간이다. 모두가 자연의 일부로서 그렇게 하나로 만나는 순간이다. 이 평담함, 이 편안함, 이 질박함! 진실로 자연과 일체가 된 사람만 느낄 수 있는 경지이다. 그래서 이 구절은 만고의 절창이 된 것이다.

採 : 딸 채   籬 : 울타리 리

悠 : 한가할 유   然 : 그러할 연

---

116. 도연명과 국화(3)

山氣日夕佳하고　飛鳥相與還이라
산 기 일 석 가　　비 조 상 여 환

此中有眞意나　欲辨已忘言이라.
차 중 유 진 의　　욕 변 이 망 언

해질녘이라 산 기운은 더욱 아름다운데 노을을 배경으로 새들은 날아 돌아오네. 아! 이 속에 삶의 참 의미가 다 들어 있건만 '그건 이런 거라'고 분간하여 말을 하려다 어느새 할 말을 잊고 말았네.

도연명의 「음주」 시 제5수의 끝 4구절이다. 동쪽 울타리 아래서 우연히 국화를 따들고서 다시 우연히 바라본 남산. 해질녘이라서 산은 노을에 덮여 더욱 아름다운데 그 노을과 산을 배경으로 둥우리를 찾아 날아 돌아오는 새들! '그래 저 새들도 때가 되면 저렇게 돌아오고, 나 도연명도 때가 되어 이렇게 전원으로 돌아왔고……. 더 이상 무엇을 바라랴! 이 대자연의 아름다운 조화에 묻혀서 대자연의 흐름을 따라 순리대로 살아가는 게 바로 인생인걸, 다시 무슨 설명이 필요하랴' 도연명은 더 이상 말을 하지 않았다. 더 이상 말이 없었지만 이 시는 만고의 절창이 되어 오늘도 우리의 입을 오르내리고 있다. 이백과 두보, 그리고 도연명을 중국의 3대 시인으로 친다면 이백은 타고난 천재성으로 시를 쓴 사람이고, 두보는 피나는 공부를 통해 대시인이 된 사람이다. 그리고 도연명은 전원에 묻혀 사는 자신의 생활과 시의 내용이 완전히 일치하는 진실성과 소박성으로 사람들의 마음을 사로잡은 시인이다. 사방에 국화가 자지러지게 피는 가을이 오면 언제라도 동쪽 울타리 아래에서 국화를 딴 도연명의 진실에 대해서 다시 한번 생각해 보도록 하자.

佳 : 아름다울 가 　　　與 : 더불 여
還 : 돌아올 환 　　　辨 : 분별할 변

---

117. 가을 타는 남자

春女思하고 秋士悲라.
춘 녀 사　　　추 사 비

봄날의 여인은 사모하는 마음이 생기고 가을의 남자(선비)는 슬픔을 느낀다.

『회남자淮南子』권10「무칭훈繆稱訓」에 나오는 말이다. 우리는 흔히 봄은 여인의 계절이고, 가을은 남자의 계절이라고 하는데 이 말의 근거가 바로 회남자의 이 구절이 아닌가 하는 생각이 든다. 봄에

여인은 왜 사모하는 마음이 생기고, 가을의 남자는 왜 슬픈 생각이 들까? 회남자에 주를 단 고유高誘의 견해에 의하면 '봄에 여인이 양기陽氣를 느끼면 사모하는 마음이 생기게 되고, 가을에 남자가 음기陰氣를 보면 슬퍼진다'고 했다. 여인은 춘삼월의 따뜻한 볕을 받아 천지의 양기를 느끼게 되면 생명을 잉태하고자 하는 욕구로 인해 남성을 사모하는 사랑의 감정이 생기게 되고, 땅과 여성에 의해서 탄생된 세상의 모든 생명들을 돌보고 가꾸어야 할 책임을 지고 있는 남성은 가을이 되면 식어 가는 햇볕과 조락을 재촉하는 음기에 의해 날로 시들어 가는 생명들을 보며 슬픔에 잠기는 것이다. 가을! 이 세상의 생명을 걱정하는 남자들이 다시 한번 그 무거운 책임감을 느끼는 계절이다. 추운 겨울을 날 준비를 해야 하는 남성, 그 오랜 책임의식 때문에 가을이 되면 주변을 돌아보아도 슬프고, 노력해도 항상 부족하기만 한 자신을 돌아보아도 슬픈 것이다. 해마다 가을은 어김없이 돌아온다. 다시 해가 바뀌면 찾아올 봄날을 위해 남성들이여! 다시 슬퍼지더라도 용기는 잃지 않도록 하자.

春 : 봄 춘
秋 : 가을 추
悲 : 슬플 비

思 : 생각할 사
士 : 선비 사

118. 웅 비

大丈夫當雄飛니 安能雌伏이리오.
대 장 부 당 웅 비   안 능 자 복

대장부라면 숫 매雄鷹의 기상으로 훨훨 날아야지 암탉처럼 엎드려
있어서야 되겠는가?

『후한서』「조전趙典」전에 나오는 말이다. 맑은 가을 하늘을 배경
으로 비상하는 매鷹의 모습이 아름답다. 높이 날아 멀리 보는 그 기
상과 유유한 날갯짓의 넉넉함이 보는 사람의 마음을 시원하게 한
다. 사나이라면 그런 매의 기상이 있어야 한다. 높이 올라 멀리 보
려하는 원대한 기상과 꿈이 있어야 한다. 그런 꿈이 있는 사람은 몸
이 가볍다. 항상 움직인다. 뭔가를 부지런히 하고 있는 것이다. 이
와 반대로 원대한 기상과 꿈이 없는 사람은 직장에서도 고개를 숙이
고 있는 날이 많고, 일요일 날 집안에서도 텔레비전 리모콘을 손에
쥔 채 엎드려 있는 일이 많다. 사나이라면 창공을 나는 매의 비상과
같은 유유한 움직임이 있어야지 닭장 바닥에 배를 깔고 엎드려 있는
늙은 암탉과 같아서는 안 된다. 사람은 좀 살랑살랑한 기운을 느낄
때 정신도 맑고 행동도 민첩해진다. 늘 따뜻한 환경에 안주해 있으
면 정신이 해이해질 수밖에 없다. 서늘한 가을엔 웅크리지 말고 하
늘을 나는 매의 기상으로 훨훨 날도록 하자.

119. 국 화(1)

花開不幷百花叢하여 **獨立疏籬趣未窮**이라.
화 개 불 병 백 화 총   독 립 소 리 취 미 궁

다른 꽃들과 함께 피지 않으려 꽃 피는 시절이 다 지나서야 핀 국화,
성긴 울타리 가에 홀로 서 있어도 그 기상과 의취意趣는 무궁하구나.

중국 송나라 말기의 시인이자 화가인 정사초鄭思肖가 자신이 그
린 국화그림에 제한 「화국畵菊」시의 처음 두 구절이다. 정사초는
몽고족이 세운 원나라에 의해 조국 송나라가 망하자 산림에 은거하
여 독서와 그림으로 일생을 보낸 사람이다. 애국·애족의식이 특별
히 강했던 그는 평생을 망한 조국에 대한 한을 안고 살았다. 그는 그
림 중에서 특히 국화와 난초를 잘 그렸는데 난초 그림에서는 전에
없던 '노근란露根蘭'이라는 난을 그려 그의 강한 애국·애족심을 표
현하였다. 노근란露根蘭이란 문자 그대로 뿌리가 땅에 박혀있지 않
고 밖으로 드러난 난초이다. 사람들이 "왜 난초를 그렇게 그리느

냐?"고 묻자 정사초는 "망해버린 나라에 난초가 뿌리내릴 땅이 어디에 있겠느냐?"고 대답하였다고 한다. 이처럼 애국심이 강하고 절개를 굳게 지켰던 정사초인 까닭에 여러 꽃 중에서 특히 서리를 맞고 피는 국화를 사랑하였다. 희희낙락 웃음을 짓는 보통 꽃과 달리 다른 꽃들이 다 지고 난 후, 서리 내리는 가을에 홀로 늦게 피는 국화를 보며 우리는 어떤 생각을 해야 할까?

幷 : 함께 병	叢 : 무더기 총	疏 : 성글 소
籬 : 울타리 리	趣 : 흥취 취	窮 : 다할 궁

120. 국 화(2)

寧可枝頭抱香死라도 何曾吹落北風中이리오.
영 가 지 두 포 향 사　　　하 증 취 락 북 풍 중

　차라리 가지 끝에서 향기를 품은 채 말라죽을지언정 어찌 북풍에 불리다가 북풍 속에 떨어지겠는가?

중국 송나라 말기의 시인이자 화가인 정사초鄭思肖가 쓴 「화국畫菊」 시의 끝 두 구절이다. 북쪽 오랑캐인 원나라에게 나라를 빼앗긴 채 평생을 은일자隱逸者로 산 그의 강한 항거의식이 담겨 있는 구절이다. 오늘날의 국화는 대부분이 완상용으로 개량된 큰 꽃잎의 매우 화사한 국화이다. 그 모습이 너무 화사해서 '은자隱者의 꽃'이라는 국화의 참 맛을 느낄 수 없다. 이런 개량종 국화는 시들 때가 되면 '상풍고절霜風高節(서리 바람 속의 높은 절개)'이라는 말이 부끄러울 정도로 허망하게 그 꽃잎을 한꺼번에 떨어뜨려 버린다. 이에 반해 재래종의 작은 국화는 추운 겨울 북풍이 불어와 시들 때가 되어도 끝까지 꽃잎을 떨어뜨리지 않은 채 줄기 끝에 마른 꽃으로 남아있다. 정사초는 바로 국화의 이러한 모습을 빌어 북쪽 오랑캐인 몽고족의 원나라가 아무리 혹독하게 굴어도 끝까지 절개를 굽히지 않겠다는 자신의 의지를 표현한 것이다. 그런데 요즈음은 국화의 계절이 되어도 국화가 국화답지 못해 국화의 참 멋을 느끼기가 쉽지 않다. '오상고절傲霜高節(찬 서리를 조롱하는 듯한 꼿꼿한 높은 절개)'을 간직하고 있다는 국화를 화분에 가두어 따뜻한 온실에서 길러내고 있으니 어떻게 국화가 국화다울 수 있겠는가? 국화다운 국화가 없다보니 국화의 절개를 간직한 정사초 같은 인물을 볼 수 없는 게 아닐까?

寧 : 차라리 영　　　枝 : 가지 지　　　　抱 : 안을 포
香 : 향기 향　　　　曾 : 일찍 증

121. 왜냐고 물으면

問余何事棲碧山이면 笑而不答心自閑이라.
문 여 하 사 서 벽 산   소 이 부 답 심 자 한

누가 나에게 "무슨 일로 푸른 산 속에서 사느냐"고 물으면, 그저 웃을 뿐 대답하지 않아도 내 마음은 절로 한가하다네.

우리에게는 이태백李太白이라는 자字로 더 잘 알려진 중국 당나라 때의 시인 이백李白의 시 「산중문답山中問答」의 처음 두 구절이다. 사용된 시어詩語는 무척 조용하지만 그 안에 담긴 뜻은 구름을 뚫을 만큼 높다. 천재 시인 이태백의 내공이 담겨 있어서 겉으로는 조용하고 평범한 듯이 보이지만 안으로는 호방한 기상과 함께 달관의 경지가 녹아 있는 구절이다. 청산이 좋아 청산에 사는 사람을 보았다면 그냥 그렇게 보고서 지나갈 일이지 "왜 산에 사느냐?"고 물으니 대답할 말이 무엇이 있겠는가? 그래서 그냥 빙그레 웃을 뿐 말을 하지 않고 있는 것이다. 묻는 사람들은 답하지 않는 내가 답답하게 보이겠지만 대답하지 않은 나는 아무 생각 없이 그저 마음이 한가하고 편안하기만 하다. "왜 산에 사느냐?"고 물어 온 그 사람이야 처음부터 산에 사는 내가 답답하게 보여 "왜 그렇게 사느냐?"고 물었겠지만, 산에 사는 나는 물어오는 그 사람을 답답하게 볼 일도 없고 나와는 다른 사람으로 볼 일도 없다. 그저 내 마음이 한가하기만 하니 어

러운 설명을 해야 할 일이 무엇이며 내 마음을 보여주어야 할 일이
무엇이 있겠는가?

余 : 나 여	棲 : 깃들 서	碧 : 푸를 벽
笑 : 웃을 소	答 : 대답할 답	閑 : 한가할 한

122. 진정으로 원해야 할 것

不願金玉富요 但願子孫賢이라.
불 원 금 옥 부　　　단 원 자 손 현

금과 옥이 있는 부富를 원하는 게 아닙니다. 단지 원하는 건 자손
이 현명하게 사는 것입니다.

청나라 사람 마휘馬輝가 쓴 『통통록筒通錄』이라는 글에 나오는 말
이다. 옛 어른들은 자식들이 부자로 사는 것보다는 지혜롭게 사는
것, 그리고 도덕적으로 훌륭하여 남의 존경과 추앙을 받으며 사는
것을 훨씬 가치 있는 것으로 여겼다. 그렇다고 해서 부富를 거부하
거나 부정적으로 본 것은 아니다. 근검·절약하여 정당하게 모은 것
이라면 부에 대해서도 큰 가치를 두었다. 그러나 그러한 부보다도

더 가치를 둔 것은 역시 '현명한 삶'이었다. 그런데 지금은 세상이 달라졌다. 요즈음 웬만큼 공부를 한다는 고3 학생들은 거의 다 부모들로부터 의대 아니면 한의대를 가라는 가르침(?)을 받고 있다. 의사의 의미를 돈을 많이 벌 수 있는 직업이라는 데에 두고서 그렇게 의사가 되기를 바라고 있는 것이다. 현명함과 약삭빠름은 근본적으로 다르다. 돈이 아무리 많아도 현명하지 못한 삶은 불행하다는 것을 알아야 할 것이다.

| 願 : 원할 원 | 富 : 부자 부 | 賢 : 어질 현 |

---

123. 천리마와 먹이

良馬不念秣하고 烈士不苟榮이라.
양 마 불 염 말　　　　열 사 불 구 영

훌륭한 말은 먹이를 염두에 두지 않고 열사는 눈앞의 일시적인 영리를 구하지 않는다.

중국 당나라 때의 시인인 장적張籍의 시「서주西州」의 한 구절이
다. 우리 속담에 '서투른 무당이 장구만 나무란다'라는 말이 있다.
굿을 못하는 무당이 굿을 못하는 탓을 애꿎은 장구에게 돌린다는 뜻
이다. 또 스님이 '염불에는 정신이 없고 잿밥에만 관심이 있다'는
말도 있다. 스님이라면 염불에 온 정성을 다 들여야 할 텐데 염불은
건성으로 하고, 서둘러 제祭를 마친 후 제를 지낸 음식을 먹을 생각
만 하고 있다는 뜻이다. 진정으로 실력이 있는 사람은 핑계를 대지
않을 뿐 아니라 그 실력을 이용하여 부당한 부귀나 명예를 누리려
들지도 않는다. 비록 돈이 되지 않는 일이라 해도 그 일이 그저 좋고
가치 있는 일이라는 생각을 하기 때문에 묵묵히 그 일을 할 뿐이다.
과거의 학자나 예술가들은 돈을 벌기 위해 학문이나 예술을 하였던
것이 아니다. 그리고 독립투사들이나 민주열사들도 돈이나 명예를
얻기 위해 그 모진 고생을 한 것이 아니다. 요즈음 세상에서는 돈이
되지 않는 일은 나서서 하려는 사람이 없다. 학문도 돈을 벌기 위해
서 하고, 예술도 돈을 벌기 위해서 하는 경우가 대부분이다. 유명한
학자나 유명한 예술가는 돈으로 만들어질 수 있지만, 훌륭한 학자나
훌륭한 예술가는 꼭 돈으로 만들어지는 것이 아님을 알아야 할 것이
다.

良 : 어질 량   念 : 생각 염   秣 : 먹이 말
苟 : 구차할 구   營 : 경영 영

124. 세계를 무대로

丈夫志四海면 萬里猶比隣이라.
장 부 지 사 해   만 리 유 비 린

장부의 뜻이 사해四海(온 세계)에 있으면 만리 밖 낯선 곳도 이웃
처럼 여겨진다.

흔히 난세의 간웅이라는 평을 받는 조조의 아들인 조식曹植이 쓴
「증백마왕표贈白馬王彪」라는 시에 나오는 말이다. 사나이라면 사해
에 떨치고자 하는 뜻이 있어야 하고 그런 뜻을 가졌다면 온 세상을
이웃으로 여기고 살아야 한다. 그만한 포용력과 이해력과 적응력과
전파력이 있어야 한다는 뜻이다. 세계 각지에 퍼져 있는 우리 민족
의 분포도가 유대 민족에 이어 세계 2위라고 한다. 한국인들이 살지
않는 곳이 없는 것이다. 문화 예술의 시대로 불리는 21세기에 세계
각지에 우리 민족의 네트워크가 퍼져 있다는 것은 엄청난 국가적 자
산이다. 우리는 이 민족적 자산을 잘 활용하여 세계 각지에 우리의
문화를 심어야 한다. 우리의 한글을 가르쳐 쓰게 하고, 김치나 태권
도뿐이 아니라 우리의 우수한 전통문화와 삶의 방식을 세계 각지에
전파해야 한다. 그리하여 우리 문화를 세계인이 함께 누리게 하고,
세계인을 우리의 이웃이 되게 해야 한다. 따라서 우리는 전통문화
특구, 전통문화센터 등 외형물을 만드는 일도 중요하지만 세계를 감

동시킬 문화 콘텐츠를 개발하는 일이 더 중요하다는 사실을 알아야 한다. 내국인들만 구경하는 일회성 볼거리 문화행사나 외양만 보여주는 문화시설은 결국 또 하나의 '장님 제 닭 잡아먹기'일 뿐이다.

丈 : 장부 장	猶 : 같을 유
比 : 견줄 비	隣 : 이웃 린

---

125. 넓은 바다, 푸른 하늘

海闊凭魚躍하고 天高任鳥飛라.
해 활 빙 어 약   천 고 임 조 비

바다가 넓으니 그걸 믿고서 고기가 힘차게 뛰어 오르고, 하늘이 높으니 새가 제 마음껏 날아가네.

중국 송나라 때의 완열阮閱이 쓴 『시화총구詩話總龜』에 나오는 말이다. 좁은 물에서는 고기가 마음껏 활발하게 뛰어 오를 수 없다. 뛰어 올랐다가 자칫 땅바닥에 떨어질 수 있기 때문이다. 새도 낮은 공간에서는 마음껏 날갯짓을 못한다. 한창 자라나는 어린이들은 넓

은 바다 속을 맘대로 헤엄쳐 다니는 물고기처럼, 그리고 푸른 하늘을 마음껏 나는 새들처럼 활발하게 뛰놀고 무한한 상상을 할 수 있어야 한다. 활발하게 뛰놀고 자유롭게 상상하는 것 자체가 공부요, 성장이다. 하지만 요즘 우리 어린이들은 어항 속의 물고기요, 새장 속의 새이다. 우리는 진정으로 시켜야 할 공부는 시키지 않고 그저 아이들을 묶어두려고만 하고 있다. 그렇게 애써 통제하여 공부를 시켜도 학생들의 학력 수준은 날로 떨어지고 있다. 또한 해마다 그처럼 치열하게 수학능력시험을 치러도 막상 대학에 입학시켜 놓고 보면 기본적인 수학 능력이 부족하여 정상적인 강의를 진행할 수 없을 지경이다. 우리는 지금 우리 아이들을 상대로 교육을 하고 있는가 아니면 고통만 주고 있는가? 우리 아이들에게 바다와 같은 터전과 하늘과 같은 공간을 볼 수 있도록 하는 것은 완전히 어른들의 몫이다. 어른들이 각성해야 한다.

闊 : 넓을 활   憑 : 의지할 빙
躍 : 뛸 약   任 : 맡길 임

126. 관점과 수준

仁者見仁하고 智者見智라.
인 자 견 인　　　 지 자 견 지

인仁한 사람은 인을 보고 지혜로운 사람은 지智를 본다.

　　청나라 때의 학자인 장학성章學誠이 쓴 『문사통의文史通義』 「내편
內篇」〈분리文理〉조에 나오는 말이다. 사람은 누구나 자신의 입장이
있고 관점이 있다. 인仁한 사람은 인의 관점으로 세상을 보고, 지혜
로운 사람은 지智의 관점에서 세상을 본다. 또 사람에게는 인한 사람
이라야 비로소 인을 볼 수 있고, 지혜로운 사람이라야 지를 볼 수 있
는 그런 개인적인 능력과 수준의 차이도 있다. 따라서 각자의 관점
도 용인되어야 하지만 개인의 능력과 수준, 수양의 차이도 인정되어
야 한다. 관점만 인정되고 수준의 차이가 인정되지 않는 사회는 위
험하다. 자칫 중우衆愚의 사회가 될 수 있기 때문이다. 민주화라는
말이 자유롭게 쓰이기 시작하면서 우리 사회에는 능력의 차이와 수
준의 차이를 '차별'로 오해하는 경향이 적잖게 나타나고 있다. 그리
하여 건강하고 수준 높은 사회를 만들기 위해서는 반드시 존중해 주
어야 할 좋은 의미의 권위, 즉 높은 수준과 절대 명령에 대한 권위마
저도 무시되는 경향이 있다. 교육과 군대는 관점이 다르다고 해서
거부할 수 있는 대상이 아니다. 교육은 교사의 수준에 대한 권위를

인정하고 보호할 때만 정상화 될 수 있고, 군대는 명령에 대한 권위를 절대적으로 인정할 때만 기강이 잡힌다는 점을 알아야 할 것이다.

仁 : 어질 인   智 : 지혜 지

---

127. 오동잎 지는 소리

少年易老學難成이니　一寸光陰不可輕하라
소 년 이 노 학 난 성　　　일 촌 광 음 불 가 경

未覺池塘春草夢에　階前梧葉已秋聲이라.
미 교 지 당 춘 초 몽　　　계 전 오 엽 이 추 성

　소년은 늙기는 쉽지만 배움을 이루기는 어려우니 한 마디의 시간이라도 가볍게 여기지 말라. 연못 가 봄풀의 꿈이 채 깨기도 전에 섬돌 앞 오동나무가 가을 소리를 내고 있구나.

　중국 송나라 때의 학자인 주희朱熹가 쓴 「권학시勸學詩(학문을 권하는 시)」이다. 새삼 다시 설명할 필요가 없을 정도로 널리 알려진 시이다. '연못 가 봄풀의 꿈이 채 깨기도 전에 섬돌 앞 오동나무는 가

을 소리를 낸다'고 한 표현이 언제 보아도 가슴을 덜컥 내려앉게 한다. 세월은 그렇게 빠르게 흐른다. 이처럼 빠르게 흐르는 세월 속에서 어떻게 해야 배움을 이룰 수 있을까? 방법은 바로 '一寸'의 시간이라도 가볍게 다루지 않는 데에 있다. 사람들은 흔히 '一寸光陰不可輕'이라는 말을 그냥 '시간을 아껴 쓰라'는 의미로 이해하지만 사실 이 구절에서 깊이 있게 새겨야 할 부분은 바로 '一寸'의 의미이다. 一寸의 시간이란 곧 '자투리 시간'을 말한다. 대부분의 사람들은 큰 시간은 비교적 잘 아끼고 또 제법 규모 있게 계획을 세워서 효율적으로 사용한다. 그러나 자투리 시간에 대해서는 별로 신경을 쓰지 않는다. 진정으로 배움을 이루고 싶다면 이 자투리 시간을 잘 사용해야 한다. 어제까지는 자투리 시간을 자판기에서 커피를 뽑아 마시는 데에 썼다면 오늘부터는 책을 읽는 데에 써 보도록 하자.

易 : 쉬울 이　　　　　　　　　輕 : 가벼울 경
覺 : 깰 교, 깨달을 각(※잠에서 '깬다'는 뜻으로 쓸 때는 '교'로 읽는다)
池 : 못 지　　　　　　　　　　塘 : 못 당
階 : 섬돌 계

128. 시성詩聖 두보杜甫의 슬픈 가을

萬里悲秋常作客하고 百年多病獨登臺라.
만 리 비 추 상 작 객 　　　 백 년 다 병 독 등 대

슬픈 가을, 만 리 밖 타향에서 이미 오랜 기간 동안 나그네 신세가
된 나, 늙은 나이에 많은 병을 안은 채 홀로 누대에 올라 왔노라.

한자 문화권의 시성으로 불리는 두보가 만년에 쓴 「등고登高(높은
데에 올라)」라는 시의 전련轉聯이다. 두보의 만년은 비참했다. 몸 하
나 기탁할 데가 없어서 유랑하다가 며칠을 굶은 채, 먼 친척집에 이
르러 모처럼만에 배불리 먹은 밥이 화근이 되어 세상을 떠났다. 늘
가난하고 억압받는 백성의 편에 서서 정치를 풍자하고 권력자를 질
타하며 인간애를 발휘할 것을 호소했던 두보였지만 정작 그 자신의
만년은 이처럼 비참했다. 이 「등고」 시에 나타난 두보의 가을, 왜
그렇게 슬플까? 만 리 밖 타향에서 나그네가 되어 맞은 가을이기 때
문에 슬프다. 나이라도 젊었다면 그래도 괜찮을 걸, '百年'이라는
말로 보아 이미 늙은 나이이다. 몸이라도 건강하다면 그래도 좀 나
을 걸, '多病'이라는 말로 보아 이미 병들어 쇠약한 모습이다. 곁에
누구라도 있으면 그래도 나을 걸, '獨'자로 보아 아무도 없이 홀로
올라왔다. 평지라면 그래도 좀 나을 걸, 고향을 그리는 외로움과 그
리움을 안고 높은 누대에 올라와 시들어가고 있는 가을 풍경을 한눈

에 내려다보고 있다. 깊어 가는 가을, 만년의 두보는 그래서 더 슬프다.

悲 : 슬플 비	常 : 항상 상	獨 : 홀로 독
登 : 오를 등	臺 : 누대 대	

129. 술 취한 하나님의 그림 선물

天公醉後橫拖筆하여 **顚倒春秋花木心**이라.
천 공 취 후 횡 타 필   전 도 춘 추 화 목 심

하늘이 취한 후 멋대로 붓을 끌어다 색칠을 하여 봄의 꽃과 가을 나무의 마음을 바꾸어 놓아 버렸구나.

중국 청나라 때 사람 장초蔣超가 쓴 「산행영홍엽山行詠紅葉(산길을 가며 붉은 나뭇잎에 대해 읊다)」라는 7언 절구시의 3, 4구이다. 장초는 이 시의 첫 구절에서 '누가 녹음 위에다 단청丹靑(여러 색깔)을 칠하였소?(誰把丹靑抹樹陰)'라고 물은 다음, 두 번째 구절에서는 '서늘한 공기에 실려 오는 가을 향기와 온갖 붉은 열매들이 푸른 하늘과

흰 구름 속에서 농익어 가는구나(冷香紅玉碧雲深)'라고 하였다. 그러한 후에 3, 4구에 이르러서는 첫 구에서 물었던 물음에 대한 답을 '술 취한 하늘이 제멋대로 붓질을 하여 가을 나무에 온통 형형색색의 꽃 색깔을 칠함으로써 가을 나무의 마음을 봄꽃의 마음으로 바꾸어 놓았다'고 한 것이다. 하늘이 취하여 시들어 가는 가을 나무들을 잠시 회춘시켜 놓았다는 뜻이다. 참으로 재미있는 표현이다. 가을을 흔히 조락의 계절이라고 하지만 가을 단풍에도 봄꽃 못지않은 정열이 있다. 불타는 단풍 앞에서 시들어 가는 가을의 모습을 볼 게 아니라, 꽃처럼 붉게 타는 젊음과 정열을 보도록 하자. 가을은 하릴 없이 마냥 시들어 가는 계절이 아니라 지난 여름 푸름을 믿고서 조금은 방자하게 살았던 삶을 돌아보고 정리하면서 다시 마지막 정열을 불태워 새 삶을 잉태하는 계절이다. 내년 봄을 위해 많은 것을 저장하는 계절인 것이다. 하늘이 기분 좋게 취하여 특별 서비스로 준 단풍이라는 회춘의 정열을 잘 이용하도록 하자.

醉 : 취할 취 　　　橫 : 가로 횡 　　　拖 : 이끌 타
顚 : 거꾸러질 전 　　倒 : 거꾸러질 도

130. 물처럼 흐르는 세월

沅湘日夜東流去하여　不爲愁人住少時라.
원 상 일 야 동 류 거　　　 불 위 수 인 주 소 시

원수沅水와 상수湘水의 물은 밤낮을 가리지 않고 동으로 흘러 잠
시도 멈추지를 않는구나. 수심 많은 이 사람을 위해 잠시 멈춰줄 법
도 하건만.

중국 당나라 때의 시인인 대숙륜戴叔倫이 쓴 「상남즉사湘南卽事(상
남에서 쓴 즉흥시)라는 시의 3, 4구이다. 흔히 '세월은 유수와 같다'는
말을 쓰곤 하는데 정말 세월은 흐르는 물처럼 쉼 없이 간다. 아무리
사람이 내 사정을 좀 생각하여 잠시만 멈춰 달라고 애원해도 멈추는
법이 없다. 그래서 사람들은 무정한 게 세월이라는 한탄을 한다. 병
상에 누워 있는 어느 환자가 내일 모레가 외동딸의 결혼식이니 그
날까지만 살게 해 달라고 애원을 해도 소용없다. 결혼식 전날 밤에
죽을 수도 있고 결혼식 당일 새벽에 죽을 수도 있다. 하루만 더 살게
해 달라고 오죽 간절하게 기도를 했으랴만은 다 소용 없는 일, 사람
은 시간의 흐름을 결코 막을 수 없는 것이다. 어제 죽은 사람이 그렇
게도 간절하게 바라던 '내일'이라는 이름의 시간을 우리는 '오늘'이
라는 이름으로 한껏 누리며 살고 있지 않은가? 살아있다는 것! 그 자
체가 복이다. 다시 무엇을 바라랴! 그러나 사람은 제게 있는 복은 복

으로 여기지 않는다. 그래서 자꾸 다른 곳을 헤매고 다닌다. 남이 가진 맑은 샘을 탐하기 전에 내 발 밑을 팔 생각을 해야 한다. 내 발 밑에서도 우물은 얼마든지 솟을 수 있으니 말이다. 물처럼 가는 세월을 탓하기 전에 내게 주어진 시간을 어떻게 쓸 것인지를 생각하도록 하자.

沅 : 물 이름 원　　　　湘 : 물 이름 상
愁 : 근심 수　　　　　　住 : 머무를 주

---

131. 3등분

尺璧之陰을　三分之하여　一以治公事하고
척 벽 지 음　　삼 분 지　　　일 이 치 공 사

一以讀書하며　一以爲棋酒면　則公私皆辨이리라.
일 이 독 서　　일 이 위 기 주　　즉 공 사 개 판

　한 자나 되는 보석만큼이나 귀한 시간을 셋으로 나누어 그 중 1은 공무를 집행하는 데에 쓰고, 3분의 1은 독서하는 데에 사용하며, 나머지 3분의 1은 바둑을 두거나 술을 마시는 데에 쓴다면 공적인 일이나 사적인 일이나 다 잘 처리할 수 있을 것이다.

중국 송나라 때의 시인이자 서예가였던 황정견黃庭堅의 말이다. 이 말에 앞서 황정견은 '사람이 너무 한가하면 쓸데없는 생각을 하게 되고, 너무 바쁘면 자신의 천성대로 살 수 없다'고 하였다. 사람은 너무 한가해도 안 되고, 너무 바빠도 안 된다. 너무 한가하다는 것은 인생을 낭비하고 있다는 뜻이며, 너무 바쁘다는 것은 제 인생을 제 뜻대로 살지 못하고, 남에게 이끌려 다니며 살고 있다는 뜻이다. 그래서 우리의 삶은 자신의 의지에 따른 계획과 그 계획에 대한 실천으로 이어져야 한다. 자신의 뜻대로 살기 위해 황정견은 3분의 1은 공직자로서 공무를 집행하고, 3분의 1은 바둑을 두거나 술을 마시는 등 휴식과 취미 생활을 하는 데 사용하며, 3분의 1은 독서를 한다고 하였다. 오늘을 사는 우리의 삶은 어떠한가? 직장에 충실하려는 것이나 취미 생활이나 여가 활동을 하는 것은 황정견의 경우와 비슷하다고 생각한다. 다만, 황정견과 다른 점이 있다면 독서에 투자하는 시간이 너무 짧거나 거의 없다는 점일 것이다. 하루의 3분의 1을 독서에 투자했다는 황정견의 말을 통하여 우리의 생활을 돌아보아야 할 것이다.

| 璧 : 구슬 벽 | 陰 : 그늘 음 | 棋 : 바둑 기 |
| 皆 : 다 개 | 辦 : 힘써 일할 판 | |

132. 나만의 기쁨

時與道人偶하고 或隨樵者行하여
시 여 도 인 우   혹 수 초 자 행

自當安蹇劣할새 誰謂薄世榮이리오.
자 당 안 건 열   수 위 박 세 영

때로는 도인道人과 짝하기도 하고 때로는 나무꾼과 함께 돌아다니기도 하며 스스로 자신의 부족한 처지에 편안할 수 있다면 누가 세상의 영화가 박하다고 말할 수 있겠소?

당나라 때의 자연 시인인 위응물韋應物의 시 「유거幽居(깊은 곳에 한가히 살며)」의 끝 두 구절이다. 여기에서 사용된 '건열蹇劣'이라는 말의 '蹇'은 본래 '절름거린다'는 뜻인데, 여기서는 '노둔하다', '부족하다'는 뜻으로 쓰였고, '劣'은 '모자라다', '열등하다'는 뜻이다. 따라서 '蹇劣'은 '노둔하고 모자란다'는 뜻이다. 산 속에 살다보면 더러 도사道士 같은 사람을 만나기도 하고, 때로는 약초를 캐는 사람, 나물을 뜯는 사람, 혹은 나무 하는 사람을 만나기도 한다. 도사인 사람을 만났을 때는 함께 도사가 되어 하루를 보내고, 나무꾼을 만났을 때에는 나무꾼이 되어 하루를 보낸다. 이처럼 유유자적하는 삶 속에 어디 불만이 깃들 틈이 있겠으며 어디 체면 챙길 일이나 거짓이 끼어들 틈이 있겠는가? 그저 하루하루가 만족스러울 뿐이다.

이런 사람은 세상이 박정하다고 탓하지 않는다. 결국은 마음이다. 아무리 전원주택을 멋있게 지어 놓아도 마음이 열려 있지 않으면 전원에 지은 감옥에서 사는 것이고, 하루만 산행을 해도 마음이 열려 있으면 모든 것이 다 기쁨으로 다가오는 친구들이다. 마음을 열어보자. 이 세상을 박정하다고만 탓할 게 아니라 내 마음부터 활짝 열 일이다.

偶 : 짝 우　　　　　隨 : 따를 수　　　　樵 : 나무꾼 초
蹇 : 절름거릴 건　　薄 : 엷을 박

---

133. 뜻이 같지 않으면

道不同이면 不相爲謀라.
도 부 동　　　불 상 위 모

도道가 같지 않으면 함께 일을 도모할 수가 없다.

『논어論語』「위령공편衛靈公篇」에 나오는 말이다. '도道'란 길이다. 길이란 지향하는 바이다. 지향하는 방향을 따라 가는 것이 길이요,

도인 것이다. 따라서 가는 방향이 다른 사람끼리 같은 길을 갈 수는 없다. 그러므로 같은 길을 가지 않는 사람끼리 무슨 일을 함께 도모한다는 것은 있을 수도 없는 일이고, 있어서도 안 될 일이다. 그런데 세상에는 가는 길이 같지 않음에도 불구하고 함께 길을 가며 일을 도모하는 사람들이 있다. 이른바 '작당作黨'하는 사람, 즉 '패거리'들이다. 이들은 이익만 얻을 수 있다면 근본적으로 길이 같지 않더라도 필요에 따라 모이고 일정 기간 동안 같은 길을 가는 시늉도 잘한다. 그러나 상호간에 이익이 될 게 없다고 생각하거나 더 큰 이익이 있는 곳이 발견되면 금세 그 모임은 깨지고 각자 필요한 만큼 서로 적절하게 욕을 하거나 그럴듯한 구실을 대고서 헤어져 다른 길을 간다. 지조라고는 찾아 볼 수가 없이 이익 앞에서 몸을 파는 가련한 사람들이다. 선거철만 되면 이런 철새 같은 사람들이 무척 많이 늘어난다. 길이 같지 않으면 함께 일을 도모할 수 없음을 알고 '패거리' 짓는 일을 그만 멈추어야 한다. 그게 바로 선진국으로 가는 길이다.

道 : 길 도   相 : 서로 상
爲 : 할 위   謀 : 꾀할 모

134. 삶에 통달한 사람

君不見이오? 吳中張翰稱達生을.
군 불 견 　　　 오 중 장 한 칭 달 생

秋風忽憶江東行이라.
추 풍 홀 억 강 동 행

그대는 보지 못했는가? 사람들이 오나라의 장한張翰을 일러 생에
통달한 사람이라고 하는 것을. 그는 가을바람에 문득 강동의 고향으
로 돌아갈 것을 생각하였다네.

이백의 시 「행로난行路難(세상 길 험하여)」 제3수의 끝 부분에 나오
는 말이다. 오나라 사람으로서 제나라에 가서 벼슬을 하던 장한張翰
은 가을바람이 소슬하게 부는 어느 날, 고향에서 먹던 순채국과 농
어회가 생각나자, "먹고 싶은 고향 음식도 못 먹으면서 타향에서 벼
슬을 하고 있을 게 뭐란 말인가?"라는 말과 함께 그날로 사표를 내
고서 고향으로 돌아갔다. 대부분의 사람들이 입으로는 늘 '돌아가
야지, 돌아가서 이제는 고향을 지키며 살아야지'라는 말을 하지만
결단을 내려 그것을 실천하는 사람은 거의 없다. 정년퇴직을 하고
서도 고향으로 돌아가기가 쉽지 않으니 현직에 있는 사람이 사표를
내고서 고향으로 돌아간다는 것은 거의 없는 일이다. 이미 세상에
내딛은 발이 너무 깊어서 쉽게 떨치고 갈 수가 없는 것이다. 그래서
'정리되는 대로 돌아가겠다'고 차일피일 미루다가 결국은 돌아가지

못한다. 고향의 나물국이나 농어회나 청국장 맛 한번 제대로 못 보면서 도시의 포로가 되어 얽매이며 사는 인생, 생각해보면 참 서글픈 일이다. 진정으로 행복한 삶이란 그런 얽매임이 아닐 텐데 말이다. 떠나고 싶을 때 능히 떠날 수 있는 사람이야말로 정말 행복한 사람이다.

張 : 성씨 장	翰 : 붓 한
稱 : 칭할 칭	達 : 통달할 달
忽 : 갑자기 홀	憶 : 생각할 억

135. 바른 말, 바른 글, 바른 이름

名無固宜라 約之以命하나니
명 무 고 의   약 지 이 명

約定俗成謂之宜요 異於約則謂之不宜라.
약 정 속 성 위 지 의   이 어 약 즉 위 지 불 의

이름은 처음부터 고정된 것이 아니라 사람들이 서로 그렇게 부르기로 약속하는 것이니, 약속으로 정해진 것이 습관적으로 쓰이게 되면 그것이 곧 마땅한 이름이 되는 것이요, 약속에 위배되는 것은 마땅한 이름이라고 할 수 없다.

『순자荀子』「정명편正名篇」에 나오는 말이다. 세상에는 처음부터 정해진 이름이란 없다. 사람들이 그렇게 부르기로 약속함으로써 비로소 이름이 생기게 되는 것이다. 따라서 자기 혼자만 사용하는 이름은 의미가 없다. 남들이 불러줄 때 비로소 이름은 이름값을 하게 된다. 그러므로 사람들은 남들로부터 '이름'을 인정받고자 의식을 행한다. '부부'라는 이름을 인정받기 위해서 결혼식을 하고, 성인임을 인정받기 위하여 성인식을 한다. 이름뿐이 아니라 우리의 언어와 문자 생활 자체가 바로 약속이다. 그러므로 사람들은 사회 생활을 하기 위한 기본적인 약속인 말과 글을 우선적으로 가르치고 배운다. 그런데 이런 약속은 쉽게 깨진다. 컴퓨터 온라인상에서 오가는 젊은이들의 언어를 보면 이게 한글인지 아니면 어느 외진 나라의 외국어인지 구분하기가 어려운 말들이 있다. 뿐만 아니라, 어른들이 사용하는 일상의 용어들도 부정확한 게 한 둘이 아니다. 아무한테나 '사모님'이고, 걸핏하면 '야하다'고 한다. 말이 바르지 못하고 이름이 제멋대로 쓰이면 사고를 바르게 할 수 없고, 사고를 바르게 하지 못하면 행동이 바르지 못하게 된다. 사람들의 행동이 바르지 못한 세상, 그게 바로 난세이다. 난세를 면하기 위해서는 하루 속히 우리의 말과 이름을 약속대로 쓸 수 있어야 할 것이다.

固 : 굳을 고	宜 : 마땅할 의	俗 : 풍속 속
謂 : 이를 위	異 : 다를 이	

136. 하 나

天無二日이요 地無二王이라.
천 무 이 일　　지 무 이 왕

하늘에는 태양이 둘일 수 없고 땅에는 왕이 둘일 수 없다.

『예기禮記』 「증자문편曾子問篇」에 나오는 말이다. 하늘에 태양이 둘일 수 없듯이 어느 단체나 국가를 막론하고 최고 지도자가 둘일 수는 없다. 지금은 민주의 시대요, 다양화의 시대이며, 개성의 시대이다. 그러나 그것이 곧 최고 지도자가 둘 이상이어도 좋다는 의미는 아니다. 민주란 국민의 뜻이 반영되어 그 뜻에 반하지 않는 정치가 이루어져야 한다는 뜻이지 모든 국민이 다 지도자를 자처하고 나서도 된다는 뜻이 아니다. 다양화나 개성 중시라는 말 역시 준법과 양보와 단결과 화합이라는 인격적 신뢰와 유대를 전제로 한 다양화와 개성 중시인 것이지 결코 제멋대로 살라는 의미는 아니다. 그런데 언제부터인가 우리 사회에 '민주'라는 말이 지나치게 자유롭게 쓰이기 시작하면서부터 각 조직과 단체가 이른바 '장長'이 두서넛이 되는 것 같은 현상이 심심찮게 나타나고 있다. 집안에서는 가장 자리를 놓고서 남편과 아내가 다투고, 사업장에서는 노사가 서로 나서서 자기가 '주인'임을 주장하며, 여당은 여당대로 원내 제1당임을 내세워 정국의 주도권을 잡으려 하고, 야당은 야당대로 야당행세를

맵게 하려고 한다. 아무리 민주 사회라 하더라도 '장長'은 분명히 하나임을 알고서 '장'의 의미와 권위를 인정하는 가운데 양보와 화합과 조화를 창출해내야 할 것이다.

無 : 없을 무   日 : 태양 일   地 : 땅 지

---

137. 양면성

水則載舟하고 水則覆舟라.
수 즉 재 주   수 즉 복 주

물은 배를 싣기도 하지만 배를 엎어지게 하기도 한다.

『순자荀子』「왕제편王制篇」에 나오는 말이다. 이 문장에서의 '則'자는 '能'자의 의미로 쓰였다. 따라서 이 문장은 '水能載舟, 水能覆舟'라고 써도 된다. 우리가 순풍에 배를 타고 갈 때에는 물은 배를 잘 뜨게 하는 존재라는 생각만 할 뿐 물이 배를 엎어지게 할 수도 있다는 생각은 거의 하지 않는다. 그래서 타이타닉호의 비극도 생겼다. 어느 한 쪽의 장점에 매료되어 다른 한 쪽이 줄 수 있는 피해를

생각하지 못할 때 재앙은 닥치기 마련이다. 우리는 한때 과학이 인류를 낙원으로 이끌어 줄 것으로 생각했었다. 귀찮은 일들은 모두 기계가 대신해 주고, 인간은 풍요 속에서 즐거움과 기쁨을 만끽하기만 하면 될 것으로 생각했던 것이다. 그러나 웬걸, 과학이 인류를 낙원으로 이끌어주기는커녕 환경오염과 자연 파괴를 야기하여 오히려 인류의 생존을 위협하게 되었다. 과학이 줄 수 있는 일면의 편리성에 취하여 앞으로의 폐해를 미리 생각하지 못한 까닭에 맞게 된 재앙이다. 물은 배를 띄우기도 하지만, 엎어지게도 한다는 사실을 보다 일찍, 보다 철저하게 인식하고 있었더라면 인류는 이런 재앙들을 맞지 않았어도 되었을 것이다. 순자는 배는 군주에, 물은 백성에 비유하여 백성은 군주를 잘 받들기도 하지만 군주를 엎어버릴 수도 있다고 하였다. 재앙을 막기 위해 항상 양면을 볼 수 있는 지혜를 갖도록 하자.

載 : 실을 재   覆 : 엎어질 복   舟 : 배 주

138. 마음과 눈

小中見大하고 大中見小하니
소 중 견 대 　　　 대 중 견 소

一爲千萬이요 千萬爲一이라.
일 위 천 만 　　　 천 만 위 일

작은 것에서 큰 것을 보고 큰 것에서 작은 것을 보니 하나가 천만
이 될 수도 있고 천만이 하나가 될 수도 있다.

중국 송나라 사람 소철蘇轍(소동파의 동생)이 쓴「동상문장로어록
서洞山文長老語錄敍」에 나오는 말이다. 사람의 마음은 참 묘한 것이
다. 마음의 변화에 따라 작은 것을 크게 볼 수도 있고, 큰 것을 작게
볼 수도 있으며, 작은 것에서 큰 것을 볼 수도 있고, 큰 것에서 작은
것을 볼 수도 있기 때문이다. 어느 날 화장실에 앉아 벽에 붙인 타일
의 무늬를 바라보고 있으니 그 안에 별 것이 다 들어 있음을 보았다.
이렇게 보면 토끼가 되고 저렇게 보면 곰이 되며 또 이렇게 보면 원
숭이가 되고 저렇게 보면 성난 마귀의 모습이 되었다가 또 어떻게
보면 동화 속의 소녀 모습으로 보이기도 하고 산타 할아버지의 모습
으로 보이기도 한다. 타일 한 장 속에 별별 것이 다 들어 있는 것이
다. 세상에 고정된 것은 아무 것도 없다. 다 마음에 달려 있다. 미워
하는 마음으로 보면 모든 게 다 밉게 보여 한 가지도 예쁜 것이 없

고, 예뻐하는 마음으로 보면 천만 가지 일이 하나같이 다 예쁘게 보인다. 그러므로 보기에 따라서 하나가 천이 될 수도 있고, 천이 하나가 될 수도 있는 것이다. 하찮은 것에서 세상을 바꿀 진리를 발견할수도 있고, 위대하게 보았던 것이 어느 순간 갑자기 하찮은 존재로 보일 때도 있다. 오늘 내 눈이 무엇을 어떻게 보느냐에 따라 내 인생이 바뀐다. 인생은 결국 마음과 눈을 다스리는 과정인 것이다.

見 : 볼 견   爲 : 될 위
千 : 일천 천   萬 : 일만 만

---

139. 본래 그런 것

事有必至하고 理有固然이라.
사 유 필 지   이 유 고 연

일에는 '반드시 닥칠 일'이 있고, 이치는 본래부터 '그러한 것'이 있다.

『전국책戰國策』「제책齊策」권4에 실린 담습자譚拾子와 맹상군孟嘗

君의 대화 속에 나오는 말이다. 이 두 사람의 대화에서 담습자가 말한다. '반드시 닥칠 일이란 죽음을 말함이요, 세상의 이치가 본래 그렇다고 한 것은 부귀는 취하려 들고 빈천은 버리려 드는 것을 두고 한 말이다'라고. 죽음은 누구에게나 반드시 닥치는 일이다. 하지만 죽음은 남이나 당하는 일이고, 나는 천년만년 살 것이라는 착각 속에서 살아가고 있는 사람들이 더러 있다. 막상 죽음이 목전에 이르렀을 때에는 아무런 준비가 없는 탓에 발광을 하는 사람이 있다. 끝까지 탐욕을 버리지 못한 것이다. 사람이라면 누구나 부귀를 누리고 싶어 한다. 그리고 가난을 싫어한다. 본래 세상 이치가 그렇다. 그 점을 인정하고 나면 수전노 부자가 그렇게 밉게 보일 일도 없고, 악착같이 돈을 추구하는 이웃이 그렇게 야박하게 보일 일도 없다. 세상에 가장 맑고 깨끗한 사람인 양 가난을 자랑으로 여기며 살 필요도 없고, 또 돈 때문에 그렇게 야박해질 까닭도 없다. 내가 부귀를 좋아하고 가난을 싫어하듯이 남 또한 그러할 것이라고 생각하면 특별히 후할 것도, 특별히 야박할 것도 없는 것이다. 세상 이치가 본래 그러하니 말이다. 오늘도 언젠가는 맞이할 죽음을 준비하는 마음으로 세상사 다 '그러하려니'하는 마음으로 살아 보도록 하자.

事 : 일 사   至 : 이를 지
理 : 이치 이   固 : 굳을 고, 본래 그러할 고

140. 태연함과 교만함

君子는 泰而不驕하고 小人은 驕而不泰라.
군자   태이불교   소인   교이불태

군자는 태연하고 의젓하지만 교만하지 않고, 소인은 교만할 뿐 태
연하지 못하다.

『논어論語』「자로편子路篇」에 나오는 말이다. 태연하다는 것은 편
안하고 자상하면서도 크고 의젓한 것을 말하고, 교만하다는 것은 스
스로 큰 사람이라고 생각하여 남을 능멸하는 것을 말한다. 사람 중
에는 높은 의자에 버티고 앉아 있어도 어쩐지 다정다감하게 보이고
다가가 이야기를 나누고 싶은 충동을 느끼게 하는 사람이 있는가 하
면, 의자에 버티고 앉아 있는 꼴만 보아도 왠지 눈길을 돌리고 싶은
사람이 있다. 전자는 태연하지만 교만하지 않은 사람이고, 후자는
교만할 뿐 태연하지 못한 사람이다. 군자는 거지에 대해서도 태연
하고 의젓하게 대할 뿐 교만하지 않고, 소인은 거지처럼 약한 자에
대해서는 한없이 교만하고, 자신보다 강자에 대해서는 더할 나위 없
이 아첨을 한다. 우리는 '완장'이라는 소설을 익히 잘 알고 있다. 못
난 놈에게 완장을 하나 채워 줬더니 그것도 권력이라고 제멋대로 남
용하여 사람들을 못살게 굴다가 결국은 제가 파 놓은 무덤에 제 스
스로 묻히게 된다는 내용의 소설이다. 요즈음에도 더러 '어른'을 모

시는 사람이라며 '행세'를 하는 조무래기들이 눈에 띄곤 한다. 어른 밑에 가면 네 발로 기는 심부름꾼이면서 시골 동네에 나타나서는 대한민국 정치를 제가 다 하는 양 큰 소리 치는 사람들이다. 교만함의 표본이다. 큰 나무처럼 키가 크고 의젓하면서도 많은 사람들에게 그늘을 제공해 주는 사람, 그게 바로 군자이다. 군자가 행세하는 세상이 되기 위해서 우리 스스로 '완장'의 주인공과 같은 소인배들을 이 사회에서 걸러내야 한다.

泰 : 클 태   而 : 말 이을 이   驕 : 교만할 교

141. 진짜를 가짜라 하면

仮作眞時眞亦仮하고 無爲有處有還無라.
가 작 진 시 진 역 가   무 위 유 처 유 환 무

가짜를 진짜로 여길 때에는 진짜도 가짜가 되고, 없는 것을 있는 것으로 여기는 곳에서는 있는 것도 없는 것이 된다.

중국 청나라 때 조설근이 지은 소설『홍루몽紅樓夢』제1회에 나오는 말이다. 가짜를 진짜로 둔갑시켜 사람을 속이는 일이 그 일로 끝나면 괜찮다. 그런데 대개 그렇게 끝나지 않는다.

가짜를 진짜로 둔갑시키는 것을 방치하면 나중에는 반대로 진짜를 가짜로 매도하는 일이 생기게 된다. 마찬가지로 없는 것을 있는 것으로 우기는 일을 방치하면 나중에는 분명히 있는 것도 없다고 하며 대들게 된다. 가짜를 진짜로 둔갑시키는 것은 '사기'이고, 진짜를 가짜로 몰아세우는 것은 '모함'이다. 사기는 정신을 바짝 차려 내가 안 속으면 면할 수 있지만, 모함은 내 의지로 면하기가 쉽지 않다. 그러므로 사기보다는 모함이 훨씬 더 무섭다고 할 수 있다. 멀쩡한 사람을 가짜로 몰아붙여 죄를 뒤집어씌우고서 변명할 기회조차 주지 않고 가두어 버린다고 생각해 보자. 그리고 그런 일을 다른 사람이 아닌 내가 직접 당했다고 가정해 보자. 얼마나 끔찍한 일인가? 그런데 우리 사회를 살펴보면 사기의 정도를 벗어나 이미 모함의 차원에 이른 일들이 곳곳에서 벌어지고 있다. 진실이 왜곡되고 모함이 난무하면 아무리 경제가 발전해도 그 사회는 불안한 후진 사회이다. 거짓이 없고, 모함이 없는 세상이 되기를 간절히 기대해 본다.

仮 : 거짓 가   眞 : 참 진
爲 : 할 위   還 : 도리어 환

142. 내 탓이오

怨人不如自怨이요 求諸人不如求諸己得也라.
원 인 불 여 자 원   구 저 인 불 여 구 저 기 득 야

다른 사람을 원망하는 것이 자신을 원망하는 것만 못하고, 남에게
서 구하려 하는 것은 자신이 이미 가지고 있는 것에서 구하느니만
못하다.

『회남자淮南子』「무칭훈繆稱訓」에 나오는 말이다. 우리는 한때 '내
탓이오'라는 운동을 벌인 적이 있다. 지금도 가끔 자동차의 뒷 유리
창 구석에 '내 탓이오'라는 스티커를 붙이고 다니는 차를 볼 수 있
다. '내 탓이오'라고 생각하는 것은 곧 자기성찰과 자기반성을 의미
한다. 일이 잘못된 원인을 내 안에서 찾으려고 노력하면 그 원인이
잘 보인다. 그러나 사사건건 모든 잘못의 원인을 남에게서 찾으려
고 들면 그 원인은 규명도 되지 않은 채 원망의 마음만 생기게 된다.
일은 내 일이 망가졌는데 남을 원망해본들 무슨 소용이 있겠는가?
자기 자신을 원망하고 자신을 채찍질 할 때 비로소 진정한 반성이
있게 되고, 그러한 반성이 있은 연후에야 더 이상 과오를 범하지 않
고 행복한 인생을 살 수 있다.

남이 가지고 있는 것을 부러워한들 아무런 소용이 없다. 내가 가
지고 있는 것에서 보람과 행복을 찾아야 한다. 괜히 중신아비 원망

하지 말고 내 아내가 세상에서 가장 아름답고 현숙하다는 점을 인정하고 살 일이다. 돈을 싸 짊어지고 미국으로 조기유학 보내는 이웃을 보며 부러워할 게 아니라, '그래, 넌 미국에 가서 영어 공부 많이 해라. 난 한국에서 국어, 국사, 한문 공부를 열심히 해 장차 영어 잘하는 너를 내 비서로 쓰겠다'는 생각을 하며 살아야 한다. 인생은 다 내 할 탓임을 깨달아야 하는 것이다.

怨 : 원망할 원　　　　　　求 : 구할 구
諸 : 어조사 저('之於'의 뜻)

---

143. 편한 게 그리도 좋은가

君子는 食無求飽하고 居無求安이라.
군 자　　　식 무 구 포　　　　거 무 구 안

군자는 먹음에 배부른 것을 추구하지 않고 삶에 편안한 것을 추구하지 않는다.

『논어論語』「학이편學而篇」에 나오는 말이다. 군자란 다른 사람들에게 모범이 될 만한 인품과 학문을 갖춘 지식인을 말한다. 이런 군자는 좋은 음식을 배불리 먹는 것을 행복으로 여기지 않는다. 그리고 자신이 사는 집이 넓고 호화롭고 안락한 것도 바라지 않는다. 음식이야 그저 굶지 않고 건강을 유지할 수만 있으면 그만이고, 의복은 몸을 가리고 추위를 막을 수 있으면 그만이다. 그리고 집은 추위에 떨지 않고 책을 읽고 잠을 잘 수 있는 공간이면 족하다. 그 외에는 더 필요하지 않다. 군자는 일신의 안락보다는 남을 위해 자신의 힘을 기꺼이 쓸 수 있는 기회를 갖기를 원하는 사람이다. 좋은 음식을 배불리 먹고 육신이 안락한 것만을 추구하기로 한다면, 우리 안에 갇힌 줄도 모르는 채 그저 먹을 것만 많이 주고, 짚자리나 잘 넣어주면 좋아하는 돼지와 다를 게 무엇이 있겠는가? 요즈음 사람들은 거의 다 제 입과 제 가족의 입에 보다 좋은 음식을 넣고, 제가 사는 집을 보다 넓고 호화롭게 꾸미기 위해서 산다. 추구하는 최고의 가치가 일신의 '편함'과 생활의 '편리함'이다. 그러나 진정한 행복은 편리함에 있지 않다. 내 몸이 다소 고달프더라도 내 힘을 남의 행복을 위해 쓸 수 있을 때 진정한 행복을 누릴 수 있음을 느낄 수 있어야 한다.

食 : 먹을 식   求 : 구할 구
飽 : 배부를 포   居 : 살 거

144. 가출家出과 출가出家

出門卽有礙니 誰謂天地寬이오?
출 문 즉 유 애   수 위 천 지 관

문만 나서면 곧 장애물이 있으니 누가 천지를 넓다고 했오?

중국 당나라 때의 시인 맹교孟郊의 「증별최순량贈別崔純亮」이라는 시에 나오는 말이다. '집을 나서면 고생'이라는 말이 있다. 여행이 아무리 즐겁다고 해도 편한 것으로 친다면 집에 있는 것만 훨씬 못하다. 가족의 진한 살 냄새 속에서 익숙한 동선動線을 따라 생활하면서 내가 좋아하는 음식을 편한 마음으로 먹고, 내 몸에 배어 있는 편안한 잠자리에서 잠을 자며, 기침이 나오면 기침도 내 맘대로 하고, 방귀도 내 맘대로 뀔 수 있는 내 집만큼 편안한 곳은 세상 어디에도 없다. 그런데도 걸핏하면 집을 나가겠다고 으름장을 대며 함부로 집을 나서는 사람이 있다. 부부싸움 끝에 집을 나서는 남편도 있고, 보따리를 싸는 아내도 있다. 왠지 집이 답답하고 싫다며 무작정 집을 나서는 청소년들도 더러 있다. 대문을 나오는 순간 반겨주는 곳이라고는 아무 데도 없고 부딪치는 일마다 고통과 장애뿐인데 왜 그처럼 안락한 집을 버리고 뛰쳐나온단 말인가? 가출家出과 출가出家는 같은 글자를 쓰지만 완전히 다른 의미이다. 가출은 무모한 짓이지만 출가는 큰 뜻을 품고 독립하고자 하는 의지를 가지고 집을 나서는 것이다. 가정은 소중한 둥우리이다. 노숙하고 있는 사람들을 보며 가정의 소중함을 깊이 느끼도록 하자. 집을 나서려거든 아예 출가를 하고 어설프게 가출하는 짓은 하지 말도록 하자.

卽 : 곧 즉	礙 : 막힐 애
誰 : 누구 수	謂 : 이를 위
寬 : 넓을 관	

---

145. 낮은 문

人在矮簷下에 怎敢不低頭리오.
인 재 왜 첨 하   즘 감 불 저 두

낮은 처마로 들어서면서 어찌 고개를 숙이지 않을 수 있겠소?

소설 『수호전水滸傳』 제28회에 나오는 말이다. 고개를 숙이면서까지 들어가야 할 문이 아니라면 처음부터 목숨을 걸고 들어가지 않아야 하고 어차피 들어가야 할 문이고 또 들어간다고 해서 지조에 손상이 없는 문이 아니라면 그 문이 낮을 경우에 고개를 숙이는 것

은 당연한 일이다. 어느 날 필자는 시장 길을 걷다가 4~5세쯤 되는 아이가 떼를 쓰며 길바닥에서 뒹굴고 있는 것을 보았다. 그런 아이를 향해 엄마는 말 좀 들으라며 하소연을 하고 있었다. 나는 그들의 옆을 지나다가 우연히 그 아이와 눈이 마주치게 되었다. 나는 애태우고 있는 젊은 엄마를 도울 양으로 아이를 향해 눈을 크게 뜬 다음, 위엄을 갖추어 "에비, 엄마 말씀 잘 들어야지"라고 하였다. 그러자 떼를 부리던 아이가 주춤하였다. 그때 나는 생각하였다. 그 아이의 엄마가 아이를 향해 "봐라, 아저씨가 '이놈'하잖아. 빨리 가자"하며 아이를 데리고 갈 것이라고. 그러나 그 젊은 엄마는 갑자기 나를 향해 눈을 표독스럽게 뜨더니 날카로운 목소리로 "아이 기죽게 왜 그래요?"라고 쏘아붙이는 게 아닌가? 너무 당황한 나는 바로 미안하다고 말하고 현장을 벗어났다. 낮은 문 앞에서 쓸데없이 고개를 쳐드는 것은 무모하고 무례한 짓일 뿐이다. 숙일 땐 숙이라고 목뼈는 마디로 되어 있는 것이다.

矮 : 작을 왜　　　簷 : 처마 첨　　　怎 : 어찌 즘
敢 : 감히 감　　　低 : 숙일 저

146. 선비의 곧은 말

千人諾諾이 不如一士諤諤이라.
천인낙낙   불여일사악악
천 사람이 동조해 주는 말이 한 선비의 곧은 말만 못하다.

『사기史記』「상앙전商鞅傳」에 나오는 말이다. 정치가들이 가장 바라는 것은 대중의 지지이다. 자신의 견해에 동조해 주는 대중이 많을수록 그 정치가는 힘을 얻을 수 있기 때문이다. 그렇다면 과연 대중의 지지만이 능사일까? 대중의 지지를 얻기 위해 대중의 뜻만 받드는 것이 진정한 민주 정치일까? 물론 대중의 뜻을 받드는 것이 매우 중요한 일이기는 하지만 비록 대중의 뜻에 반하는 일이라 할지라도 그것이 국가의 장래를 위해서 필요한 일이라 주장하는 선비, 즉 학자가 있다면 그 학자의 말을 토대로 대중을 설득하고 대중을 계도해야 할 필요도 있다. 대중은 목전의 이익에 밝지만 전문적으로 연구한 학자는 보다 먼 미래의 더 큰 이익과 보다 바른 길에 밝기 때문이다. 물론 우리나라의 국민 수준은 세계 어느 나라보다도 높다. 그러나 대중의 수준이 전문적으로 연구한 학자의 수준만큼 높지 못한 것은 사실이며, 지역 간 계층 간 이기주의에 물들어 대중의 순수한 지혜가 퇴색하고 있는 것 또한 사실이다. 자칫 '민주'라는 이름을 빙자한 '중우衆愚' 사회가 될까 두렵다. 곧은 말을 하는 진정한 선비

가 있어야 하고, 그런 선비의 말이 존중되는 사회라야 건전한 발전
을 할 수 있다. 선비다운 선비를 선비로 대접하는 사회, 그리하여 선
비의 바른 말로 인도되는 사회가 되었으면 좋겠다.

諾 : 허락할 낙　　　士 : 선비 사　　　諤 : 곧은 말 할 악

---

147. 장인과 도구 그리고 정신

工欲善其事면 必先利其器라.
공 욕 선 기 사　　　필 선 리 기 기

공예품을 만드는 장인이 그 일을 잘 하고자 한다면 반드시 먼저
그 그릇(연장)을 날카롭게 해야 한다.

『논어論語』「위령공편衛靈公篇」에 나오는 공자의 말이다. 나무를
다루는 목수의 대패나 칼, 끌 등이 무디면 그 목수는 아무리 재주가
많다고 해도 그 재주를 다 발휘할 수가 없다. 요즈음에는 공구가 하
도 발달해서 웬만한 장인이라면 공구가 부족하거나 예리하지 못하
여 일을 못하는 경우는 거의 없는 것 같다. 인류의 역사상 이처럼 도

구가 발달한 시대가 또 있었을까? 컴퓨터 한 대면 사람이 상상도 할
수 없는 일을 해낼 수 있고, 굴삭기 한 대가 산으로 들어가면 얼마
지나지 않아 그 산은 흔적도 없이 사라지고 만다. 쇠나 돌을 나무 다
루듯이 다룰 수 있는 각종 도구들이 다 나와 있고, 가정용 연장도 편
리한 게 너무 많다. 이제 도구가 없거나 부족해서 일을 못하는 시대
는 지났다. 그런데도 소위 '명장名匠'이라고 불릴 만한 장인은 예전
처럼 많이 나오지 않는 것 같다. 왜일까? 사람이 옛날 같지 않기 때
문이다. 사람의 성실성이 옛날 같지 않고, 사명감이 옛날 같지 않으
며 장인의 혼이 옛날 같지 않기 때문이다. 그렇다면 명장의 탄생은
결국 편리하고 예리한 도구에 달린 것이 아니라 사람의 정신에 달려
있다고 볼 수 있다. 옛날에는 '먼저 연장을 날카롭게 해야 한다'는
말이 절실하게 들렸지만 지금은 먼저 사람이 되어야 한다는 말이 더
절실하게 들리는 것 같다. 그래서 21세기는 다시 사람의 시대가 되
고 있는 것이다.

欲 : 하고자 할 욕   善 : 잘할 선

利 : 날카로울 리   器 : 그릇 기

배고프면 먹고 졸리면 자고

148. 도道와 손手

天下溺이면 援之以道하고 嫂溺이면 援之以手라.
천 하 익   원 지 이 도   수 익   원 지 이 수

　천하가 물에 빠져있으면 도道로 구해야 하고, 형수가 물에 빠졌으면 손으로 구해야 한다.

『맹자孟子』「이루離婁」 상上편에 나오는 말이다. 천하가 물에 빠져 있다는 것은 세상이 어지러워 천하의 백성들이 불행 속에 빠져 있다는 뜻이다. 이렇게 세상이 어지럽고 백성들이 도탄에 빠지게 되는 근본적인 원인은 세상에 바른 도가 행해지지 않고 있기 때문이다. 바른 도가 행해지지 않고 있다는 것은 지도층이 썩어있다는 뜻이다. 일반 백성은 본래 아무런 죄가 없다. 바람이 불면 풀이 눕듯이 백성들은 지도층이 일으켜 놓은 바람에 따라 움직이기 때문에 그렇게 움직이는 백성들만 탓할 수는 없는 것이다. 먼저 지도층이 반성해야 한다. 지도층이 먼저 썩은 부위를 도려내고 새로이 태어나야 한다. 그런데 이러한 새로운 탄생에는 힘이 있어야 한다. 무슨 힘인가? 바로 도道, 즉 바른 길의 힘이다. 그래서 맹자는 물에 빠진 천하는 도로써 구한다고 한 것이다.

　형수가 물에 빠졌을 때는 어찌해야 하는가? 부부 사이 이외에는 손을 마주 잡아서는 안 된다는 예교禮敎에 얽매여 허우적대는 형수

를 손을 잡아 끌어내 주지 않고 그저 바라만 보고 있어야 하는가? 아니다. 물에 빠진 형수는 얼른 손을 내밀어 구해내야 한다. 예禮는 사람의 생명을 지키기 위해서 존재하는 것이고 또 생명을 지킬 수 있을 때 비로소 의미를 갖는 것이다. 그래서 예란 도를 지키기 위해 필요한 것이다. 누가 도를 외쳐 천하를 구할 것인가? 지금은 천하를 구할 바른 도가 필요한 시대이다.

| 溺 : 빠질 익 | 援 : 구원할 원 | 嫂 : 형수 수 |

---

149. 뭐에 홀린 사람

自家有過니 人說要聽하라 當局者迷나
자 가 유 과　　인 설 요 청　　　당 국 자 미

傍觀者醒이니라.
방 관 자 성

자신에게 잘못이 있을 수 있으니 다른 사람의 말을 듣도록 하라. 일에 당면해 있는 사람은 미혹되어 있을 수 있으나 곁에서 지켜보는 사람은 오히려 깨어 있다.

중국 명나라 사람 여곤呂坤이 쓴 「속소아어續小兒語」에 나오는 말이다. 주변에서 일을 실패한 다음에 가슴을 치며 '글쎄, 내가 뭐에 홀렸나 봐. 홀리지 않고서야 내가 어떻게 그런 일을 할 수 있겠나?'라는 말을 하면서 때늦은 후회를 하는 사람들을 더러 본다. 정작 일에 빠져 있는 사람은 일에 홀려 그 일의 실체를 제대로 보지 못하는 경우가 많다. 사랑의 열기 속에 너무 깊이 빠져 있는 사람은 상대방의 사람됨을 제대로 볼 수 없고, 도박에 빠져 있는 사람은 자신이 지금 얼마나 나쁜 짓을 하고 있으며 가족들에게 얼마나 큰 고통을 주고 있는지를 모른다. 그리고 지나친 자신감에 빠져 있는 사람은 자신이 지금 얼마나 만용을 부리고 있는지를 모른다. 그래서 사람은 남의 충고에 귀를 기울일 줄 알아야 한다. 그런데 뭔가에 한번 홀리고 나면 남의 충고가 전혀 귀에 들리지 않을 때가 많다. 그래서 사람은 결국 당해보고 나서야 깨닫게 되는 것이다. 깨달음에는 그만한 대가가 필요한 것일까? 그처럼 비싼 수업료를 한꺼번에 지불하지 않기 위해서는 평소의 수양에 힘써야 한다. 평소의 수양을 통하여 늘 자기 자신을 성찰하는 사람은 어느 한 곳에 미혹되는 일이 없다. 인생의 성공, 결국은 자신에 대한 깊은 성찰에 달려 있는 것이다.

過 : 허물 과   要 : 필요할 요
聽 : 들을 청   局 : 판 국
迷 : 홀릴 미   傍 : 곁 방
醒 : 깰 성

150. 천리 길도 한 걸음부터

千里之行도 始於足下라.
천 리 지 행   시 어 족 하

천리 길도 발아래로부터 시작된다.

　『노자老子』 64장에 나오는 말이다. '천리 길도 발아래의 한걸음부터!' 아주 쉬운 말이지만 이 말을 제대로 잘 실천하는 사람은 많지 않다. 때로는 우리는 '어느 세월에 한 걸음씩 나아간단 말인가? 몇 단계씩 건너 뛰어 빨리 빨리 나아가야지'라고 생각한다. 한번 내딛어 여러 걸음을 가는 것을 능력으로 보고 그렇게 사는 것을 효율적인 삶을 사는 것으로 여긴다. 그러나 그것은 착각이고 거품일 뿐이다. 한걸음은 한걸음일 뿐 결코 한번 내딛어 두세 걸음을 뗄 수는 없다. 한국어도 제대로 모르는 아이에게 영어를 가르치고, 1학년 과정도 제대로 못하는 학생에게 2학년 과정을 과외로 가르치며, 그것도 모자라 하루에 3~4개의 학원을 다니라고 종용하는 부모들이 있다. 그렇게 가르치면 과연 아이는 배운 걸 다 소화할 수 있을까? 오히려 체증과 염증厭症만 생길 뿐이다. 술 좋아하는 어른들이 술이 웬만큼 차야 밥 먹을 생각을 하듯이 아이들은 놀만큼 놀아야 다른 것을 할 생각을 한다. 그래서 아이들은 놀이의 양을 채우기 위해 학원에서도 학교에서도 논다. 엄마는 한꺼번에 열 걸음씩 가라고 채근 대지만 아이는 한걸음만 떼고 나머지는 놀이로 채우고 있는 것이다. 깊이 깨닫도록 하자. '천리 길도 한걸음부터'라는 평범한 진리를.

行 : 다닐 행, 갈 행	始 : 비로소 시, 시작할 시
於 : 어조사 어	足 : 발 족

---

151. 고요한 사람

惟天下之靜者라야 乃能見微而知著라.
유 천 하 지 정 자 　　 내 능 견 미 이 지 저

천하의 고요한 사람이라야 능히 작은 기미(조짐)를 보고서 장차 나타날 바를 안다.

중국 송나라 때의 문장가인 소순蘇洵이 쓴 「변간론辨奸論」이라는 문장에 나오는 말이다. 흔들리는 물살에는 얼굴을 비춰볼 수 없고, 흔들리는 마음으로는 세상 일의 변화를 감지할 수 없다. 흔들리는 자로 어떻게 길이를 잴 수 있겠는가? 그런데 요즈음 사람들은 급변하는 정세에 빠르게 적응해야 한다는 이유로 빠른 사람, 요란한 사람을 능력 있는 사람으로 여기고 있다. 못 쫓아가서 안달을 하고 허

덕이는 마음으로 보면 하루가 다르게 세상이 변하는 것 같다. 그러나 고요한 마음으로 들여다보면 세상에 변한 것은 아무 것도 없다. 예나 지금이나 더우면 모시옷 입고, 추우면 털옷 입으며, 배고프면 먹고, 졸리면 자는 게 사람의 모습이다. 오직 고요한 마음으로 기미를 보아야 한다. 그리고 기미를 통하여 장차 나타날 게 무엇인지를 짐작할 수 있어야 한다. 그렇게 되면 어떠한 변화 앞에서도 편안할 수 있다. 그저 돌아가는 수레바퀴에 매달려 떨어지지 않으려고 안간힘을 쓰는 어리석음을 범해서는 안 된다. 안간힘을 쓰며 수레바퀴에서 떨어지지 않으려고 버티는 사람들을 일러 경쟁력이 있는 사람, 변화에 잘 적응하는 사람이라고 칭찬해야 할까? 옆을 보라. 바퀴 축의 한가운데에 조용히 앉아서 정신없이 돌아가고 있는 바퀴의 모습을 꿰뚫어 보고 있는 사람이 존재하고 있음을 알게 될 것이다.

惟 : 오직 유   靜 : 고요할 정

微 : 적을 미   著 : 나타날 저

152. 큰 그릇과 큰 소리

大器晚成하고 大音希聲이라.
대 기 만 성   대 음 희 성

큰 그릇은 늦게 이루어지고 큰 음악은 오히려 소리가 없다.

『노자老子』 41장에 나오는 말이다. 20~30년 전만 해도 우리는 주위에서 '대기만성大器晚成'이라는 말을 자주 들었다. 한때의 실패로 잠시 좌절에 빠져있는 청소년들을 위로할 때에도 이 말을 자주 썼고, 학력이 다소 부진한 자식을 훈계할 때에도 이 말을 자주 쓰며 질책보다는 격려를 많이 했다. 그런데 언제부터인가 우리 주변에서 대기만성이라는 말이 별로 쓰이지 않게 되었다. 그만큼 사람들이 눈앞에 보이는 성과에만 급급하고 있다는 뜻이다.

언제부터인가 사람들은 귀에 들리는 큰 소리의 음악만 음악으로 여기고 큰 소리의 말만 말로 여기게 되었다. 진정으로 큰 음악은 오히려 소리가 없는 자연의 소리이고, 진정으로 큰 말은 소리 없이 가슴으로 전해지는 말인데 요즈음 사람들은 그런 큰 음악과 큰 말은 아예 음악이나 말로 여기려 들지 않고 있다. 들리지 않고 보이지 않는 것 중에 소중한 것이 훨씬 많다. 내 자식이 정말 큰 그릇이 될 때까지 기다리도록 하자. 큰 그릇이 위축되어 간장 종지로 변하지 않게 말이다.

器 : 그릇 기 　　　　晩 : 늦을 만

音 : 소리 음 　　　　希 : 드물 희, 적을 희

153. 티끌 모아 태산

泰山不讓土壤이라 故能成其大하고
태 산 불 양 토 양 　　　　고 능 성 기 대

河海不擇細流라 故能就其深이라.
하 해 불 택 세 류 　　　　고 능 취 기 심

태산은 흙을 사양하지 않는다. 그러므로 능히 그처럼 커질 수(높
아질 수) 있었고, 강과 바다는 가는 물줄기를 가리지 않았다. 그러므
로 그렇게 깊어질 수 있었다.

진秦나라 때 승상을 지낸 이사李斯가 쓴 「간축객서諫逐客書」에 나
오는 말이다. 은행이나 농협 등 금융기관에 가서 보면 더러 벽에
'세류성해細流成海'나 '적토성산積土成山'이라는 말이 쓰인 서예 작품
이 걸려 있다. '細流成海'는 '가는 물줄기가 모여서 바다를 이룬다'
는 뜻이고, '積土成山'은 '흙이 쌓여서 산을 이룬다'는 뜻이다. 모
두 '티끌 모아 태산'이라는 의미를 가진 말들이다. 처음부터 큰 것

은 없다. 작은 것이 모여서 큰 것이 된다. 그래서 예로부터 부자가 되기 위해서는 작은 돈이라도 아끼는 절약과 저축이 필수라고 가르쳐 왔다. 그런데 요즈음엔 저축을 그다지 반가워하지 않는 풍조가 사회에 만연되어 있다. 투자나 투기를 해서 몇 배씩 뻥튀기를 해야 돈을 벌지 한푼 두푼 저축해서 어느 세월에 부자가 되느냐는 게 요즈음 사람들의 정서이다. 특히 젊은 사람들에게 그러한 정서가 더 짙게 퍼져 있다. 일확천금의 결과만 추구할 뿐 한푼 두푼 차곡차곡 모으는 과정에서 맛볼 수 있는 아기자기한 재미를 느끼지 못하는 세대들이다. 작은 물이 모여 바다를 이룬다는 진리는 변치 않는 영원한 진리이다. 투기에는 언제나 손실이 같이 따라다니는 법이다. 저축과 절약의 미덕을 잊지 말자.

泰 : 클 태	讓 : 사양할 양
壤 : 흙덩이 양	擇 : 가릴 택
細 : 가늘 세	就 : 나아갈 취

154. 연못을 말려 고기를 잡으면

渴澤而漁면 豈不獲得이리오만은 而明年無魚라.
갈 택 이 어   기 불 획 득   이 명 년 무 어

　연못을 말려 고기를 잡으면 어찌 고기를 잡지 못하는 일이 있으리오
만 (그렇게 고기를 잡으면) 내년에는 고기가 없게 된다.

　『여씨춘추呂氏春秋』「효행람孝行覽」〈의상義賞〉조에 나오는 말이
다. 우리가 흔히 쓰는 말 가운데 '막고 품는 식'이라는 말이 있다.
다소 무식하고 우매해 보이지만 가장 확실한 방법에 대해서 쓰는 말
이다. 고기를 잡는 방법에는 여러 가지가 있겠지만 가장 확실한 방
법은 물을 막은 다음 그 물을 다 퍼내는 방법이다. 다시 말해서 물을
말려서 고기를 잡는 방법인 것이다. 이렇게 잡으면 빠져나갈 고기
가 없다. 따라서 고기를 못 잡을 리가 없다. 어미 고기부터 새끼 고
기, 심지어는 고기 알까지 다 잡을 수 있다. 그러나 이렇게 고기를
잡고 나면 그 다음부터 이 못에서는 고기를 구경할 수 없게 된다. 물
고기의 씨가 말랐기 때문이다. 따라서 '막고 품는 식'은 일을 철저하
게 하라는 의미의 비유로만 받아들여야지 실지로 못마다 막고 품어
서 고기를 잡는 일이 벌어져서는 안 된다. 최근 몇 년 사이에 우리의
식탁에서 만나는 생선이나 게, 조개들의 크기가 자꾸 작아지는 것
같다. 때로는 불쌍해서 먹고 싶지 않다는 생각이 들만큼 치어들이

식탁에 올라오는 경우도 있다. 인간이 자연을 완전히 인간을 위한 희생물로 생각하고서 닥치는 대로 잡기 때문이다. 자연과 더불어 살지 않는 한 방자하고 오만한 인간의 역사도 길게 이어질 수 없다는 사실을 하루 빨리 깨닫고 자연과의 공생을 도모해야 할 것이다.

渴 : 마를 갈　　澤 : 못 택　　漁 : 고기 잡을 어

豈 : 어찌 기　　獲 : 얻을 획

---

155. 한 삼태기의 미완성

爲山九仞에 功虧一簣라.
위 산 구 린　　공 휴 일 궤

산을 아홉 길(仞)까지 이루어 놓고서도 한 삼태기 때문에 그 공이 일그러질 수 있다.

『상서尚書』「여오편旅獒篇」에 나오는 말이다. 옛날에 짚신 장수 부자가 있었다. 열심히 짚신을 삼아서 시장에 내다 팔았다. 그런데 웬일일까? 아버지의 짚신은 10원을 받아도 잘 팔리는데 아들의 짚

신은 8원을 받아도 잘 팔리지 않았다. 아들은 아버지에게 그 까닭을 물었으나 아버지는 자기만의 '노하우'라며 가르쳐 주지 않았다. 그러다가 늙은 아버지는 어느 날 임종을 맞게 되었다. 임종 직전에야 비결을 알려 주겠다던 아버지는 말도 제대로 못하고 떨리는 입으로 "털, 털, 털……"하더니 그만 눈을 감아버렸다. '털, 털, 털……'이라니? 도대체 무슨 의미일까? 며칠을 생각한 후에야 드디어 아들은 그것이 짚신을 다 삼은 다음에 마무리로서 털을 잘 다듬으라는 의미임을 알게 되었다. 그 뒤로부터는 아들의 짚신도 10원씩 받게 되었다. 아들의 짚신은 마지막 털을 다듬는 마무리를 못하여 10원짜리 완성품이 되지 못하고 항상 8원짜리 미완성품이 되었던 것이다. 산을 아홉 길까지 쌓아 놓고서도 한 삼태기의 흙을 더 하지 않아 목표한 산을 이루지 못할 수가 있다. 끝까지 최선을 다하고 끝까지 신중해야 한다. 축구에서 다 이겨 놓고서도 막판에 한 골을 어이없이 허용하여 지는 게임을 보면 얼마나 아쉽다고 안타까운가? IMF를 극복했다는 축배도 조금만 더 늦게 터뜨렸다면 하는 아쉬움이 남아있다. 축배의 샴페인, 너무 쉽게 터뜨릴 일이 아니다.

爲 : 할 위   仞 : 길 인(사람 키만 한 길이를 1인이라고 한다)
虧 : 일그러질 휴   簣 : 삼태기 궤

156. 천금을 주고 산 말뼈

千金市骨今何有인고? 士或不價五羊皮라.
천 금 시 골 금 하 유   사 혹 불 가 오 양 피

오늘날 천금을 주고 말뼈를 사는 사람이 어디 있겠소? 선비의 가
치가 양가죽 다섯 장 값도 못되는 세상이 되었으니……

중국 송나라 때 문인이자 서예가였던 황정견黃庭堅이 쓴 「이백시모
한간삼마李伯時摹韓干三馬……(이백시가 모사한 한간의 세 말 그림……)」
라는 제화시의 한 구절이다.

전국시대 연燕나라에 소왕昭王이라는 왕이 있었다. 중국 역사상
인재를 많이 등용하려고 애쓴 임금으로 널리 알려져 있다. 그가 인
재를 보다 많이 얻기 위해 고민하고 있을 때 충신인 곽외郭隗라는 사
람이 그에게 이런 이야기를 해주었다. "옛날, 어느 임금이 천금이나
주고 명마의 뼈를 산 다음 그것을 소중히 다루면서 명마의 죽음을
안타깝게 여기자, 그 해에 당장 서너 필의 천리마를 얻게 되었답니
다. 명마의 뼈마저도 소중히 여기는 임금의 마음을 안 백성들이 앞
을 다투어 명마를 바쳤기 때문입니다" 이 말을 듣고 감명을 받는 소
왕은 인재를 얻기 위해서라면 돈도 아끼지 않았고 자신의 몸 또한
얼마든지 낮추게 되었다고 한다. 황정견은 이러한 옛 이야기를 들
어 당시에 군주들이 인재를 구하려 하지도 않고, 사회에는 공부한

선비를 양가죽 다섯 장 값만도 못하게 취급하는 풍조가 만연해 있음을 비판하였다. 지금 우리 사회는 어떠한가? 유명 가수의 속옷이 경매시장에서 고가에 팔리는 세상보다는 지조 있는 선비의 붓이나 만년필이 훨씬 고가에 팔리는 세상이 보다 좋은 세상이 아닐까?

市 : 시장 시, 매매할 시	骨 : 뼈 골
或 : 혹시 혹	價 : 값 가

---

157. 원수도 추천하고, 아들도 추천하고

外擧不隱仇하고 內擧不隱子라.
외 거 불 은 구   내 거 불 은 자

밖으로는 원수라 해서 숨겨둔 채 천거하지 않음이 없고, 안으로는 자식이라 해서 감추어둔 채 천거하지 않음이 없었다.

『좌전左傳』 양공襄公 3년의 기록에 나오는 기해祁奚라는 사람의 고사에서 비롯된 말이다. 기해라는 사람은 늙어서 관직에서 물러나야 할 때가 되자, 물러나면서 자신의 후임으로 자신과 원수로 지내던 해호解狐라는 사람을 추천하였다. 그러나 추천을 받은 후 불행히도

해호가 병으로 죽자 그는 자신의 아들을 그 자리에 추천했다. 사람들은 기해의 그러한 추천을 보고서 칭송하여 말하기를 "밖으로는 원수라 해서 천거하지 않음이 없고, 안으로는 자식이라 해서 천거하지 않음이 없구나"라고 했다. 진정으로 훌륭한 인물이요, 적임자라면 자신과 원수로 지낸 사이라고 하더라도 천거해야 하고, 설령 자신의 자식이라고 하더라도 남의 눈치를 볼 필요 없이 천거해야 한다. 그렇게 하는 것이 진정으로 바르게 하는 것이다. 원수를 후임자로 추천하기가 어디 쉬운 일이겠는가? 그래도 그것은 비교적 쉽게 할 수 있는 일이겠지만 자신의 자식을 자신의 후임자로 추천하기란 더욱 쉽지 않을 것 같다. 평소에 얼마나 객관적이고 공정했으면 자신의 자식을 후임으로 추천하고서도 사람들로부터 칭송을 받았을까? 인재를 이렇게 골라 쓸 수 있는 세상이 되어야 한다. 인품과 능력만이 고려의 대상이 될 뿐 학맥이나 인맥, 출신지역 등은 고려할 필요가 없는 세상이 되어야 하는 것이다. 이른바 '역차별' 따위의 말은 발붙일 곳이 없어야 하는 것이다.

外 : 밖 외   擧 : 천거할 거

隱 : 숨을 은, 감출 은   仇 : 원수 구

---

158. 말馬의 힘, 사람의 마음

路遙知馬力하고 日久見人心이라.
로 요 지 마 력　　　　일 구 견 인 심

먼 길을 가 봐야 말의 힘을 알 수 있고 세월이 오래 흐른 뒤라야
사람의 마음을 볼 수 있다.

중국 명明나라 사람 풍몽룡馮夢龍이 편찬한 단편소설집인『성세항
언醒世恒言』제35권에 나오는 말이다. 진짜 훌륭한 말은 힘도 물론
좋지만 힘을 안배하는 능력, 지구력, 인내력과 주인에 대한 충성심
까지 갖추고 있다. 그래서 명마는 자신의 힘을 믿고 일시적으로 납
죽대는 보통의 말과 다르다. 큰일을 맞거나 먼 길을 갈 때 비로소 이
명마의 능력이 나타나게 된다. 사람도 마찬가지다. 오래 사귀어 보
아야 비로소 그 사람의 속마음을 알 수 있다. 처음 만나면서부터 간
이라도 다 빼어 줄듯이 호들갑스럽게 친절한 사람은 그렇게 쉽게 뜨
거워진 만큼 자그마한 의견 차이 앞에서 또 쉽게 식어서 돌아선다.
그리고 그렇게 호들갑스럽게 친절한 친절은 대개 거짓인 경우가 많
다. 사람을 판단함에 있어서 속단은 금물이다. 잘 살펴 보아야한다.
십 년을 함께 하고서도 "그 사람, 정말 그럴 줄 몰랐다"라고 하면서
서로 등을 돌리는 경우도 있고, 평생을 함께 살고서도 "지금도 알
수 없는 당신의 마음"이라는 노래를 한숨 섞어 부르는 사람도 있다.

오랜 세월을 함께 하면서 자신의 마음을 비우고 상대의 마음을 받아들이려고 할 때에 비로소 상대의 모습을 제대로 보게 되는 것 같다.

路 : 길 로   遙 : 멀 요   久 : 오래 구

159. 병력兵力과 물

兵無常勢하고 水無常形이라.
병 무 상 세   수 무 상 형

군대는 늘 같은 기세를 유지하는 게 아니고 물은 항상 같은 모양을 하고 있는 게 아니다.

『손자병법孫子兵法』「허실편虛實篇」에 나오는 말이다. 물은 높은 곳을 피하여 낮은 곳으로 흐르고 군대는 적의 실한 곳을 피하여 허한 곳을 공격한다. 물은 지형에 따라서 흐름의 모양을 바꾸고 군대역시 적의 상황에 따라 늘 그 형세를 바꾸어야 하는 것이다. 만일 군대가 항시 같은 진법陣法에 같은 전략만 사용한다면 그 군대는 아무리 수가 많고 무기가 강력하다고 해도 적에게 패하고 말 것이다. 사

실 모든 삶이 다 그렇다. 새로운 상황이 벌어질 때마다 그 상황을 제대로 이해하고 거기에 적응할 준비를 해야 한다. 찬바람이 몰아치고 있는데 아직 겨울옷을 장만하지 못한 사람은 추위에 떨 수밖에 없고, 비가 오는데 우산을 준비하지 못한 사람은 비를 맞을 수밖에 없다. 오는 추위와 내리는 비를 탓할 게 아니라, 내가 준비하고 내가 변해야 한다. 물은 스스로를 변화시켜 때로는 언덕을 기어오르기도 하고 때로는 폭포수가 되어 천 길 벼랑 밑으로 떨어지기도 한다. 물은 이처럼 변화에 순응하며 자신을 변화시킨다. 그런데 사람은 자신은 가만히 둔 채 상대를 변화시키려 든다. 높은 곳을 만나면 깎아내고, 낮은 곳을 만나면 메워가면서 자신의 길을 내려 든다. 그래서 사람 사는 곳에는 싸움이 많다. 이 변화 많은 세상, 도랑물은 촐랑대며 서둘러 흐르지만 호수나 바다는 움직이기는 하지만 촐랑대지는 않는다는 점을 알도록 하자.

兵 : 군사 병   常 : 항상 상
勢 : 권세 세   形 : 얼굴 형

배고프면 먹고 졸리면 자고

160. 신선세상과 인간세상

山中方七日에 世上己千年이라.
산 중 방 칠 일   세 상 이 천 년
산 중에 겨우 7일 있는 동안에 세상은 이미 천 년이 흘렀구나.

위진남북조 남조 송나라 때 유의경劉義慶이 쓴 『유명록幽明錄』이
라는 책에 나오는 말이다. 동화나 전해오는 이야기를 보면 신선 세
계에서 하루를 놀다 나왔더니 그 사이에 몇 십, 몇 백 년이 흘렀다는
이야기가 많이 나온다. 신선들의 세계와 인간의 세계 사이에는 왜
이처럼 큰 시간 차이가 나는 것일까? 아마 마음 탓일 것이다. 밤이
오면 밤이 와서 좋고, 낮이 오면 낮이어서 좋다고 생각하며 시간의
흐름 자체를 의식할 필요 없이 사는 게 신선들이라면 그에 반해 우
리 사람들은 늘 쫓기는 마음으로, 있지도 않은 시간의 존재를 있는
것으로 설정해 놓고서 시계라는 기계를 만들어서 일분, 일초, 시간
을 재면서 살아가고 있다. 인간이 시간을 쓰는 것인지, 시간을 위해
서 인간이 일을 해 주는 것인지 알 수 없을 정도로 바쁘게 산다. 하
루를 살아도 백 년을 살듯이 시간을 의식하지 않고 사는 게 신선이
라면 백 년을 살면서도 하루를 살듯이 허둥지둥 사는 게 사람인 것
이다. 그래서 신선 세계의 하루는 그렇게 길고 인간 세계의 하루는
그렇게 짧은 것 같다. '일일청한일일선一日淸閑一日仙'이라는 말이 있

다. '하루를 맑고 한가하게 살면 그날 하루는 신선이 된 것'이라는 뜻이다. 신선이 아닌 바에야 바쁘게 살 수밖에 없을 테지만 바쁠수록 마음의 여유를 가져 보도록 하자.

方 : 방향 방, 바야흐로 방, 겨우 방   已 : 이미 이

161. 억지로는 못 사는 법이여!

時不至면 不可强生하고 事不究면 不可强成이라.
시 부 지   불 가 강 생   사 불 구   불 가 강 성

아직 때가 되지 않았는데 억지로 생겨나게 할 수는 없고, 아직 일
이 이루어질 때가 되지 않았는데 억지로 이룰 수는 없다.

중국 고대의 역사서인 『국어國語』라는 책의 「월어越語」에 나오는 말이다. 김일로 선생의 시 가운데 '꽃씨 하나 얻으려고 일 년, 그 꽃 보려고 다시 일 년'이라는 시가 있다. 사람들은 공장에서 생산되는 고급 승용차나 첨단 가전제품은 귀하게 여기면서도 길가에서 저 홀로 피었다가 지는 코스모스 꽃씨는 거들떠보지도 않는다. 때가 되

어야만 이뤄지는 것에 대한 귀중함을 모르는 것이다. 사람은 급하다고 해서 속성으로 키울 수도 없고, 억지로 지혜를 주입시켜 넣을 수도 없다. 제 스스로 때가 되어야 성장한다. 그런데 우리는 아무 때나 만드는 것에 익숙해지면서부터 아직 때가 되지 않은 것을 억지로 만들어 내는 무모한 노력을 하기도 한다. 조기교육, 조기유학, 속성재배, 제왕절개, 성장촉진……. 세상 일은 다 때가 있음을 알아야 한다. 인간의 노력도 물론 소중한 것이지만 때로는 인간의 노력만 가지고는 되지 않는 일도 있음을 알아야 하는 것이다.

至 : 이를 지   強 : 강할 강, 억지로 강
究 : 궁구할 구, 다할 구

162. 기 도 祈禱

若使人人禱則遂면 造物應須日千變이라.
약 사 인 인 도 즉 수   조 물 응 수 일 천 변

만약 사람마다의 기도가 기도하는 대로 다 이루어진다면 조물주는 하루에도 천 번은 변해야 할 것이다.

중국 송나라 때의 문인인 소동파가 쓴 「사주승가탑泗州僧伽塔」 시의 한 구절이다. 소동파는 역시 천재시인이라는 생각을 다시 한번 하게 하는 시구詩句이다. 무척 해학적이면서도 폐부를 찌르는 날카로움이 있다. 세상에 소원이 없는 사람이 어디에 있으랴. 그리고 하늘이 그 소원을 다 들어주면 얼마나 좋으랴. 그러나 하늘은 그렇게 쉽게 소원을 들어 주지 않는다. 그리고 아무 소원이나 함부로 들어 주지도 않는다. 사람이 원하는 소원을 다 들어 주려고 하다가는 하늘은 아주 지조가 없는 하늘, 하늘 아닌 하늘이 되고 말 것이다. 사람이 원하는 대로 춤을 추는 하느님은 이미 하느님이 아니다. 하느님이 하느님일 수 있는 것은 시비와 선악을 잘 가려서 옳고 착한 소원은 들어주고 그르고 사악한 소원에 대해서는 오히려 벌을 주는 바른 살핌이 있기 때문이다. 그런데 사실은 인간도 시비와 선악을 잘 구분한다. 하지만 사람들은 스스로 착한 일을 실천하려 하지는 않고 텅 빈 하늘을 향해 복과 행운을 달라고 빌기만 한다. 빌기보다는 자기 안에 이미 자리하고 있는 하늘의 말씀을 들어야 한다. 헛된 소원을 빌기 전에 나 자신 속의 하늘, 즉 양심의 소리를 통해 반성부터 하도록 하자.

若 : 만일 약	使 : 하여금 사	禱 : 빌 도
遂 : 이룰 수	應 : 응당히 응	須 : 모름지기 수

163. 세월도 가고 사람도 가고

閣中帝子今何在오? 檻外長江空自流라.
각 중 제 자 금 하 재   함 외 장 강 공 자 류

정각亭閣에 있던 제왕은 지금 어디로 갔나? 난간 밖의 긴 강물만
무심히 스스로 흐르네.

　중국 당나라 초기의 시인 왕발이 쓴 「등왕각서滕王閣序」에 나오는
말이다. 등왕의 화려했던 정각亭閣, 그 정각의 주인은 지금 어디로
가고 정각의 난간 너머로 보이는 강물만 무심히 저렇게 흘러가는
가? 천년 세월을 두고 변함없이 흐르는 저 강물에 비하면 인간의 삶
은 너무나도 짧고 허망하다. 그래서 그 옛날 정각의 주인은 간 곳이
없는데 강물은 오늘도 여전히 흘러가고 있는 것이다. 그러나 사람
의 삶을 강물에 비할 게 뭐란 말인가? 강물에 비하면 인간의 삶이
형편없이 짧지만 하루살이에 비하면 얼마나 긴 삶인가? 허망해 할
일이 아니다. 허망이란 문자 그대로 텅 비어 아무 것도 없는 것을 말
한다. 따라서 아무 것도 한 게 없이 세월만 보낸 사람이 허망한 것이
지 열심히 일하여 많은 것을 가진 사람은 결코 허망하지 않다. 그렇
다면 어떤 상태를 일러 많은 것을 가졌다고 할 수 있을까? 돈? 명예?
권력? 모두 다 '가진 것' 축에 들 수 있는 것들이다. 그런데 그 '가진
것'을 자신의 영달과 향락을 위해서만 쓴다면 그것은 결코 가진 것

이 아니다. 그런 사람은 아무리 많이 가지고 있어도 항상 부족하다. 항상 부족한 사람, 그의 인생은 언제나 허망하다. 허망하지 않기 위해서 내가 가진 것을 남을 위해 써야 한다. 나의 화려한 풍류를 위해 정각(亭閣)을 지을 게 아니라 다른 사람을 위한 그늘을 만들기 위해 정각을 짓는 것처럼 말이다.

閣 : 집 각		帝 : 임금 제
檻 : 난간 함		空 : 빌 공
流 : 흐를 류		

164. 흐름을 탄다는 것

順流而下면 易以至하고
순 류 이 하   이 이 지

背風而馳면 易以遠이라.
배 풍 이 치   이 이 원

물의 흐름을 따라서 배를 저으면 쉽게 목적지에 이를 수 있고, 바람을 등지고서 말을 달리면 쉽게 먼 곳까지 갈 수 있다.

중국 한나라 사람 유안劉安이 쓴『회남자淮南子』의「주술훈主術訓」
에 나오는 말이다. 모든 물은 높은 곳에서 낮은 곳으로 흐른다. 물
중에서 단 하나 솟구치는 분수만은 낮은 곳에서 높은 곳으로 흐른
다. 그래서 분수는 뭇 사람의 눈에 띤다. 그야말로 '뛰는' 존재다.
그러나 뛰어본들 고작해야 20~30m다. 요즈음 사람들은 뛰는 것을
너무 좋아하는 것 같다. 뛰기 위해 분수와 같은 역리逆理를 저지르는
것을 오히려 '기발한 발상'이라고 추켜세우는 경향마저 있다. 그래
서 지금 세상에는 괴이한 일들이 참 많이 일어나고 있다. 뛰기 위해
분수가 되는 것은 그만큼 힘이 든다. 힘이 있는 폭포가 되고 도도한
강물이 되어 순리대로 아래로 흘러갈 일이다. 그리하여 넓은 바다
를 만날 일이다. 그게 성공이고 그게 바로 보람이다.

마찬가지로 바람을 등지고서 달려갈 일이다. 바람에 맞서서 펄럭
이는 깃발만이 성공으로 보려하는 게 요즈음 세태지만 진정한 성공
은 바람을 이용하여 자신이 가고자 하는 길을 가는 것이다. 지혜로
운 사람은 물길을 따라 배를 젓고, 바람을 등지고서 말을 달린다. 뛰
는 삶보다 평화로운 삶이 행복이라는 것을 알기 때문이다.

| 順 : 순할 순 | 易 : 쉬울 이 | 至 : 이를 지 |
| 背 : 등 배 | 馳 : 달릴 치 | 遠 : 멀 원 |

165. 성벽이 굳다고 나라가 안 망하랴

何必金湯固리오? 無如道德藩이라.
하 필 금 탕 고   무 여 도 덕 번

무엇 때문에 쇠로 쌓은 성과 끓는 물로 채워놓은 해자垓字(성을 둘러 판 못)가 필요하겠소? '도덕'이라는 울타리만 못한 것을.

중국 당나라 초기의 시인인 심전기沈佺期가 쓴 「초동종행한고청문응제初冬從幸漢故靑門應制」 시에 나오는 구절이다. 여기에 나오는 '금탕金湯'이라는 말은 '금성탕지金城湯池'의 줄임말로서 '쇠로 쌓은 성과 끓는 물로 채워놓은 해자垓字(성을 둘러 판 못)'라는 뜻이다. 과거 진시황의 진나라가 성이 견고하지 못해서 망한 게 아니고, 로마제국이 군사력이 약해서 망한 게 아니다. 진나라는 거대한 만리장성을 쌓아서 방어를 튼튼히 했고, 로마는 잘 훈련된 강한 군대가 있었다. 그러나 두 나라는 결국 망하고 말았다. 왜 망했을까? 도덕성이 해이되어 군주가 군주답지 않게 여색과 음란한 음악을 즐기고, 신하는 신하답지 않게 부정과 부패를 일삼으며, 백성은 백성답지 않게 놀기를 좋아하고 일하기를 꺼려하자 나라는 망하였다. 나라가 망하는 것은 군사력이나 경제력이 약해서가 아니라, 도덕성이 해이해졌기 때문인 것이다. 그러므로 나라를 지키는 진정한 성은 금성탕지가 아니라 '도덕의 울타리'라고 할 수 있다.

166. 문을 안 잠그고 사는 세상

兩川之民이 忻樂太平하여
양 천 지 민　　혼 락 태 평

夜不閉戶하고 路不拾遺라.
야 불 폐 호　　노 불 습 유

양천兩川의 백성들은 태평한 세상을 즐기고 있었으니 그들은 밤에
도 문을 닫지 않았고 길에 물건이 떨어져 있어도 주우려 들지 않았다.

나관중이 쓴『삼국연의三國演義』의 어디에선가 본 구절이다. 아침
에 출근하려고 옷을 입으면서 반드시 챙겨야 할 물건이 바로 열쇠
꾸러미이다. 대문 열쇠 두 개, 자동차 열쇠 하나, 사무실 열쇠 두 개.
기타 열 쇠 또 두 개. 열쇠 꾸러미가 부피로 봐도 한 움큼이나 되고
무게 또한 양복 호주머니가 철렁할 정도로 무겁다. 무거운 쇳덩이
를 호주머니에 넣고 보니 옷맵시가 나질 않는다. 그래서 열쇠고리
를 허리춤에 걸어 보았다. 그러자 이번에는 또 짤랑거리는 게 마음

에 안 든다. 아! 귀찮은 열쇠. 때로는 집을 나와 한참 어디를 가다가도 문을 잠그지 않은 것 같다는 생각이 들면 되돌아와야 하고, 때로는 열쇠를 안에 둔 채 문을 잠그는 바람에 벽을 타거나 창문을 넘는 곡예도 해야 한다. 열쇠를 안 가지고 다닐 수는 없을까? 집집마다 문을 활짝 열어둔 채 살고, 길에 물건이 떨어져 있어도 줍는 사람이 없는 이런 세상은 상상 속에만 존재할 뿐 현실로는 영원히 만날 수 없는 것일까? 주운 물건 들고 파출소를 찾아가는 사람을 착한 일한 사람이라고 칭찬하지만 아예 그런 선행이 필요 없어지는 세상, 그게 바로 정말 좋은 세상이다.

忻 : 기뻐할 흔   閉 : 닫을 폐
戶 : 지게문 호   拾 : 주울 습
遺 : 남길 유, 떨어뜨릴 유

167. 큰 나무

不逢大匠材難用하여 肯住深山壽更長이라.
불 봉 대 장 재 난 용   긍 주 심 산 수 갱 장

　큰 장인匠人(기술자, 목수)을 만나지 않고선 이 재목을 제대로 쓸
수 없겠기에 깊은 산에 살기로 하였더니 베어 가는 사람이 없어 목
숨이 더욱 길어졌다네.

　청나라 때의 학자이자 시인이었던 원매袁枚라는 사람이 쓴 「대수
大樹(큰 나무)」라는 시의 처음 두 구절이다. 나머지 두 구절은 다음과
같다. '이 기이한 나무에게 이름이 뭐냐고 물었더니만 남쪽 나라에
사는 늙은 감당나무라고 말하네(奇樹有人問名字, 爲言南國老甘棠).'
산에 가면 철갑을 두른 채 곧고 튼실하게 자란 불그레한 소나무며,
하늘을 찌를 듯이 높이 솟은 전나무, 그리고 잡목 틈에 끼어서도 건
장한 모습으로 곧게 자란 참나무 등 "저건 정말 재목감이다"라는 탄
성이 나올 만큼 잘 자란 나무들이 더러 눈에 띌 때가 있다. 이런 재
목들은 정말 훌륭한 목수를 만나 큰 용도로 제대로 쓰여야 한다. 수
십, 수백 년을 곧게 성장해 온 나무가 목수를 잘못 만나 제대로 쓰이
지 못하고 화목火木이 되어버린다면 얼마나 아까운 일인가? 화목으
로 쓰일 바에야 차라리 목수의 눈에 띄지 않고 깊은 산 속에 영원히
숨어사는 게 나을 것이다. 사람도 마찬가지다. 나라를 구할 큰 동량

이 시절을 잘못 만나고 윗사람을 잘못 만나 재량을 펴보지도 못하고 늙어 버린다면 얼마나 안타까운 일인가? 인재를 발굴하는 것이 나라를 진정으로 살리는 길임을 알아야 할 것이다.

逢 : 만날 봉	匠 : 장인 장	材 : 재목 재
肯 : 숙일 궁, 긍정할 궁	住 : 살 주	更 : 더할 갱

168. 불변不變과 변變

不變應萬變
불 변 응 만 변

변하지 않는 것으로 만 번의 변화에 대응하라.

백범 김구 선생이 즐겨 쓰던 말이다. 몇 년 전, 상해에 있는 임시정부 청사에 갔더니 기념품 가게에 김구 선생의 친필로 쓴 이 구절이 동판에 새겨져 걸려 있었다. 동탕기動湯期! 세상이 마치 끓는 물처럼 부글부글 끓어오르며 뒤죽박죽일 때는 그 뒤죽박죽인 변화에 발 빠르게 대응하는 것만이 살길인 것처럼 보이지만 사실 그러한 변

화에 일일이 대응한다는 것은 불가능한 일일 뿐만 아니라 불필요한 일이다. 세상에는 아무리 어지럽고 소란해도 변하지 않는 진리가 있다. 사랑, 정의, 정직 같은 것들 말이다. 당장은 사랑하는 마음을 가진 사람이 손해를 보는 것 같고, 정의를 부르짖는 사람이 피해를 보며, 정직한 사람이 바보처럼 보이지만 언젠가는 사랑과 정의와 정직이 결국엔 승리한다. 우리는 그것을 붙들고 놓지 말아야 한다. 그것이 바로 '불변하는 것으로 만변萬變하는 것에 대응한다'는 말의 의미이다. 김구 선생도 그렇게 사셨고, 역대의 훌륭한 지도자들도 모두 그렇게 살아왔다. '발 빠른 변화만이 살길'이라는 생각으로 갑자기 태도를 바꾸어 동지를 적으로 대하고, 적을 오히려 동지로 대하는 사람이 이끄는 사회는 잘못된 사회이다. 영원히 변하지 않는 가치들이 존중되는 사회가 되어야 한다. 그리하여 철새 정치인들이나 의를 버리고 이익을 쫓아 잽싸게 발길을 돌리는 사람들이 스스로 부끄러움을 느끼는 세상이 되어야 한다.

變 : 변할 변   應 : 응할 응

169. 인심의 동요가 없으면

人心不搖면 邦本自固라.
인 심 불 요　　　방 본 자 고
인심의 흔들림이 없으면 나라의 바탕은 저절로 견고해진다.

　　중국 송나라 때의 학자이자 정치가였던 사마광司馬光이 쓴『자치
통감資治通鑑』의「당기唐紀」에 나오는 말이다. 전 국민이 한 마음 한
뜻으로 나라를 위하고 하나의 가치를 동시에 지향한다면 그 나라는
굳건한 나라가 되지 않을 수 없을 것이다. 이와 반대로 국민들의 뜻
이 천만 갈래로 흩어지고 지향하는 가치관이 각기 다를 때 그 나라
는 아무리 경제적으로 풍요하다고 하여도 금세 나라의 바탕이 흔들
리고 말 것이다. 우리는 국민의 뜻이 한 곳으로 모였을 때 얼마나 큰
힘을 발휘하는지를 지난 2002년 월드컵을 통하여 확인하였다. 그
엄청난 응집력 앞에 세계 각국은 놀라고 말았다. 미군 장갑차로 인
해 여중생 사망사고를 저지른 미군에게 무죄 평결이 나자 국민들은
촛불을 들고 집회를 했다. 국민의 마음이 한 곳으로 모이고, 모인 그
마음이 흔들리지 않음으로써 뿌리가 견고한 나라가 되기 위해서는
국민 상호간에 믿음이 있어야 한다. 인심의 동요가 없게 하는 지름
길은 바로 신뢰이다. 신뢰는 정직에서 나온다. 그리고 나라의 기틀
은 곧 국민들의 신뢰이다. 그래서 대통령이나 장관에게는 국민의

신뢰를 지키기 위해 한마디의 거짓도 허용되지 않는 것이다.

搖 : 흔들릴 요   邦 : 나라 방
本 : 근본 본   固 : 굳을 고

---

170. 꽉 막힌 정치와 소통이 되는 정치

政通人和하면 百慶俱興이라.
정 통 인 화   백 경 구 흥

정치가 통하여 사람들이 화합하면 백 가지(온갖) 경사가 함께 일
어난다.

송나라 사람 범중엄范仲淹이 쓴「악양루기岳陽樓記」라는 글에 나오
는 말이다. 정치의 근본 효용은 소통에 있다. 이끌고 가는 사람과
이끌려 가는 사람 사이의 소통을 위해서 정치가 존재하는 것이다.
지도자의 뜻이 국민들에게 전달되지 않고, 국민들의 뜻이 지도자에
게 전해지지 않는 정치라면 그런 정치는 있을 필요가 없다. 정치가
정치가들 사이에서만 이루어질 때 정치는 소통이 되지 않고 꽉 막혀
버린다. 꽉 막힌 정치판에서는 국민들의 뜻과는 전혀 관계없이 정

치인들만 자기네들끼리 싸우며 난장판을 벌인다. 이처럼 소통이 되지 않는 정치 상황에서 국민들의 화합을 기대한다는 것은 연목구어 緣木求魚(나무 위에 올라가 물고기를 구하는 것)나 마찬가지이다. 그리고 국민의 화합이 없는 상태에서 나라에 경사가 일어나기를 기대한다는 것도 무망한 일이다. 나라에 경사가 일어나려면 국민이 화합을 해야 하고, 국민을 화합으로 이끌기 위해서는 소통이 되는 정치가 행해져야 한다. 이제 정치가를 위한 정치, 당리당략을 위한 정치는 정말 사라져야 한다. 그야말로 국민의, 국민에 의한, 국민을 위한 정치가 이루어져야 한다. 그러면 자연히 나라에 온갖 경사가 여기저기에서 일어나게 될 것이다.

政 : 정치 정   通 : 통항 통   慶 : 경사 경
俱 : 함께 구   興 : 일어날 흥

---

171. 닭 잡는 데에 소 잡는 칼

割鷄焉用牛刀리오.
할 계 언 용 우 도

닭을 잡는 데 무엇 때문에 소를 잡는 칼을 쓰리오?

『논어論語』「양화편陽貨篇」에 나오는 말이다. 닭을 잡는 데에는 닭을 잡을 만한 작은 칼을 쓰면 그만이다. 굳이 소를 잡는 데에 쓰는 큰칼을 써야 할 필요가 없는 것이다. 우리는 가끔 주변에서 닭 잡는 칼과 소 잡는 칼을 구분하지 못하는 사람들을 만나곤 한다. 아이에게 줄 크리스마스 선물이라면 간단한 옷이나 인형, 재미있게 가지고 놀 수 있는 장난감 정도면 될 터인데 어떤 사람은 아이의 옷도 유명 브랜드에 가서 맞춰 입히고, 장난감도 외제만 사주며, 초콜릿도 외제만 먹이는 사람이 있다. 맞춤옷을 입고서 옷을 더럽힐까 봐 제대로 놀지도 못하는 아이, 외제 장난감 자랑을 하느라 다른 아이들과 어울리지도 못하는 아이, 모두 허영에 빠진 부모의 탓이다. 닭을 잡는 데에 소를 잡는 칼을 쓰는 것은 분명히 허세이자 낭비이다. 물질은 필요에 따라 적재적소에 알맞게 쓰는 것이 최선이다.

割 : 가를 할	鷄 : 닭 계	焉 : 어찌 언
用 : 쓸 용	牛 : 소 우	刀 : 칼 도

172. 손이나 발을 자르는 까닭

蝮螫手則斷手하고 螫足則斷足은 何者오?
복 석 수 즉 단 수   석 족 즉 단 족   하 자

爲害於身也라.
위 해 어 신 야

독사가 손을 쏘면(물면) 손을 자르고 발을 물면 발을 자르는 것은
무엇 때문인가? (그렇게 하지 않으면) 몸 전체가 상하기 때문이다.

『사기史記』「전담열전田儋列傳」에 나오는 말이다. 독사에 손과 발
이 물려 독이 온몸에 퍼질 위험이 있다면 손과 발을 잘라야 한다. 그
렇지 않으면 생명 자체를 잃게 될 것이니 말이다. 몸을 살리기 위해
썩어 올라오는 팔다리를 자르듯 부패로부터 나라를 구하기 위해서
는 아무리 유명 인사라고 해도, 설령 예전에 나라를 위해 큰 공을 세
웠던 인물이라고 해도 부정한 행동을 저질렀다면 과감하게 처벌해
야 한다. 유명 인사라는 이유로 구실을 대어 처벌하지 않으면 다른
사람의 부정을 처벌할 길이 없다. 만민에게 공평하게 적용되어야
할 법이 특정 인물에게 특혜를 주기 시작하면 법의 권위는 땅에 떨
어지고 만다. 법의 권위가 땅에 떨어지는 것은 심장에 독 기운이 퍼
진 것과 같은 일이다. 과거보다야 훨씬 나아졌지만 아직도 우리 사
회에는 특권 의식을 가지고 있는 사람이 있고 또 특별한 경우를 만

들어 특혜를 주려고 하는 사람이 있다. 공평하고 깨끗한 세상을 만들기 위해 비록 팔다리처럼 가까운 사이의 인물이라고 하더라도 깨끗하지 못한 사람은 과감하게 잘라내는 대통령이 있어야 한다. 정의가 구현될 때 비로소 국민화합도 기대할 수 있을 것이다.

蝮 : 독사 복	螫 : (벌레가)쏠 석	斷 : 자를 단
害 : 해칠 해	於 : 어조사 어	

---

173. 호랑이 등에 탄 사람

騎虎者는 勢不得不이라.
기 호 자   세 부 득 불

호랑이 등에 탄 사람은 어찌 할 수 없는 형세에 처한 사람이다.

『신오대사新五代史』「곽숭도郭崇韜」전에 당시의 속담을 인용한 형태로 나오는 말이다. 어떤 사람이 호랑이를 타고서 넓은 들판을 이리저리 뛰어다닌다고 가정해보자. 아마 이 광경을 보는 어떤 사람은 호랑이를 타고 다니는 그 사람의 펄펄 나는 것 같은 기세에 부러

움을 느낄 것이다. 그러나 정작 호랑이의 등에 앉아 있는 사람의 심정은 어떠할까? 정말 죽을 맛일 것이다. 자칫 잘못하여 호랑이의 등에서 떨어지는 날에는 호랑이에게 잡혀 먹힐 것이고, 그렇다고 해서 언제까지나 호랑이의 등을 타고서 그렇게 날아다닐 수도 없는 노릇일 테니 말이다. 아예 처음부터 호랑이의 등에 타는 일을 하지 말아야 한다. 훨훨 날고 싶다는 생각에 혹은 남 앞에 자랑하고 싶다는 생각에 홀쩍 호랑이 등에 올라타고 보면 그 다음부터 그는 어찌 할 수 없는 운명에 처하고 만다. 분에 넘치는 일은 아예 하지 말아야 한다. 돈과 출세에 눈이 어두워 본래의 착한 애인을 버리고 부잣집 딸과 결혼했다가 평생을 처갓집 눈치를 보며 사는 사람이 호랑이의 등에 탄 하나의 사례이다. 아무리 멋있어 보인다 해도 호랑이는 처음부터 탈 수 있는 동물이 아님을 알아야 할 것이다.

騎 : 탈 기   虎 : 범 호
勢 : 형세 세   得 : 얻을 득

174. 생활 속의 스승

前事之不忘이 後事之師라.
전 사 지 불 망   후 사 지 사

앞의 일을 잊지 않는 것이 뒷일의 스승이다.

『전국책戰國策』「조책趙策」에 나오는 말이다. 개인의 역사든 나라의 역사든 간에 역사는 누적된 것이다. 따라서 세상의 일이라는 게 대부분 앞서 했던 일을 토대로 이루어지는 것이지 갑작스럽게 전혀 새로운 일이 나타나는 경우는 많지 않다. 따라서 앞서 했던 일의 경험을 잘 살린다면 대개는 뒤에 오는 어떤 일도 잘 해낼 수 있다. 그런데 문제는 사람들이 앞서 했던 일을 잘 잊어버린다는 데에 있다. 잊어버린 탓에 전에 빠졌던 함정에 다시 빠지거나 전에 걸려서 넘어졌던 돌에 다시 걸려 넘어지는 경우도 있고, 심지어는 전에 속았던 사람에게 또다시 속아 패가망신하는 경우도 있다. 앞서 저질렀던 실수에 대해서 뼈저린 반성을 하지 않았기 때문에 값진 경험을 쉽게 잊고서 다시 그런 실수를 반복하는 것이다. 우리는 지난 실수에 대해서 흔히 '잊어버리자'는 위안의 말을 하곤 한다. 그러나 '잊자'는 것은 실수로 인하여 얻게 된 언짢은 기분과 아픈 상처를 잊자는 것이지 실수로부터 얻은 소중한 경험 그 자체를 잊자는 것은 아니다. 실수의 경험은 오히려 소중하게 간직하여 뒤에 올 일을 하는 데 도움을 받는 스승으로 삼아야 한다.

---

175. 반드시 그렇게 해야 한다고?

無可無不可라.
무 가 무 불 가

반드시 그렇게 해야 할 것도 없고 또 반드시 그렇게 하지 않아야
할 것도 없다.

『논어論語』「미자편微子篇」에 나오는 공자의 말이다. 이 말에 대해
맹자는 '공자께서는 벼슬을 하고 싶으면 벼슬을 하고, 그만두고 싶
으면 그만두고, 오래 할 수 있는 일이면 오래하고, 속히 해야 할 일
이면 속히 했다. 이것이 바로 가할 것도 없고 불가할 것도 없다는 말
의 의미이다'라는 설명을 붙였다. 공자는 난세라는 이유로 다른 사
람처럼 은거하려 하지도 않았고 그렇다고 해서 무리하면서까지 정

치에 참여하려고도 하지 않았다. 그저 세상 모든 일에 대해서 반드시 그렇게 해야 할 필요도 없고 또 반드시 그렇게 하지 않아야 할 필요도 없다는 생각을 가지고 있었다. 성인聖人은 어느 한 가지에 집착하는 사람이 아니다. 모든 것을 때에 맞게 하고 처지에 맞게 하여 무리 없이 행하는 사람이다. 그렇다고 해서 회색분자가 곧 성인이라는 얘기는 결코 아니다. 기회를 틈타 양편으로부터 다 이익을 취하려 드는 게 회색분자라면 성인은 눈치 같은 것은 아예 볼 필요도 없이 하는 일이 모두 때에 맞고 처지에 맞는 사람인 것이다. 긴 수양과 오랜 성찰을 통하여 자신이 하는 바가 그대로 법이 되고, 모두에게 모범이 되는 사람, 그게 바로 성인이다. 그런 사람에게 다시 해야 할 일과 하지 않아야 할 일을 나누어 규정할 필요가 무엇이 있겠는가? 우리는 더러 "꼭 그렇게 했어야 했는데……"하며 후회를 한다. 후회는 하면 할수록 아쉬움만 더 심하다. 후회가 밀려올 때일수록 숨 한번 크게 쉬고서 '無可無不可'라는 생각을 가져 보도록 하자.

無 : 없을 무　　　　　　　　　可 : 가할 가

176. 지난 것과 다가올 것

悟已往之不諫하고 知來者之可追라.
오 이 왕 지 불 간   지 래 자 지 가 추

이미 가버린 것은 만회할 수 없음을 깨달았고 장차 다가올 것은
쫓아갈 수 있음을 알게 되었네.

동진東晉시대의 전원시인이었던 도연명의 명작「귀거래사歸去來
辭」에 나오는 말이다. 도연명은 관직에 매달려 있다가 어느 날 그
렇게 매달려 있는 자신의 잘못된 모습을 발견하고서 곧장 벼슬을
버리고 전원으로 돌아가면서 당시의 깨달음을 이렇게 읊은 것이
다. '諫'자는 본래 신하가 임금에게 혹은 아들이 아버지에게 간하
는 말이라는 뜻을 가진 '간할 간'자인데 여기서는 '되뇐다', '만회
하고자 한다'는 의미로 쓰였다. 지난 일은 이미 지난 일로 제쳐 두
는 것이 상책이다. '조금만 더 잘했더라면……'하는 아쉬움을 되뇌
고 있어본들 옛날로 다시 돌아갈 수는 없다. 이미 지나가 버린 일로
제쳐두고 지난 실수의 경험을 잘 기억해 두었다가 다음에 그런 실수
를 하지 않도록 반면反面 스승으로 삼으면 된다. 지난 일에 대한 아
쉬움을 과감하게 털어 버릴수록 다가오는 미래에 대해서 더 큰 희망
을 가질 수 있다. 지난 것에 대한 아쉬움을 미래를 통해서 만회하고
자 하는 의욕이 생기기 때문이다. 그래서 도연명도 '장차 다가올 일

은 쫓아갈 수 있다'고 한 것이다. 하루를 보낼 때도 한 해를 보낼 때도 아쉬움이야 늘 있겠지만 더 나은 내일 혹은 내년을 위해서 지난 일은 잘 접어두자.

悟 : 깨달을 오　　　　已 : 이미 이　　　　往 : 갈 왕
諫 : 간할 간　　　　追 : 쫓을 추

177. 나날이 새롭게

湯之盤銘에 曰, "苟日新하고 日日新하며
탕 지 반 명　　왈　구 일 신　　　　일 일 신

又日新하라"하더니라.
우 일 신

　상商나라 탕湯왕의 세수 대야 바닥에 새겨져 있는 글에 이르기를 "진실로 새롭게 하고 날마다 새롭게 하며 또 날로 새롭게 하라"라고 하였다.

　『대학大學』의 전傳 10장 중 세 번째 장인 석신민釋新民('新民'에 대한 풀이)장에 나오는 말이다. 상商나라는 곧 은殷나라를 말한다. 은

나라의 탕湯왕은 하夏나라의 부패한 군주인 걸桀왕을 몰아내고 오늘날의 하남성 안양현으로 도읍을 옮김으로써 은나라의 기반을 확실하게 다졌다. 그는 나라를 개혁하기 위해서는 자신부터 새롭게 해야 한다는 생각 아래 청동으로 만든 세수 대야의 바닥에 이 말(苟日新, 日日新, 又日新)을 주입鑄入해 놓고서 매일 아침 세수할 때마다 그것을 읽으며 자신을 경계하곤 하였다. 그러한 노력의 결과로 그는 새로운 상나라를 건설할 수 있었다. 사람에게는 누구나 지금까지 살아온 구습이라는 것이 있는데 몸에 익은 그 구습을 하루아침에 벗겨내고 자신의 모습을 새롭게 한다는 것은 정말 쉬운 일이 아니다. 그러나 개인적으로는 훌륭한 사람이 되고, 나아가 건실한 사회 분위기를 조성하며 위대한 나라를 건설하기 위해서는 국민 각자가 날로 새로워지려는 생각을 해야 한다. 자신은 새로워지려는 노력을 하지 않은 채 구습에 안주해 있으면서 주변이 새로워지기를 바라는 것은 진정 새로움을 구하지 않는 것이다. 우리 국민 모두가 날로 새로워짐으로써 우리나라가 날로 새로워지기를 기원해 본다.

湯 : 끓을 탕　　　　盤 : 쟁반 반
銘 : 새길 명　　　　苟 : 진실로 구

178. 고마움을 잊지 않는다는 것

善御者는 不忘其馬하고 善射者는
선 어 자　　　불 망 기 마　　　　선 사 자

不忘其弓하며 善爲上者는 不忘其下라.
불 망 기 궁　　　　선 위 상 자　　　불 망 기 하

말을 잘 부리는 사람은 그 말을 잊지 않고, 활을 잘 쏘는 사람은
그 활을 잊지 않으며, 윗사람 노릇을 잘하는 사람은 그 아랫사람을
잊지 않는다.

한나라 사람 한영韓嬰의 『한시외전韓詩外傳』에 나오는 말이다. 말
을 모는 사람이 말에 대한 고마움을 갖지 않는다면 그 사람은 진정
으로 말을 잘 모는 사람이라고 할 수 없다. 활을 쏘는 사람이 활에
대한 고마운 마음이 없다면 그는 진정으로 활을 잘 쏘는 사람이라고
할 수 없다. 말을 잘 몰기 위해서는 말과 혼연일체가 되어야 하는데
말의 고마움을 모르는 사람이 어떻게 말과 혼연일체가 될 수 있으
며, 활을 잘 쏘기 위해서는 활과 혼연일체가 되어야 할 텐데 활에 대
한 고마움을 모르는 사람이 어찌 활과 한 몸이 될 수 있겠는가? 윗
자리에 앉아 있는 사람이 자기 뜻대로 일을 성사시키기 위해서는 부
하 직원의 도움이 절대적으로 필요하며, 부하직원과 한 마음이 되었
을 때 진심에서 우러나는 도움을 받을 수 있다. 평소 부하직원의 고

마음을 모르는 사람이 어찌 부하와 한 마음이 될 수 있으며 어떻게 진심에서 우러나는 도움을 받을 수 있겠는가? 윗자리에 앉아 있으면서도 아랫사람에 대해 항상 고마움을 느끼고 있는 사람이야말로 윗사람 노릇을 제대로 하는 사람이라고 할 수 있다. 상하가 서로 이해하고 양보하여 노사분규도 없고 사회적 혼란도 없었으면 좋겠다. 갈등을 없애기 위해 윗사람, 가진 사람이 먼저 양보하도록 하자.

善 : 잘할 선　　御 : 말 몰 어　　忘 : 잊을 망
射 : 쏠 사　　弓 : 활 궁

179. 눈은 내리고

千山鳥飛絶하고　萬徑人蹤滅인데
천 산 조 비 절　　　만 경 인 종 멸

孤舟簑笠翁이　獨釣寒江雪이라.
고 주 사 립 옹　　독 조 한 강 설

산이란 산은 모두 새의 낢도 끊기고 길이란 길엔 다 사람의 종적이 사라졌는데 외딴 배 한 척에 도롱이를 쓰고 앉은 노인은 홀로 찬 강江의 눈을 낚고 있네.

당나라 때의 문장가이자 시인인 유종원柳宗元의「강설江雪(강에 내리는 눈)」이라는 시이다. 함박눈이 펑펑 쏟아지는 날의 고요한 풍경을 깔끔하게 표현한 시이다. 펑펑 쏟아지는 눈을 맞으며 외딴 배에 앉아 낚시를 드리우고 있는 노인은 과연 고기를 낚고 있을까? 아니면 눈을 낚고 있을까? '눈을 낚고 있다'라고 한 유종원의 표현이 신선하다. 20~30년 전만 해도 눈 내리는 풍경은 어떤 풍경보다도 아름답고 정겨웠었다. 눈이 내리면 아예 바깥 출입을 멈춘 채 방에 군불을 따뜻하게 지펴 넣고 고구마라도 한 소쿠리 쪄놓고서 할아버지, 아버지, 아들 삼대가 한집에서 아무런 걱정 없이 아늑하고 평화롭게 지내던 그런 겨울, 굴뚝에서 피어오르는 뽀얀 연기와 눈발이 한데 섞여 어쩌다 길가는 이의 뒷모습을 더욱 뿌연 빛으로 가려주던 그런 눈발이 있는 겨울, 밤이면 호롱불 아래서 아이는 책을 읽고 어머니는 바느질을 하며 건넌방에서는 아버지의 가마니 치는 소리가 들리던 그런 겨울이 있었다. 지금은 겨울의 풍경이 많이 바뀌었다. 산골 마을까지 호화롭게 들어선 리조트의 눈썰매장이 요란하고, 거리는 온통 거북이걸음을 하는 차량들로 불안하고, TV는 시시각각 교통정보를 알리느라 부산하다. 아! 그 옛날 고요한 겨울을 언제 어느 곳에서 다시 느껴볼 수 있을까?

絶 : 끊어질 절   徑 : 길 경
蹤 : 자취 종   滅 : 멸할 멸
簑 : 도롱이 사   笠 : 삿갓 립
釣 : 낚을 조

180. 부족한가? 고르지 못한가?

不患寡而患不均하고 不患貧而患不安이라.
불 환 과 이 환 불 균   불 환 빈 이 환 불 안

부족한 것을 근심하지 말고 고르지 못한 것을 근심하며, 가난한
것을 근심하지 말고 자신의 분수에 안주하지 못하는 것을 근심하라.

『논어論語』「계씨편季氏篇」에 나오는 말이다. 최근 우리 사회에서
는 소득의 균등 배분, 소위 '균배'라는 말이 전에 비해 훨씬 많이 쓰
이고 있다. 그만큼 빈부의 격차가 심하다는 것을 의미하기도 하고
또 전에 비해 가진 자에 대한 못 가진 자의 발언이 세졌다는 뜻도 된
다. 경제가 어렵다고들 하지만 쓰레기장마다 넘쳐나는 멀쩡한 물건
들, 식당마다 배가 터지게 먹고서도 더 이상 먹지 못해 버려지는 음
식들, 주인이 찾지 않아 분실물센터에 보관된 물건들을 보면 아직
우리는 주체하지 못하는 풍요를 누리고 있는 듯하다. 진정 우리는
가난한 것일까? 아니다. 나누지 않기 때문이며 자신의 분수를 모르
고 욕심에 절어있기 때문에 가난한 것이다. 나누지 않는 풍요는 풍
요가 아니다. 그것은 무한으로 달리는 욕망과 욕망으로 인한 파멸
의 도화선일 뿐이다. 내가 필요한 만큼만 가지려 하고 아무리 작은
것이라도 이웃과 나눌 수 있을 때 우리는 진정한 풍요를 누릴 수 있
다.

患 : 근심할 환　　　　　寡 : 적을 과
均 : 고를 균　　　　　　貧 : 가난할 빈

181. 전쟁이 없는 세상

安得壯士挽天河하여 淨洗兵甲長不用이리오.
안 득 장 사 만 천 하　　　정 세 병 갑 장 불 용

어떻게 하면 하늘나라 물을 끌어들일 장사를 얻어서 무기들을 깨
끗이 씻어 두어 영원히 사용하지 않게 할 수 있을까?

중국 당나라 때의 시인인 두보杜甫의 「세병마洗兵馬(병마를 씻어)」
라는 시에 나오는 말이다. 두보는 안록산의 난을 통해 전쟁의 비참
함을 직접 목격하고, 전쟁으로 인하여 백성들이 받는 고통을 체감하
면서 그러한 백성들의 입장에 서서 피를 토하듯이 시를 쓴 시인이
다. 이 세상에서 전쟁이 사라지길 얼마나 염원하였던가? 이 「세병
마洗兵馬」 시에는 두보의 그러한 정신이 진하게 표현되어 있다. 수
년 전 TV를 통해 미군의 폭격으로 초토화된 아프가니스탄 국민들의
비참한 삶을 본적이 있다. 파괴의 먼지 속에서 기아에 허덕이는 사
람들, 그들의 모습을 보면서 우리는 전쟁의 비참함을 간접적으로나

마 실감했다. 분단의 아픔을 안고 사는 우리, 아직도 우리는 전쟁이라는 말로부터 자유롭지 못한 현실에서 살고 있다. 그리고 우리 민족의 문제를 스스로 해결하지 못하고 주변국들의 의견을 수용해가며 해결해야 한다. 하늘나라의 물을 끌어들여 세상의 무기들을 다 씻어서 영원히 사용하지 않게 하는 방법을 알면 진정 세상은 평화로워질 텐데.

安 : 어찌 안   得 : 능히 득(=能)

壯 : 씩씩할 장   挽 : 당길 만

淨 : 깨끗할 정   洗 : 씻을 세

甲 : 갑옷 갑

---

182. 물 닿는 곳이 곧 도랑

水到渠成이니 不須預慮라.
수 도 거 성   불 수 예 려

물 닿는 곳에 도랑이 생기는 법이니 미리 염려할 필요가 없다.

중국 송나라 사람 소식蘇軾이 쓴 「답진태허서答秦太虛書」라는 글에

나오는 말이다. '유비무환有備無患'이라는 말이 있다. 미리 대비하면 근심이 없다는 뜻이다. 그런데 세상에는 미리 다 준비를 해 놓고서도 필요 이상의 걱정을 하는 사람이 있다. 그건 결코 바람직한 태도가 아니다. 물이 있으면 도랑은 생기게 마련이고, 실력이 있으면 시험에 붙게 되어 있다. 선수들이 피나는 훈련으로 실력을 길렀으면 월드컵에서도 16강, 8강, 4강에 오를 수 있고, 16강, 8강, 4강에 오르다 보면 관중들은 몰려든다. 충분히 실력을 기르고서도 다시 관중이 모여들지 않을까 봐 걱정을 할 필요가 무엇이 있겠는가? 진정으로 준비가 잘 되어 있으면 더 이상 걱정할 필요가 없다. 진정으로 공부를 잘하고 또 열심히 한 사람은 오히려 시험 날이 기다려진다. 또 음식 솜씨가 좋은 주부는 은근히 손님이 찾아오기를 기대한다. 장롱 안에 겨울 새옷이 한 벌만 준비되어 있어도 겨울이 빨리 오기를 바라고, 예쁜 외출복 한 벌만 준비되어 있어도 이웃집 잔칫날이 기다려지는 게 사람이다. 자신감이 있는 인생, 느긋하고 편안한 인생이란 결국 평소의 실력 함양과 일상의 준비에 달려 있는 것이다. 그렇게 준비해 놓고서 기다리는 삶은 얼마나 여유가 있고 활기에 찬 삶인가?

到 : 이를 도　　渠 : 도랑 거　　須 : 모름지기 수
預 : 미리 예　　慮 : 생각 려

183. 코 고는 사람과의 동침

臥榻之前에 豈容他人鼾睡리오?
와 탑 지 전　　기 용 타 인 한 수

자기가 누워서 잠자는 자리 곁에 어찌 다른 사람이 코를 골며 자
는 것을 용납할 수 있겠소?

중국 송나라 사람 악가岳珂가 쓴 『정사桯史』의 「서현입빙徐鉉入聘」
조에 나오는 말이다. 여행길에 심히 코를 고는 사람과 한 방을 쓰게
되면 그건 정말 낭패가 아닐 수 없다. 한 사람은 코를 골며 너무나도
단잠을 자지만 다른 한 사람은 밤새 베개나 이불을 안고 뒤척이며
잠을 설쳐야 한다. 정작 코를 곤 사람은 아무 일 없었던 것처럼 씩씩
한 표정으로 '못 잔 너의 문제이지, 잘 잔 나와는 상관없는 일'이라
는 표정을 짓고, 잠을 못 잔 사람은 어디에 하소연 할 곳도 없이 종
일 피곤하기만 하다. 왜 밤새도록 잠을 못 자게 피해를 준 사람에 대
해서는 화도 제대로 못 내고서 그처럼 쉽게 용납해야 하는가? 그건
바로 '잠'이라는 무의식 상태에서 본인의 의지와는 상관없이 일어
나는 일이기 때문이다. 코골이는 술주정 못지않게 다른 사람에게
큰 피해를 주는 일이다. 아무리 작고 하찮은 일이더라도 남에게 피
해를 주는 일이라면 절대 삼가해야 한다. 남에게 피해를 주는 사소
한 일도 그냥 넘겨버리면 큰 잘못도 스스로 묵인할 수 있는 씨앗이

될 수 있기 때문이다. 코를 골고서도 미안한 마음마저 갖지 않아서
는 안 될 것이다.

臥 : 누울 와	榻 : 긴 의자 탑
豈 : 어찌 기	容 : 용인할 용
鼾 : 코 골 한	睡 : 잠잘 수

184. 아침 청소

黎明卽起하여 灑掃庭除하라.
여 명 즉 기   쇄 소 정 제

날이 밝으면 곧 일어나서 뜰에 물을 뿌리고 쓰는 청소부터 하라.

중국 명나라 사람 주백려朱伯廬가 쓴 「치가격언治家格言(집안을 다
스리는 격언)」의 첫 구절이다. 날이 밝으면 곧 일어나는 것이 건강에
도 좋다고 한다. 민간요법에 대해서 연구하는 사람들의 견해에 따
르면 해시亥時로부터 축시丑時까지, 즉 밤 9시로부터 다음날 새벽
3~4시경까지가 만물이 잠을 자는 시간이라고 한다. 따라서 사람도

만물이 다 잠을 자는 시간대에 잠을 자는 것이 가장 건강에 좋다고 한다. 현대인의 생활 습관을 보면 정반대다. 대개 밤에 늦게 자고 아침에 늦게 일어나는 것이 일반화되어 있다. 물론 밤에 반드시 해야 할 일이 있어서 늦게 잘 수밖에 없는 경우도 있겠지만, 대부분의 경우 특별히 할 일이 없음에도 습관이 그렇게 붙어서 늦게 잔다. 이러한 생활 습관을 바꿔서 조금 일찍 자고 아침에 가능한 한 일찍 일어나는 습관을 붙이면 하루를 굉장히 알차게 쓸 수 있다. 아침에 일찍 일어나서 주변을 깨끗이 청소하는 것으로부터 하루를 시작한다면 왠지 기분부터 청량해질 것 같다. 그리고 그렇게 맑은 몸과 마음으로 일찍 시작한 하루는 시간을 매우 길고 알차게 쓸 수 있다. 그래서 옛 사람들은 동이 트면 일어나서 청소부터 하는 것을 집안 다스림의 첫 번째 항목으로 삼은 것이다.

黎 : 검을 려	卽 : 곧 즉
起 : 일어날 기	灑 : 물 뿌릴 쇄
掃 : 쓸 소	庭 : 뜰 정
除 : 버릴 제	

185. 딱 하나 모자라는 것

萬事俱備나 只欠東風이라.
만 사 구 비   지 흠 동 풍

모든 것이 다 준비되었으나 단 하나 동풍이 모자라는구나.

『삼국연의』제49회에 나오는 말이다. 적벽에서 벌어질 조조와의
전쟁을 철저히 준비한 제갈공명, 모든 준비는 다 마쳤는데 정작 화
공火攻에 꼭 필요한 동남풍이 불지 않았다. 그래서 공명은 동남풍을
비는 의식을 행하였는데 그 결과, 때에 맞춰 동남풍이 불어옴으로써
조조의 100만 대군을 대파할 수 있었다. 그 때 만약 동남풍이 불지
않았다면 공명의 나머지 전쟁 준비는 아무런 의미가 없게 되었을 것
이다. 이처럼 세상에는 결정적인 것이 있다. 우리는 그것을 파악하
여 손에 넣기 위해 안간힘을 쓴다. 그것이 바로 성공의 비결이다.
우리가 흔히 하는 우스갯소리 가운데 "결혼에 필요한 혼수는 다 장
만했으니 이제 신랑만 구하면 되겠다"라는 말이 있다. 신랑이 없는
상태에서의 결혼 준비와 혼수 장만이 무슨 의미가 있겠는가? 또 독
창회를 열기로 해 놓고서 노래 연습보다는 의상 준비와 파티 준비에
더 열을 내는 사람, 결혼식장에는 아예 가지도 않고 식당에 가서 밥
부터 먹는 하객, 동남아 지역으로 여행을 가면서 모피 코트까지 다
챙기고선 정작 여권은 장롱 속에 두고서 집을 나서는 사람 등 별별

사람들이 다 있다. 일의 본질과 핵심이 무엇인지를 잘 파악하지 못한 결과이다. 본질은 놓쳐버린 채 말단의 가지 몇 개를 들고서 결정적인 성공의 키를 얻은 양 행동해서는 안 될 것이다.

俱 : 갖출 구	備 : 갖출 비
只 : 다만 지	欠 : 부족할 흠

186. 집안 단속

清官難斷家務事라.
청 관 난 단 가 무 사

청빈한 관리라도 집안일은 끊기가 어렵다.

청나라 사람 오경재吳敬宰가 쓴 『유림외사儒林外史』라는 소설 제29회에 나오는 말이다. 조금만 방심하면 나도 모르는 사이에 빈틈을 보이게 되는 게 집안 단속이다. 세상에는 집안을 다스리는 '제가齊家'가 나라를 다스리는 '치국治國'보다 훨씬 어렵다는 말이 있다. 치국이야 하다 안 되면 법을 엄하게 적용시켜서라도 어떻게 해볼 수 있지만, 혈연과 인륜으로 얽힌 집안일은 잘 되지 않는다고 해서 냉

혹한 법을 그대로 적용할 수도 없기 때문에 나온 말이다. IMF의 극복과 남북정상회담의 성사, 노벨상 수상 등으로 인하여 국민들로부터 적잖이 존경을 받던 김대중 대통령이 아들의 비리로 인하여 하루아침에 국민들의 분노를 샀던 일을 우리는 생생하게 기억하고 있다. 집안 단속이란 그처럼 어려운 일이다. 내 집안을 잘 단속하지 않고서는 사회와 국가의 기강을 바로 잡기 위해 아무리 좋은 영令을 내려도 근본적으로 그 영이 서질 않는다. 영이 서지 않는데 어찌 개혁을 할 수 있으며 어떻게 다른 사람의 비리를 처벌할 수 있겠는가? 미인에게 약한 영웅은 진정한 영웅이 아니고, 집안 단속을 못하는 고관은 고관이 아니다. 수신제가치국평천하의 의미를 되새겨야 할 것이다.

淸 : 맑을 청	官 : 벼슬 관	難 : 어려울 난
斷 : 끊을 단	務 : 힘쓸 무	

187. 인형의 눈물

始作俑者는 其無後乎아.
시 작 용 자   기 무 후 호

맨 처음 나무로 인형을 만든 사람은 아마 그 후손이 없을 것이다.

『맹자孟子』「양혜왕梁惠王」 상上편에 인용된 공자의 말이다. 이 구절에 대한 주희朱熹의 설명은 다음과 같다. '용俑이란 순장용 나무 인형을 말한다. 옛날에는 풀을 묶어 순장용 인형을 만들었는데 그것은 인형이기는 하나 사람의 실지 모습과 그렇게 닮지는 않았다. 그래서 나무 인형으로 바꾸게 되었는데 나무 인형은 면목이 너무 뚜렷하여 실지 사람의 모습과 매우 흡사했다. 인형이긴 하지만 사람의 모습과 너무 닮은 그것을 땅에 묻어 죽게 한다는 것은 차마 하지 못할 일이다. 그러므로 그런 잔인한 일을 맨 처음 한 사람, 즉 순장용 나무 인형을 처음으로 만들어 사용한 사람은 죄를 받아 그 후손이 없을 것이다'

나무로 만든 인형을 땅에 묻는 일도 그것이 사람을 닮았다고 해서 차마 할 수 없는 일이라고 본 공자의 인도주의 정신이 가슴에 진하게 와 닿는다. 요즈음 어린이들이 가지고 노는 인형을 보면 사람과 너무 닮은 게 많다. 말까지 하는 인형도 있다. 이런 인형을 잘 가지고 놀다가도 싫증이 나거나 낡아 해지면 잔혹하게 내버린다. 처참하게 버려지는 인형의 최후를 보며 어린이는 무엇을 생각할까? 사람의 목숨을 천하게 여기게 만드는 근원을 만들어 주게 된 꼴이다. 인형의 눈물을 아는 사람만이 인형을 가지고 놀 자격이 있다. 인형, 함부로 만들 일이 아니다. 하물며 복제인간에 있어서랴!

始 : 처음 시   俑 : 목우(나무 인형)용
後 : 뒤 후   乎 : 어조사 호

188. 자기 복은 자기가 타고나는 것

兒孫自有兒孫福이니 莫爲兒孫作遠憂라.
아 손 자 유 아 손 복   막 위 아 손 작 원 우

자식이나 손자는 스스로 타고난 그들의 복이 있는 것이니 자식이
나 손자의 먼 장래에 대한 근심까지 하려 들지 말라.

　　중국 원나라 때의 극작가인 관한경關漢卿이 쓴 잡극『호접몽胡蝶夢』
의 설자楔子에 나오는 말이다. 지금과는 반대로 예전에는 '가족계
획'이라는 이름 아래 산아를 제한하는 인구 정책이 있었다. 식량과
일자리는 부족한데 인구만 많으면 가난을 면할 수 없다는 이유로 출
산을 제한하여 '아들 딸 구별 말고 하나만 낳아 잘 기르자'는 운동
을 벌인 것이다. 그 당시 가장 무책임한 사람으로 몰려 지탄의 대상
이 된 사람이 바로『흥부전』의 주인공 흥부였다. 끼니도 못 잇는 가
난뱅이 주제에 자식만 많이 낳았다는 게 지탄의 이유였다. 흥부의
탄식 가운데 '천불생무록지인天不生無祿之人이요, 지불양무명지초地
不養無名之草라'는 말이 있다. '하늘은 녹(복)이 없는 사람을 내지 않
고, 땅은 이름 없는 풀은 기르지 않는다'는 뜻이다. 사람은 물론 하
찮은 풀까지도 다 자기 복을 타고나기 때문에 일단 태어나고 나면
스스로 살아갈 길이 주어진다는 의미이다. 자기 복은 스스로 타고
난다. 자녀들을 염려한 나머지 평생 먹고 살 것을 마련해 주려고 하

지 말자. 그렇게 해준들 하루아침에 다 없앨 수도 있고, 한 푼의 유산도 받지 않은 사람이 백만장자가 되기도 한다. 자녀로 인하여 노심초사하고 안달해야봐야 자식은 하늘이 주는 복만 갖고 살아가게 되어 있으니 너무 연연해할 필요가 없는 것이다.

兒 : 아이 아	孫 : 손자 손	莫 : 말 막
遠 : 멀 원	憂 : 근심 우	

189. 칠보시七步詩 - 일곱 걸음 안에 지은 시

煮豆燃豆萁하니　豆在釜中泣이라
　자 두 연 두 기　　　두 재 부 중 읍

本是同根生인데　相煎何太急이오?
　본 시 동 근 생　　　상 전 하 태 급

콩을 삶으면서 콩 줄기로 불을 때니 콩이 가마솥 속에서 울면서 하는 말, "나 콩과 너 줄기는 본래 한 뿌리에서 난 형제인데 서로 들 볶아대는 것이 어찌 이리도 급하단 말인가?"

소설 『삼국지』의 한 주인공으로서 흔히 난세의 간웅으로 불리는 조조의 막내아들인 조식曹植이 지었다고 전하는 「칠보시七步詩」이다. '煮豆持作羹, 漉豉以爲汁. 其在釜下燃, 豆在釜中泣. 本自同根生, 相煎何太急'으로 전하는 판본 등 몇 종의 판본이 있으나 여기서는 5언 절구 형식으로 개작된 것을 택하였다.

조조의 다른 아들인 조비曹丕는 아버지 조조의 권력을 계승하여 장차 왕위에 오르고자 하였으나 아버지 조조는 조비보다는 조식을 더 사랑하였다. 이에 불만을 품은 조비는 훗날 조식을 죽일 생각으로 조식에게 엄포를 놓았다. "일곱 걸음을 걷는 사이에 '형제'라는 제목으로 시 한 수를 지어라. 그렇지 않으면 죽음을 면치 못할 것이다"라고. 그러자 조식은 채 일곱 걸음을 다 떼기도 전에 이 시를 지어 형에게 올렸다. 그래서 이 시를 '7보시'라고 한다. 형제간에 우애는커녕 아우를 죽이려 드는 형의 처사를 콩을 삶으면서 콩 줄기로 불을 때는 상황에 비유하여 일침을 가한 것이다. 창작의 기발성이 사람들을 놀라게 한다.

제 형제끼리 우애하지 못하면서 어찌 북녘 동포에 대한 동포애를 논하리오?

煮 : 삶을 자 　燃 : 불사를 연 　其 : 줄기 기
釜 : 가마 솥 부 　泣 : 울 읍 　煎 : 달일 전
急 : 급할 급

---

190. 인정과 신수身數

世情은 看冷暖하고 人面은 逐高低라.
세 정 간 냉 난 인 면 축 고 저

세상 인심은 찬지 따뜻한지 눈치를 살피고, 사람 얼굴색은 지위의
높고 낮음에 따라 달라진다.

소설 『수호지』 제37회에 나오는 말이다. 인심은 변하기 쉬운 것
이어서 늘 상대가 나를 따뜻하게 대해주는지 아니면 차게 대해주는
지를 살펴, 따뜻하면 남아있고 차면 떠나간다. 냉정하게 대하는데
도 남아 있을 사람은 없고, 반면에 따뜻한데도 불구하고 따뜻함을
박차고 떠날 사람도 없다. 인심은 그렇게 내가 현재 베풀 수 있는 능
력과 마음의 여유가 있고 없음에 따라서 움직일 뿐이다. 따라서 사
람의 마음을 잡아두는 비결은 다름이 아니라 상대가 나의 따뜻함을
느끼게 하는 것이다.

우리는 생활 속에서 더러 '신수身數가 훤해졌다'는 말을 듣기도
하고 '때를 벗었다'는 말을 듣기도 한다. 전에 비해 신분이 상승된
사람이 그런 인사를 받는다. 이처럼 사람은 자신이 처한 위치에 따
라서 얼굴색이 변한다. 초라한 위치에 있으면 초라하게 변하고 떳
떳하고 평화로운 자리에 있으면 편안한 얼굴로 바뀐다. 내 모습을
내 스스로 초라하게 하지 않기 위해 우리는 무엇보다도 항상 따뜻한

마음을 가짐으로써 주변 사람이 나를 떠나지 않게 해야 한다.

情 : 뜻 정	看 : 볼 간	冷 : 찰 냉
暖 : 따뜻할 난	逐 : 쫓을 축	低 : 낮을 저

---

191. 로마에서는 로마의 법을

入境而問禁하고 入國而問俗하며 入門而問諱라.
입 경 이 문 금　　　입 국 이 문 속　　　입 문 이 문 휘

　그 나라의 경내에 들어서는 나라의 법으로 금하는 것이 무엇인지를 묻고, 도성都城 내에 들어서는 그 도시의 풍속이 어떠한지를 물으며, 어느 집안에 들어서는 그 집안에서 꺼리는 사물이 무엇인지를 물도록 하라.

『예기禮記』 「곡례曲禮」 상上편에 나오는 말이다. 교통과 통신의 발달로 나라와 나라 사이나 도시와 도시 사이의 차이점이 거의 사라져 버린 것 같지만 자세히 살펴보면 아직도 나라마다 도시마다 그리고 심지어는 집집마다 나름대로의 특색과 차이점이 있음을 발견할 수 있다. 가끔 중국을 여행하고 돌아온 사람들로부터 중국 사람한

테 술로 당한 이야기를 듣곤 한다. 우리와는 상당히 다른 중국의 음주문화를 이해하지 못한 채 중국의 그 독한 '빼갈白干兒(바이가얼)'을 우리 식으로 '원샷'하여 마셨다가 혼쭐이 났다는 이야기다. 그 나라에 들어가면서 그 나라의 기본적인 문화에 대해서도 전혀 공부하지 않은 결과로 맞은 낭패이다. 또 이슬람 문화권 국가를 여행할 때는 반드시 그들의 고유한 문화와 금기 사항에 대해서 잘 알아야 한다고 한다. 자칫 범법자가 되어 감옥살이를 하게 되는 경우도 있으니까 말이다. 먼저 남을 이해하려 하지 않고 어디에 가서나 내 식대로 행동하는 것은 일종의 오만이라고 할 수 있다. 보다 당당하게 나를 내세우기 위해 먼저 남에 대해 철저하게 배우려는 마음을 갖도록 하자.

| 境 : 경계 경 | 禁 : 금할 금 |
| 俗 : 풍속 속 | 諱 : 꺼릴 휘 |

192. 쥐도 궁지에 몰리면

困獸猶鬪니 窮寇勿遏이라.
곤 수 유 투   궁 구 물 알

곤궁함에 처한 짐승은 오히려 싸우려 드는 법이니 막다른 곳에 몰린 도둑은 막지 말라.

당나라 사람 장구령張九齡이 쓴 「칙유주절도장수규서勅幽州節度張守珪書」에 나오는 말이다. 우리 속담에도 '쥐도 도망갈 구멍을 열어 놓고 몰아라'라는 말이 있다. 사람이든 짐승이든 막다른 골목에서는 살기 위해 본능적으로 있는 수단과 방법을 다해 덤벼든다. 본능적 행동은 논리로 설명될 수 있는 행동이 아니다. 따라서 본능에 대해서는 선악의 자를 들이댈 틈이 없다. 본능은 선악의 판단을 전혀 필요로 하지 않을 뿐 아니라 선악을 판단할 수도 없는 사각지대이다. 보리 고개를 넘지 못해 굶어 죽게 된 가족들을 보다 못해 며칠만 지나면 보리를 수확할 수 있는 밭문서를 들고 온 사람에게 보리 몇 말을 주고서 밭을 통째로 가로챈 사람들, 권력의 시녀가 되어 사람을 짐승보다도 더 혹독하게 다룬 '고문 기술자'들, 이들은 다 사람을 벼랑으로 몰아세운 사람들이다. 그래서 궁지에 몰린 쥐와 같은 그런 사람들은 본능적인 몸부림으로 항거했다. 그리고 그러한 항거로 인하여 그간에 세상은 몇 차례 바뀌었다. 그러나 아직도 더 바뀌어야 할 부분이 있다. 사람을 막다른 골목으로 몰지 않는 세상을 만들기 위해 지금은 우리 모두가 지혜로운 삶이란 어떤 것인지 다 같이 생각해 보아야 할 때다.

困 : 곤궁할 곤	獸 : 짐승 수	猶 : 오히려 유
鬪 : 싸울 투	窮 : 곤궁할 궁	寇 : 도둑 구
遏 : 막을 알		

193. 사람 위의 사람

(子房, 蕭何, 韓信) 此三者는 皆人傑也라
자방 소하 한신 차삼자   개인걸야

吾能用之하니 此吾所以取天下也라.
오능용지   차오소이취천하야

장자방과 소하와 한신, 이 세 사람은 다 인걸(빼어난 인물)이다. 나는 능히 그들을 쓸 수 있었으니 이것이 바로 내가 천하를 얻을 수 있는 까닭이었다.

『사기史記』「한고조본기漢高祖本紀」에 나오는 말이다. 한 고조 유방劉邦은 다음과 같이 말하였다. "군대의 장막 안에서 짠 계략을 운용하여 천리 밖에서 벌어지는 전쟁을 승리로 이끄는 전략에 있어서 나는 장자방만 못하다. 국가를 안정시키고 백성들을 무마하며 식량을 조달하여 양식이 끊기지 않게 하는 치국의 정책면에서 나는 소하만 못하다. 그리고 백만의 대군과 싸워서도 반드시 이기고 공격을 했다 하면 꼭 빼앗아 오는 전술에 있어서도 나는 한신만 못하다. 이들 세 사람은 다 인걸(빼어난 인물)이다. 그런데 나는 능히 그들을 부릴 수 있었으니 이것이 바로 내가 천하를 얻을 수 있는 까닭이었다." 내로라하는 인걸들을 능히 제 뜻대로 부릴 수 있는 사람, 그런 인걸들로 하여금 자신에게 목숨 바쳐 충성을 다하게 하는 사람, 그게 바로 영웅이고 진정한 지도자이다. 한 고조 유방은 바로 그런 사람이었던 것이다. 세상을 다스리는 일은 결국 사람을 발굴하여 쓰는 일에 달려 있다. 한동안 우리나라는 인물의 등용이 너무 정체되어 있었다고 할 수 있다. 소위 '삼김시대三金時代'가 이어지면서 '그 사람이 그 사람'인 정국이었던 게 사실이다. 이제 정말 인재다운 인재들이 세상에 나타나야 할 것이다.

房 : 방 방   蕭 : 쑥 소   皆 : 다 개
傑 : 호걸 걸   此 : 이 차   取 : 취할 취

194. 인내와 안정

一忍可以支百勇하고 一靜可以制百動이라.
일 인 가 이 지 백 용   일 정 가 이 제 백 동

한번 참음이 백 번 내는 용기를 상대할 수 있고, 한번의 고요한 마음가짐이 백 번의 움직임을 제어할 수 있다.

송나라 사람 소순蘇洵이 쓴 「심술心術」이라는 글에 나오는 말이다. 세상에는 '할 말은 하고 살아야 한다'는 사람이 늘고, '참으면 오히려 병이 되니 다 털어놓고 살라'고 권하는 사람도 많이 있다. 요즈음 사람들은 정말 할 말은 하고 산다. 하위 직원도 상사에게 용감하게 할 말을 다하고, 며느리도 시어머니에게 할 말을 다 하며, 시어머니도 하고 싶은 말을 다 해야겠다고 날마다 벼른다. 그러나 그처럼 참지 않고 할 말을 다 했다고 해서 속이 정말 통쾌하고 스트레스가 쌓이지 않을까? 세상을 살아가면서 유지해야 할 사람 사이의 관계는 그렇게 단순한 산수算數로 풀릴 성질의 것이 아니다. 여전히 인내는 미덕이다. 백 번 분출하는 용감함보다는 한번 참는 수양된 마음과 너그러운 포용을 통해서만 진정으로 스트레스를 해소할 수 있다. 용감하게 대들고 발 빠르게 움직이는 사람이 똑똑한 사람처럼 보여도 사실은 고요히 침잠하여 늘 자기 자신을 들여다보고 있는 사람이 훨씬 더 성숙되고 실속 있으며, 스트레스를 받지 않는 사람

이다. 너그러운 마음은 스트레스에 대한 면역 강화제이고, 참지 못하고 내뱉는 자기 주장과 발 빠른 활동은 사실 허풍쟁이들이 즐겨하는 삶의 방식이다.

忍 : 참을 인	支 : 지탱할 지(맞대응 할 지)
勇 : 사나울 용	靜 : 고요할 정
制 : 제어할 제	

195. 경 험

不經一事면 不長一智라.
불 경 일 사　부 장 일 지

한 가지 일을 겪지 않으면, 한 가지 지혜가 자라지 않는다.

청나라 사람 조설근曹雪斤이 쓴 소설 『홍루몽紅樓夢』 제64회에 나오는 말이다. 세상을 살아가는 데에 있어서 경험처럼 소중한 게 또 있을까? 책을 통한 간접경험이든 몸으로 겪는 직접경험이든 간에 우리는 경험을 통해서 세상 살아가는 지혜를 얻는다. 따라서 자라

나는 어린이나 청소년들에게는 경험의 기회를 많이 주고, 그 경험을 통하여 스스로 인생을 터득하게 해야 한다. 요즈음 아이들은 삶을 직접 경험할 수 있는 기회가 거의 없다. 사이버 공간에서 가상의 경험만 하고 있다. 학교에서 이루어지고 있는 실습활동도 거의 문방구에서 반제품으로 규격화 된 재료를 사다가 냄비받침을 만들어보고 책꽂이를 짜 보는 등 형식적인 행위만 하고 있다. 실질적인 경험이 없는 것이다. 요즈음 아이들을 컴퓨터도 전기도 없는 순수 자연 속으로 내보낸다면 과연 몇 명이나 자연 속에서 생명을 유지해 살 수 있을까? 우리 아이들, 컴퓨터 앞에만 앉아 가상 세계에서 살게 할 것이 아니라 정말 제대로 된 체험적 삶을 경험하게 해야 할 것이다.

經 : 지닐 경, 경험할 경　　　長 : 자랄 장　　　智 : 지혜 지

196. 설달 그믐

年光除日又元日한데　心事今吾非故吾라.
연 광 제 일 우 원 일　　심 사 금 오 비 고 오

세월은 흘러 설달 그믐날除日이 지나면 정월 초하루元日가 될 테고, 마음은 새로워져 오늘의 나는 옛날의 내가 아니어야 하네.

송나라 때의 시인인 왕염王炎이라는 사람이 쓴 「제일除日」이라는 시의 한 구절이다. '제일除日'이란 '일 년을 다 제除해버린 날, 즉 일 년을 다 써버리고 마지막 남은 하루'라는 뜻으로서 설달 그믐날을 일컫는 말이다. '원일元日'은 다시 시작하는 새해의 첫날, 즉 정월 초하루를 일컫는 말이다. 그리고 제일과 원일 사이, 즉 일 년의 끝점에서 다시 새로운 일 년의 시작점으로 이어지는 시간이 바로 설달 그믐날 12시다. 이 의미 깊은 시간을 몸으로 느끼기 위하여 사람들은 사방에 불을 훤히 밝힌 채 잠을 자지 않고 지켜 앉아 있었으니 그것을 일러 '수세守歲(해 지킴)'라고 한다. 이렇게 시간의 흐름을 몸으로 느끼며 수세를 한 까닭은 어디에 있었을까? 세월의 건널목에서 묵은 나를 버리고 새로운 나를 맞는 것을 직접 확인하고 싶어서이다. 사람들은 새로이 시작되는 한 해에 그처럼 큰 기대를 걸고서 묵은 나, 옛날 나의 잘못된 점을 가는 세월 속에 깨끗이 묻어버리고자 했던 것이다. 어린 시절, 설달 그믐날 밤에 잠을 자면 눈썹이 하

얇게 센다는 어른들 말씀에 행여 눈썹이 셀까 봐 졸린 눈을 부릅뜨고 앉아 있다가 결국은 스르르 잠이 들고, 초하룻날 아침 눈을 떴을 때 정말 눈썹이 셌을까 봐 거울 앞으로 달려가던 일이 새삼 기억에 새롭다. 섣달 그믐엔 모두 낡고 묵은 나를 깨끗이 버리고 새해의 새날을 맞도록 하자.

| 除 : 덜 제, 제할 제 | 又 : 또 우 | 今 : 이제 금 |
| 弔 : 나 오 | 非 : 아닐 비 | 故 : 옛 고 |

197. 정월 초하루

何人能施柔懷德하여 四海融融各得春이리오.
하 인 능 시 유 회 덕　　　 사 해 융 융 각 득 춘

어떤 사람이 능히 가슴에 품은 덕을 부드럽게 베풂으로써 온 세상이 평화로운 가운데 사람마다 모두 봄빛을 얻게 할 수 있을까?

조선 말기로부터 항일 시기를 거쳐 광복과 6.25 동란에 이르기까지 우리 민족의 수난기를 살다간 큰 학자이자 명필인 유재裕齋 송기면宋基冕(1882-1956) 선생이 작고하시던 해인 병신년(1956) 설날 아침

에 쓴 「병신원조丙申元朝(병신년 정월 초하루)」라는 시의 끝 두 구절이다. 처음 두 구절은 다음과 같다. '홀로 근심을 안고 새벽까지 앉아서 하늘에 절하고 땅에 빌고 또 신명께 빌었네(獨抱幽憂坐達晨, 拜天禱地又祈神)'

옛 선비들은 이처럼 늘 세상 걱정을 하며 살았다. 이른바 '우환의식'을 갖고 살았던 것이다. 선비들의 이러한 우환의식으로 인하여 세상은 바르게 이어져 왔고 또 국난도 극복할 수 있었다. 선비들은 평소에 늘 바른 지도자가 나와서 세상을 바르게 인도해 줄 것을 그처럼 간절히 빌면서 살았기에 설날 아침에도 시를 지어 훌륭한 지도자가 나와서 깊은 덕으로 온 세상을 평화롭게 하고 모든 사람에게 봄빛이 들게 해달라는 기원을 한 것이다. 해마다 설을 쇨 때면 누구라도 새로운 각오를 한다. 설을 맞을 때 나의 일만 잘 되라고 빌지 말고 나라의 일, 세상의 일도 잘 되기를 빌어보자. 특히 지식인들은 자본주의를 핑계 삼아 사리사욕만 채우려 들지 말고 이 시대의 선비답게 진정한 지도자 의식을 가지고 세상을 맑고 밝은 방향으로 인도하도록 하자.

何 : 어찌 하	能 : 능할 능
施 : 베풀 시	柔 : 부드러울 유
懷 : 품을 회	融 : 융합할 융

198. 내강외유

方其中하고 圓其外하라.
방 기 중   원 기 외

그 가운데, 즉 속마음은 항상 방정方正하게 하고, 그 밖, 즉 외부로
드러난 표정과 행동은 항상 원만하게 하라.

당나라 사람 유종원柳宗元이 쓴 「여양회지재진돈면용화서與楊誨之
再陳敦勉用和書」에 나오는 말이다. 사람은 자기 자신에게 엄격할 때
비로소 바르고 단정한 속마음을 가질 수 있다. 자신에게 엄격하지
못한 사람은 남의 잘못은 이를 갈며 용서하지 못한다고 하면서도 자
신의 잘못은 쉽게 잊거나, 아니면 적절한 구실을 찾아 잘못이 아닌
것으로 합리화한다. '지기추상持己秋霜 대인춘풍待人春風'이라는 말
이 있다. '자기 자신의 모습을 가짐에 있어서는 가을의 서리처럼 냉
철하게 하고, 남을 대할 때는 봄바람처럼 훈훈하게 하라'는 뜻이다.
요즈음에는 자신에 대해서는 느슨하게 용서하면서 살고, 남에 대해
서는 냉혹하리만치 '똑 부러지게' 대하는 사람을 현명한 사람으로
생각한다. 가치관이 완전히 전도되었다. 먼 미래를 보면서 전도된
가치관을 바로 잡도록 해야 할 것이다.

方 : 모 방, (품행이)방정할 방   圓 : 둥글 원, 원만할 원

199. 얼음과 숯불

進退維谷하고 氷炭在懷니…….
진 퇴 유 곡　　　빙 탄 재 회

나아가려 해도 앞엔 오직 골짜기뿐이고 물러서려 해도 뒤엔 오직
골짜기뿐이며 얼음과 숯불, 서로 용납할 수 없는 두 가지를 한 가슴
에 품고 있으니…….

당나라 사람 유우석劉禹錫이 쓴 「위두사도양도지염철등기표爲杜司
徒讓度支鹽鐵等伎表」에 나오는 말이다. 사람이 이렇게 하지도 못하고
그렇다고 해서 저렇게 하지도 못할 매우 곤란한 처지에 처해 있음을
묘사한 말이다. 살다보면 더러 이러한 경우를 맞을 수 있다. 대부분
의 사람들은 재수가 없어서 그런 어려움을 당하게 되었다고 생각한
다. 그러나 잘 생각해 보면 자업자득인 경우가 더 많다. 처음부터
원칙에 어긋나지 않게 제대로 한다면 이런 딱한 상황에 빠지는 경우
를 대부분 피할 수 있다. 아무리 개선이 필요하고 또 간절히 원하는
일이라고 해도 원칙에서 벗어나는 방법으로 일의 물꼬를 트고 대화
의 창을 열려고 하지는 말아야 한다. 조금 늦더라도 원칙대로 하고
만약 변칙적인 방법을 사용했다면 그런 방법을 사용할 수밖에 없었
던 사연을 솔직하게 공개하고 인정해야 한다. 한번 원칙을 벗어나
고 나면 진퇴유곡이 되고, 얼음과 숯불을 한 가슴에 안고 있는 상황

을 맞을 수밖에 없다. 평소에 원칙을 지키며 깊이 생각하고 사려 깊은 행동을 하여 진퇴유곡과 빙탄재회의 어려운 상황에 빠지지 않도록 해야 할 것이다.

進 : 나아갈 진	退 : 물러갈 퇴
維 : 오직 유	谷 : 골짜기 곡
炭 : 숯 탄	懷 : 품을 회, 가슴 회

200. 보편普遍과 패거리

君子는 周而不比하고 小人은 比而不周라.
군 자　　　주 이 불 비　　　　소 인　　　비 이 불 주

군자는 두루두루 인재를 발탁하여 함께 어울릴 뿐 편파적인 패거리를 짓지 아니하는데, 소인은 편파적인 패거리를 지을 뿐 여러 사람과 두루 어울려 살려 하지 않는다.

『논어論語』「위정편爲政篇」에 나오는 말이다. 군자란 인품이 훌륭하고 학식이 풍부하여 한 사회의 지도자가 될 만한 사람을 일컫는 말이다. 그런 군자는 객관적인 기준에 따라 두루두루 인재를 발탁

하여 그들과 협력하여 일을 수행할 뿐 결코 자신의 이익을 위해 몇 사람과 파당을 짓지 않는다. 그러나 소인은 결코 그렇게 하지 않는다. 바른 기준이 없이 자신에게 아부하는 몇 사람과 패거리를 만들어 그 패거리들끼리 일을 '나누어 먹기'식으로 처리한다. 소인들이 패거리를 지어 패거리의 이익을 위해 대의를 해치는 경우를 심심치 않게 볼 수 있다. 소위 '낙하산 식'인사로 불리는 정부의 인사에도 그러한 면이 있었고, 지방자치단체에서 행하는 정책의 입안이나 수행도 그런 패거리에 의해서 이루어지는 경우를 더러 보았다. 그리고 국회에서는 당리당략을 도모하는 모습을 너무나 많이 보아왔다. 패거리 문화와 패거리 정치는 망국의 주요 원인이다. 학연學緣은 더 이상 패거리를 짓기 위한 '연줄'로 이용되어서는 안 된다. 건전한 '학통學統'으로 남아서 그 학교를 대변할 수 있어야 한다. 지연地緣 역시 더 이상 편당을 짓는 지방색으로 악용해서는 안 된다. 다만 뜨거운 향토애로 남아있게 해야 한다.

周 : 두루 주   比 : 견줄 비, 무리 비

201. 인물평

口不臧否人物이라.
구 불 장 부 인 물

나의 입은 어떤 인물에 대하여 착하다고 칭찬하거나 나쁘다고 부
정하는 일은 하지 않았다.

『진서晉書』「완적전阮籍傳」에 나오는 완적 자신의 말이다. 해당
구절을 다 옮겨보면 다음과 같다. '내가 비록 예의에 구애받지 않고
내 멋대로 산다고 해도 말만은 조심스럽게 하여 어떤 인물에 대해
함부로 칭찬하지도 않았고 또 함부로 헐뜯지도 않았다' 완적은 죽
림칠현竹林七賢의 한 사람으로서 술과 더불어 평생을 괴팍하게 살다
간 사람이다. 그에 관한 일화 하나를 보기로 하자. 그는 가끔 아침에
일어나서 어느 한 방향을 정한 다음 그 방향을 따라 계속 걸어 나가
는 일을 하곤 하였다. 논을 만나면 논을 건너고, 밭을 만나면 밭을
가로지르고, 산을 만나면 산을 넘고, 물을 만나면 물을 건너고 …….
그렇게 한 방향으로만 계속 걸어 나가다가 더 이상 나아갈 수 없는
절벽이나 건널 수 없는 큰물을 만나면 그 자리에 풀썩 주저앉아서
신발을 벗어들고 땅을 치며 한참 동안 통곡하다가 다시 갔던 길을
되돌아오곤 하였다고 한다. 난세를 만나 더 이상 할 수 있는 일이 없
게 된 지식분자의 고뇌를 그는 그러한 퍼포먼스로 표현했으리라.

그는 행동은 그처럼 괴팍하게 하면서도 결코 남에 대한 말은 함부로 하지 않았다. 훌륭한 인격을 갖추고 있었던 것이다. 특히 남에 대한 말은 정말 조심해야 한다. 내 기분대로 남을 헐뜯는 일은 하지 않아야 할 것이다. 그것은 그대로 나에게 배가 되어 돌아올 것이니 말이다.

臧 : 착할 장　　　否 : 아닐 부, 부정할 부　　　物 : 만물 물

---

202. 엄하지 않은 선생님은 게으른 선생님

養不敎는 父之過요 敎不嚴은 師之惰라.
양 불 교　　　부 지 과　　　교 불 엄　　　사 지 타

양육하면서 가르치지 않는 것은 아비의 과실이요, 가르치면서 엄하지 않은 것은 스승의 게으름이다.

중국 어린이들이 배우는 가장 초보적인 한문 교재로서 세 글자씩 된 글로 엮어진 『삼자경三字經』이라는 책에 나오는 말이다. 자식을 낳아 기르기만 할 뿐 가르치지 않는 것은 분명 아비의 과실이다. 그런데 왜 하필 '아비'의 과실이라고 했을까? 교육은 물론 어머니도

담당했지만 대부분은 엄한 아버지의 몫이었기 때문이다. 요즈음엔 그 '엄한 아비 몫'의 교육이 없다. 자식과 더불어 '놀아주는' 아비만 있고, '엄하게 혼내는' 아비는 없어져 버린 것이다. '놀아주는' 아비만 좋은 아비로 추켜세우니 '혼내는 엄한'아비는 설 땅이 없다. 언제부터인가 학교도 혼냈다가는 고발당하는 처지에 놓이면서 세상에는 '혼내는 교육'이 거의 다 사라지게 되었다. 물론 학생을 긍정적으로 이해하는 교육도 필요하고, 칭찬의 효과에 대해서도 인정한다. 그러나 '따끔한 혼냄'의 교육 효과가 사라져서는 교육이 살아날 수가 없다. 어떤 부분에서는 결정적인 작용을 할 때도 있기 때문이다. 따끔한 혼냄과 엄한 교육의 부활에 참교육의 기미가 숨어있지 않을까?

養 : 기를 양	教 : 가르칠 교	過 : 허물 과
嚴 : 엄할 엄	師 : 스승 사	惰 : 게으를 타

203. 말 재주

口似懸河하고 辯才無礙라.
구 사 현 하　　변 재 무 애
입은 공중에 매달려 있는 강물과 같고 말재주는 막힘이 없었다.

　　나관중이 지었다는 『삼국연의』제60회에 나오는 말이다. 오죽 말
을 잘했으면 입을 공중에 매달린 강에서 쏟아지는 물에 비유했을
까? 이왕에 하는 말이라면 막힘이 없이 남이 잘 알아들을 수 있도록
설득력이 있게 하는 것이 좋을 것이다. 요즘과는 반대로 유교 문화
권에서는 전통적으로 말을 잘하는 것을 크게 권장하지 않았다. 공
자는 '공교한 말과 꾸미는 얼굴빛에는 인仁이 적다(巧言令色, 鮮矣
仁)'고 하였고 또 '말은 어눌하게 하고 행동은 민첩하게 하라(訥於言
而敏於行)'고 하기도 하였다. 왜 말 잘하는 것을 권장하지 않았을
까? 실천이 말을 따라가지 못할까 염려해서이다. 유가들은 말만 먼
저 번지르르하게 해놓고서 실천을 못하는 것을 매우 큰 허물로 보고
그것을 경계하기 위해 차라리 말을 어눌하게 하는 것에 더 큰 가치
를 둔 것이다. 말도 잘하고 실천도 잘 한다면 얼마나 좋을까? 말을
너무 못하여 자기 의사 표시를 제대로 못하는 사람도 믿음이 가지
않지만, 말을 너무 잘하는 사람도 왠지 미덥지가 못하다. 행동이 말
을 못 따라가는 허풍쟁이일 가능성이 있기 때문이다. 지금은 '口似

懸河'를 엄청나게 큰 능력으로 보는 세상이다. 말 잘하는 것은 좋지만 잘한 만큼 반드시 실천이 뒤따라야 할 것이다.

似 : 같을 사   懸 : 매달 현   辯 : 말 잘할 변
才 : 재주 재   礙 : 막힐 애

204. 복福과 화禍

福無雙至하고 禍不單行이라.
복 무 쌍 지   화 불 단 행

복은 쌍으로 오지 않고 화(재앙)는 홀로 오지 않는다.

소설 『수호전』 제36회에 나오는 말이다. 좋은 일이 있을 때에는 앞으로도 계속 좋은 일만 있으리라는 생각을 할 수 있다. 그러나 좋은 일, 즉 복이 왔다고 해서 또 한번 오리라는 생각 아래 요행을 바라서는 안 된다. 그런 요행을 바라는 한, 복이 찾아오기는커녕 오히려 화가 찾아온다. 나쁜 일이 있을 때는 '왜 나에게만 이처럼 재수없는 일이 생기느냐'라는 원망을 하다가도 마음 한편으로는 '나쁜

일이 한번 지나갔으니 이젠 그런 재앙이 다시 오지 않겠지'하고 방심하기 쉽다. 그러나 그렇게 방심하는 한, 재앙은 두 번이고, 세 번이고 닥칠 수 있다. 요행을 바라기 때문에 복은 쌍으로 오지 않고, 방심을 하기 때문에 화는 거듭되는 것이다. 따라서 요행을 바라지 않고 성실하게 살면 복은 언제라도 다시 찾아오고, 방심하지 않고 항상 진지하게 생활하면 화는 거의 다 예방할 수 있다. 로또 복권의 열풍은 아마 영원히 식지 않을 것이다. 다들 돈벼락을 꿈꾸고 있으니 말이다. 돈벼락도 벼락이다. 벼락에 맞아 죽는 일이 없도록 분수를 지켜야 할 것이다. 복이 화가 될 수도 있고, 화가 복이 될 수도 있으니 말이다. 마음이 허황하여 분수를 모르는 사람은 복도 화로 맞지만 분수를 아는 성실한 사람은 화도 복으로 맞는다는 것을 깨달아야 할 것이다. 복도 화도 다 '제할 탓'인 것이다.

福 : 복 복	雙 : 두 쌍	至 : 이를 지
禍 : 재화 화	單 : 홑 단	行 : 다닐 행

205. 먹을 갈며

非人磨墨墨磨人이라.
비 인 마 묵 묵 마 인

사람이 먹을 가는 게 아니라 먹이 사람을 간다(연마시킨다).

중국 송나라 때의 시인이자 서예가인 소동파蘇東坡가 쓴 「차운답 서교수관여소장묵次韻答舒教授觀余所藏墨」 시에 나오는 말이다. 옛 선비들은 하루를 먹을 가는 것으로 시작하는 경우가 많았다. 아침 일찍 일어나 주변을 청소하고, 양치와 세수를 한 후 의관을 갖춰 입고 맑은 물을 떠다 벼루에 부은 다음 먹을 갈았다. 지그시 눈을 감고서 하루를 계획하기도 하고, 읽을 글거리와 써야할 글 내용 등을 생각하며 먹을 갈았다. 이렇게 먹을 가노라면 어느새 먹 향기는 온 방에 가득 차고 정신은 한없이 맑아지며 몸의 무게 중심은 발꿈치로 내려가 더 없이 안정된 상태에 이르게 된다. 이런 안정된 상태에서 선비들은 책을 읽고, 사색을 하고, 글씨를 쓰면서 나라와 민족을 생각했던 것이다. 따라서 선비가 먹을 간다는 것은 단순히 '잉크'를 얻기 위한 행위가 아니라 마음을 갈고 닦는 행위였다. 그렇게 먹을 갈면서 시작한 하루는 어느 수도자보다도 맑게 보낼 수 있다. 여기에 먹을 가는 의미가 있고, 붓을 들고 글씨를 쓰는 서예의 매력이 있다. 지금은 현대 서예라는 이름 아래 울긋불긋 채색된 서예도 등장하였고 괴팍하게 먹물을 칠해놓은 서예도 나타났으며 심지어는 누드 서예도 있다. 서예의 본질을 왜곡하는 서예다. 먹을 갈며 인품을 가는 서예, 그 맑은 인품으로 글씨를 쓰는 서예가 살아나야 한다. 사람이 먹을 가는 게 아니라 먹으로 인해서 사람이 연마되고 인품이 닦아지는 그런 서예가 이루어져야 하는 것이다.

非 : 아닐 비　　　　磨 : 갈 마　　　　墨 : 먹 묵

206. 가장 믿을 수 있는 것은 나 자신의 능력

無恃其不來하고 恃吾有以待之.
무 시 기 불 래　　시 오 유 이 대 지

그것(위기, 재앙, 실패 등)이 오지 않을 것을 믿지 말고, 내가 뭔가로써 그것을 상대할 수 있음을 믿어라.

송나라 사람 구양수歐陽脩가 쓴 「논이소량불가장병찰자論李昭亮不可將兵札子」라는 글에 나오는 말이다. 위기나 재앙, 실패 등은 언제 누구에게라도 찾아 올 수 있다. '설마, 내게 그런 일이 생길라고'하

는 안일한 마음이나 요행을 바라는 마음으로는 그런 위기나 재앙을 막을 수 없다. 위기나 재앙을 극복하기 위해서는 능력을 길러야 한다. 능력이 있을 때에만 우리는 위기나 재앙 앞에서 당당할 수 있다. 능력이 없는 사람은 늘 불안하다. 구조 조정 이야기가 아무리 나오더라도 탁월한 능력이 있는 사람은 자신이 내몰림을 당하지 않으리라는 것을 안다. 그래서 불안하지 않다. 그러나 능력이 없는 사람은 자신이 내몰림의 첫 번째나 두 번째 대상쯤 될 것이라는 것을 잘 안다. '칼이 짧으면 한 걸음 더 앞으로 나아가라'는 말이 있다. 거칠고 험한 세상일수록 그 세상을 헤쳐 나가기 위해서는 그만한 능력이 있어야 하는 것이다. 평소에 능력을 기르지 않고 '설마'하는 생각으로 살다가 막상 위기가 닥치고 보면 그 위기로부터 벗어날 방법이 없다. 다소간에 개인차는 있을지 몰라도 불가능한 것은 없다. 스스로 가지려 한다면 누구라도 가질 수 있는 것이 능력이다. 지금, 공부를 시작하면 당신도 얼마든지 능력자가 될 수 있는 것이다.

恃 : 믿을 시　　　吾 : 나 오　　　待 : 기다릴 대, 접대할 대

김병기 교수의 한문 속 지혜 찾기①

배고프면 먹고 졸리면 자고

초판 1쇄 발행일 2009년 4월 15일

지은이 김병기
펴낸이 박영희
편집 이선희
표지 강지영
교정·교열 이은혜
책임편집 강지영
펴낸곳 도서출판 어문학사
　　　　132-891 서울특별시 도봉구 쌍문동 525-13
　　　　전화: 02-998-0094 / 팩스: 02-998-2268
　　　　홈페이지: www.amhbook.com
　　　　e-mail: am@amhbook.com
　　　　등록: 2004년 4월 6일 제7-276호

ISBN 978-89-6184-073-6 94810
　　　　978-89-6184-072-9 (set)

정가 12,000원

인 지 는
저 자 와 의
합 의 하 에
생 략 함